D1934544

btb

Aus Freude am Lesen

Sie sind beste Freundinnen. Aufgewachsen wie Schwestern. Als die junge Journalistin Eva Lambregts ihren Job verliert, will sie bei Dianne neue Kraft sammeln. Denn die naturverbundene junge Frau hat sich in ein kleines, malerisches Dorf in Frankreich zurückgezogen. Doch als Eva dort ankommt, ist alles ganz anders: Diannes Haus ist verfallen, die Gegend eine deprimierende Einöde. Und wer sind die Freunde, von denen Dianne ihr vorgeschwärmt hat? Vor allem aber: Wo ist Dianne? Auf Evas Nachforschungen reagieren die Einwohner abweisend, und unheimliche Dinge geschehen im Dorf. Eva beschließt, sich im heruntergekommenen Haus ihrer Freundin einzuquartieren. Doch was als Zuflucht geplant war, entpuppt sich als schlimmster Albtraum ...

Esther Verhoef, 1968 im niederländischen 's-Hertogenbosch geboren, ist eine der erfolgreichsten Autorinnen der Niederlande. Sie wurde vielfach ausgezeichnet, u. a. mit dem Niederländischen Thrillerpreis, den sie als erste Holländerin nach Autoren wie Nicci French, Dan Brown und Henning Mankell gewann.

Esther Verhoef bei btb

Der Geliebte. Thriller (73940) · Der Geliebte. Thriller (Leinenausgabe 74348) · Hingabe. Thriller (74251)

Esther Verhoef

Verfallen

Roman

Aus dem Niederländischen
von Stefanie Schäfer

btb

Die niederländische Ausgabe erschien 2010 unter dem Titel
»Déjà vu« bei Anthos, Amsterdam.

FSC
www.fsc.org
MIX
Papier aus verantwortungsvollen Quellen
FSC® C083411

Verlagsgruppe Random House FSC-DEU-0100
Das für dieses Buch verwendete
FSC®-zertifizierte Papier *Lux Cream*
liefert Stora Enso, Finnland.

1. Auflage
Genehmigte Taschenbuchausgabe Januar 2013
Copyright © der Originalausgabe 2010 by Esther Verhoef
Copyright © der deutschsprachigen Ausgabe 2011 by
btb Verlag in der Verlagsgruppe Random House GmbH, München
Umschlaggestaltung: semper smile, München
Umschlagmotiv: © plainpicture / whatapicture; © shutterstock / Natali777
Satz: Uhl + Massopust, Aalen
Druck und Einband: CPI – Clausen & Bosse, Leck
UB · Herstellung: sc
Printed in Germany
ISBN 978-3-442-74510-4

www.btb-verlag.de
www.facebook.com/btbverlag
Besuchen Sie auch unseren LiteraturBlog www.transatlantik.de.

Chacun se dit ami; mais fol qui s'y repose.
Rien n'est plus commun que ce nom;
rien n'est plus rare que la chose.

Jean de La Fontaine, *Fables (1668)*

Er war ihr dicht auf den Fersen. Zweige zerbrachen knackend unter seinen Bergschuhen oder bogen sich raschelnd beiseite, als er sich einen Weg durch das Gestrüpp bahnte.

Er fluchte unterdrückt.

Er war wie von Sinnen vor Wut.

Sie roch das Waffenöl, das Leder seiner Schuhe, den gewohnten Muff seiner Jacke und die Ausdünstungen seines Körpers, das stärkste Aphrodisiakum, das sie kannte. Sie hörte seine Stimme, seinen Atem. Seine Präsenz war überwältigend – jedes Mal hatte sie darauf reagiert wie ein Zwingerhund, der frisches Futter in seinem Napf witterte. Hungrig, erwartungsvoll, heftig und ungeduldig.

Sie presste sich noch flacher auf den kalten Boden und schloss die Augen. Atmete so viel wie möglich durch die Nase. Sie hoffte inständig, dass er sie nicht sah, dass ihre Atemwolken sich mit dem leichten Nebel vermischten und das Herbstlaub in der Senke ihre Kleidung ausreichend verbarg. Damit er vorbeilief, weiter in den Wald hinein.

Erst wenn er außer Hörweite war, konnte sie den Versuch wagen, aufzustehen und in Richtung Straße zu rennen. Vielleicht hatte sie Glück und konnte ein Auto anhalten. Sonst würde sie weiterlaufen müssen bis zum nächsten Haus, um von dort aus die Polizei zu verständigen.

Bis dahin aber schwebte sie in höchster Gefahr.

Ihre Arme und Beine waren von Schürfwunden bedeckt, und ihre Lippe war aufgeplatzt. Blut klebte an ihrem Kinn, aber es kümmerte sie nicht. Sie spürte die Schmerzen nicht einmal.

Was sie jedoch fühlte war das Leben, tief in ihr. Es war noch klein, nicht größer als eine Faust, aber es war da. Neues Leben.

Arme, Beine. Ein kleines Gesicht.

Beängstigend nahe knackten die Zweige jetzt. Noch tiefer drückte sie sich in die Mulde, die Wange an die nassen Blätter gepresst.

»Verdammtes Weib, Scheißdreck!«

Seine Stimme. Ein wenig keuchend, aber nicht atemlos. Eher ungeduldig, als müsse er dringend etwas erledigen, als sei er in Eile.

Er besaß eine erstaunliche Kondition. Sie kannte niemanden, der so stark und durchtrainiert war wie er. Sie würde ihm niemals entkommen können. Körperlich war er ihr in jeder Hinsicht überlegen, das wusste er genau. Und er wusste noch viel mehr.

Er wusste, dass sie sein Kind trug. Sie hatte es ihm erzählt, als sie sich in der Scheune geliebt hatten. Hastig. Seine Hose bis zu den Knien heruntergezogen. Er hatte sie an den Haaren gepackt, war noch tiefer in sie eingedrungen und hatte geflüstert, er sei stolz auf sie. Es würde bestimmt ein schönes Baby werden. Alles würde gut werden. Sie brauche sich keine Sorgen zu machen. Er würde sich um alles kümmern. Er hätte alles unter Kontrolle.

Sie war vor Liebe blind gewesen und konnte nicht mehr klar denken. Sie hatte ihm vertraut. Was geschehen war und was er in ihr ausgelöst hatte war so überwältigend, so spannend gewesen – *er* war so spannend gewesen.

Er blieb stehen, nur einen Schritt von ihrem Gesicht entfernt. Sie sah die Bergschuhe und den Saum seiner Jeans, nass vom Unterholz und dem langen Gras.

»Verdammt noch mal!«, brüllte er und stieß mit dem Fuß die Blätter von ihr weg. »Gott verdammt noch mal!«

Sie rollte sich enger zusammen, machte sich so klein wie möglich und zog die Knie eng an, um ihren Bauch zu schützen.

»Bitte nicht!«, rief sie und streckte die Hände abwehrend in die Luft. »Bitte, ich werde kein …«

»Halt's Maul!« Er hob die Jagdbüchse, stemmte den Kolben gegen die Schulter, legte die Wange an und nahm sie über den langen, glänzenden Lauf hinweg ins Visier. Der Blick konzentriert, die Gesichtszüge verhärtet. Augen, in denen keine Liebe mehr erkennbar war, kein Verlangen, keine Wärme.

Nur Zorn und wilde Entschlossenheit, diese Exekution durchzuführen.

1

»Es tut mir wirklich leid für dich.« Sjef hat die Ellenbogen auf seinen Schreibtisch gestützt und die Fingerkuppen aneinandergelegt.

Ich blicke an ihm vorbei durch die schmutzigen Scheiben der Aluminiumfenster. Das Laub der Baumreihe neben dem Parkplatz hat sich rot und gelb verfärbt. Blätter bedecken das Pflaster.

»Ich kann mir vorstellen, dass dich das sehr hart trifft, glaub mir. Uns fällt es auch nicht leicht«, höre ich ihn fortfahren, in einem Ton, als hätte er eine Idiotin vor sich. »Wir hatten hohe Erwartungen an die Wochenendbeilage. Deswegen haben wir dich damals eingestellt. Aber wie du weißt, haben sich viele Anzeigenkunden zurückgezogen.«

Unter dem Vordach draußen stehen Kollegen und rauchen, die Reißverschlüsse der Jacken hochgezogen bis unters Kinn. Der Wind spielt mit dem Rauch, der um die Gruppe herumwirbelt und an der Betonfassade hinaufkriecht, wo er allmählich in der Herbstluft verweht.

»…und das bedeutet, wie gesagt, dass wir leider keine Arbeit mehr für dich haben. Wir können deinen Vertrag nicht verlängern. Es tut mir sehr leid.«

Gar nichts tut dir leid, hätte ich am liebsten erwidert. Im Gegenteil, du lachst dir doch ins Fäustchen. Die Direktion hat mich eingestellt, weil ich frisch von der Uni kam und relativ billig war – *eine junge Frau, aktiv, unverbraucht, begeisterungsfähig.* Du dagegen fandest mich zu jung und unerfahren. Das hast du von Anfang an nicht verhehlt. Nie hast du mir einen interessanten, bedeutenden Artikel gegönnt, nie hast du mir eine faire Chance gegeben. Du hast mir die besten Geschäftsreisen vor der Nase weggeschnappt, die Prominenten interviewt, die Kolumnen geschrieben.

Für mich fielen nur die Krümel ab: vorgekaute Presseberichte, Filmbesprechungen von fünfzig Wörtern, langweilige Ausgehtipps. Und sogar die hast du bis zur Unkenntlichkeit überarbeitet.

Und jetzt habe ich keinen Job mehr.

Das ist deine Schuld.

Sjef starrt auf seinen Computerbildschirm und schiebt die Brille auf die Nase. »Ich sehe, dass du ab nächster Woche Freitag Urlaub genommen hast. Wenn du deine übrigen Urlaubstage dazurechnest, kannst du eigentlich sofort deinen Schreibtisch leer räumen.« Dann blickt er mir mit einem glatt rasierten Grinsen direkt ins Gesicht. »Kann ich noch etwas für dich tun?«

Du hast schon genug getan.

»Nein, danke.« Innerlich werfe ich ihm die grässlichsten Verwünschungen an den Kopf, aber nach außen hin bleibe ich völlig ruhig.

Gefühle für mich zu behalten, darin bin ich gut. Ich erröte selten, und wenn es mir schlecht geht, erkundigt sich kaum jemand nach meinem Befinden.

Schichtwechsel draußen bei den Rauchern. Die einzige Frau in der Runde erinnert mich an Dianne. Sie gestikuliert beim Reden genauso heftig wie sie, unterstreicht das Gesagte mit dem ganzen Körper. Dianne, meine beste Freundin, würde in meiner Situation nicht so phlegmatisch bleiben. Wutschnaubend würde sie über den Schreibtisch klettern, Sjef an seiner geschmacklosen Krawatte packen und ihn anbrüllen, was für ein widerlicher Schleimer er sei. »Na und?«, hätte sie später laut lachend bei einer Flasche Bier zu mir gesagt. »Was hätte er schon tun können? Mich etwa feuern?«

Aber ich bin nicht Dianne.

Ich bin Eva Lambregts. Ich klettere nicht wutschnaubend über Schreibtische. Ich werde nicht laut. Ich schlucke meine Worte eher hinunter, als dass ich sie hinausschreie.

Und jetzt bin ich also arbeitslos.

Oder, nach einem neuerdings gebräuchlichen Euphemismus: *in between jobs. Zwischen zwei Jobs.*

Erst bei meiner Heimkehr begreife ich vollends, dass ich am Montag nicht mehr in der Redaktion erwartet werde. Man gab mir kaum Gelegenheit, mich von meinen Kollegen zu verabschieden. Dafür ging alles zu schnell. Halb betäubt habe ich meinen Schreibtisch ausgeräumt und bin wie benebelt nach Hause gefahren.

Ich hole eine Flasche Cola aus dem Kühlschrank, schenke mir ein Glas ein und steige die Treppe hinauf. Auf halbem Weg muss ich mich bücken, um mir nicht den Kopf an der Decke zu stoßen. Das Haus, in dem ich zur Miete wohne, ist sehr klein. Im Erdgeschoss befinden sich eine kleine Diele, das quadratische Wohnzimmer und die Küche, von der aus man auf einen ummauerten Innenhof ohne Zugangstür gelangt. Oben sind Bad und Schlafzimmer.

Früher wohnten in diesen Häusern Fabrikarbeiter mit Scharen von Kindern. Ich kenne die Schwarz-Weiß-Fotos aus dem Stadtarchiv – die bleichen Gesichter der armen Kinder vor den Türen ihrer beengten Behausungen. Heute sieht man in unserer Straße keine Kinder mehr. Sobald sich eines ankündigt, ziehen die werdenden Eltern um in ein verkehrsberuhigtes Neubauviertel mit Spielplätzen, Grünanlagen und Gärten.

Oben an der Treppe drücke ich gegen die Tür zum Schlafzimmer. Sie klemmt und protestiert quietschend beim Öffnen. Schon seit fünf Jahren, seitdem ich hier wohne. Ich nehme mir nie die Zeit für solch kleine Reparaturen, und irgendwie gerate ich immer an Freunde mit zwei linken Händen.

Ich lasse mich auf das Doppelbett fallen, ziehe meinen Laptop auf die Tagesdecke neben mich und klappe ihn auf. Über meinem Kopf prasseln Regentropfen auf das Dachfenster.

Ich trinke einen Schluck Cola und öffne das Mailprogramm. Zwei Newsletter, ein paar lustige Filmchen, für die ich momentan nicht in Stimmung bin, und eine E-Mail im Telegrammstil von meinem Freund Erwin, der bis Dienstag an einem Seminar in Berlin teilnimmt.

Zu guter Letzt flattern noch drei Nachrichten von meinen Kollegen – pardon: Ex-Kollegen – herein. Sie hätten es gerade von Sjef gehört, wären alle entsetzt, wünschten mir alles Gute und hofften, ich käme nächste Woche trotzdem mit auf den jährlichen Betriebsausflug. Na klar. Als hätte ich noch Lust dazu.

Mir ist nicht danach, ihnen zu antworten. Vielleicht morgen, wenn es mir wieder besser geht.

2

Es geht mir nicht besser. Im Gegenteil: Ich fühle mich elender, verwirrter und nutzloser denn je nach einer schlaflosen Nacht, in der ich meine Cola so lange mit Bacardi verdünnt habe, bis die Flasche leer war, stundenlang auf dem Sofa herumlag und von einem Sender zum nächsten zappte. Die Niedergeschlagenheit ergriff immer mehr Besitz von mir.

Dabei war es nicht so sehr die Angst vor der Arbeitslosigkeit, die mich wach hielt. Vielmehr war es Wut. In erster Linie Wut auf Sjef, aber letztendlich auch auf die wahre Ursache des Schlamassels: *moi.* Meine Wenigkeit.

Ich hatte schon seit einer ganzen Weile den Eindruck, dass Sjef mich aufs Abstellgleis schob, mir vielleicht sogar aktiv Steine in den Weg legte, aber ich habe nichts dagegen unternommen. Ich habe meine Artikel geschrieben und anschließend untätig zugesehen, wie er alles aus dem Kontext riss, mit der Reihenfolge stümperte, die Anzahl der Wörter halbierte und die Seele herausschnitt. Kein einziger Artikel gelangte unversehrt ans Ziel. Warum habe ich mich nie dagegen gewehrt? Warum bin ich nicht schon früher wütend geworden und habe mich an den Chefredakteur gewandt? Was glaubte ich eigentlich, mit meiner Passivität zu erreichen?

Gegen Morgen bin ich davon überzeugt, an meiner Kündigung selbst schuld zu sein. Meine Laune sinkt noch tiefer unter den Nullpunkt, als auf den Stellenmärkten im Internet kein einziger attraktiver Job in unserer Umgebung zu finden ist. Höchstens in der Nähe von Amsterdam. Ich überlege, ob ich weggehen soll. Umziehen nach Den Haag oder Amsterdam, zweihundert Kilometer weg von meiner Heimatstadt, meinen Freunden und meiner Familie? Noch einmal ganz von vorne anfangen?

Mit Aussicht auf eine interessante Stelle hätte ich vielleicht ernsthaft über einen solchen Schritt nachgedacht. Aber ich glaube nicht an eine derartige Chance. Nicht mehr. Ich befürchte, meine Entlassung ist kein Zufall, sondern ein Menetekel. Wieder einmal habe ich eine falsche Entscheidung getroffen.

Als ich vor fünf Jahren mit dem Studium anfing, waren die Stellen für Journalisten bei der Presse schon dünn gesät, inzwischen sind sie eine Rarität. Das Einsparvirus greift rasant um sich, alles ist im Wandel begriffen. Immer mehr Leute lesen die Zeitung online – kostenlos, ohne einen müden Cent dafür zu bezahlen –, und nur, wenn sie eine Wohnung suchen oder Hintergrundinformationen brauchen, kaufen sie die dicke Samstagsausgabe mit der Hochglanzbeilage. Abgesehen von den Lesern im Verbreitungsgebiet meiner ehemaligen Zeitung natürlich. Die kaufen gar keine Zeitung mehr.

Mit einer Tasse starkem Kaffee mache ich es mir auf dem Sofa bequem und reiße meinen Laptop aus dem Schlaf. Keine neuen Nachrichten. Auch nicht von Dianne.

Meine letzte E-Mail an sie ist bereits vier Tage alt. Heute Nacht habe ich sie sicherheitshalber noch einmal verschickt. Seitdem Dianne nach Frankreich mitten ins Nirgendwo gezogen ist – *au milieu de nulle part,* wie es auf Französisch so schön heißt –, reagiert sie nicht mehr so prompt wie früher auf meine E-Mails und SMS.

Der nächste Samstag ist schon monatelang in meinem Kalender vorgemerkt: Meine erste richtige Urlaubswoche, seit ich bei der Zeitung angefangen habe, werde ich bei ihr verbringen. Wie sehr ich mich darauf freue! Jetzt, wo ich sowieso nichts anderes mehr zu tun habe, würde ich am liebsten gleich morgen früh in mein Auto springen. Meine *In-between-jobs*-Zeit beginnt offiziell erst in zwei Wochen. Die Jobbörse und das Arbeitsamt können noch ein bisschen warten.

Ich nehme mein Handy vom Wohnzimmertisch und schreibe eine SMS:

HI D, WO TREIBST DU DICH RUM? BITTE MELDEN, EGAL WIE, OK? X E.

Einen Augenblick lang starre ich mein Telefon an, als könne es jeden Moment anfangen zu summen. Dann stehe ich auf und stecke es in die Tasche meiner Jeans. Gemächlich recke und strecke ich mich. Mein Körper sehnt sich nach Schlaf, aber wenn ich diesem Bedürfnis jetzt, mitten am Tag, nachgebe, gerate ich die ganze kommende Woche aus dem Rhythmus.

Ich ziehe eine Windjacke über, hole mein Fahrrad vom Innenhof und schiebe es durch Küche und Wohnzimmer hinaus auf die Straße.

Draußen liegt der Geruch nach feuchtem Beton und moderndem Laub in der Luft. Es weht ein kräftiger Wind, und über der Stadt hängen dicke Wolken. Der Sommer ist jetzt endgültig vorüber.

Bis zum Seringenhof, einer verkehrsberuhigten Vorstadtstraße, braucht man mit dem Fahrrad keine Viertelstunde. Die anderthalbgeschossigen Häuser sind mit braunen Ziegeln gedeckt und grenzen mit den Garagen aneinander, sodass sich die Nachbarn kaum gegenseitig stören. Vor den Häusern stehen Laternen mit schüsselförmigen Lampenschirmen, und die Bürgersteige werden von japanischen Zierkirschen gesäumt. Wenn die Bäume Ende April blühen, bedecken die welkenden rosa Blütenblätter noch lange danach die Straße.

Vor zehn Jahren sind wir hierher gezogen: meine Eltern, meine zwei jüngeren Brüder Charles und Dennis und ich. Noch während meines Pädagogikstudiums habe ich zu Hause gewohnt und mir erst, als ich an der Gesamtschule in der Innenstadt eine Stelle als Französischlehrerin fand, eine eigene Wohnung gesucht. Das war ein Jahr, nachdem Charles mit seinem Freund nach Amsterdam gezogen war.

Es scheint, als sei niemand zu Hause. Das Auto steht nicht vor der Tür, und die Jalousien sind zwar aufgedreht, aber nicht hochgezogen. Wenn meine Eltern zu Hause sind, kann man von der Straße aus mitten durchs Haus bis in den Garten schauen.

Meine Mutter liebt Licht und Offenheit und legt keinen großen Wert auf Privatsphäre. »Ich habe nichts zu verbergen«, pflegt sie zu sagen.

Ich gehe den Weg zur Haustür entlang, lege meine hohle Hand an das Küchenfenster und blicke hinein. Auf der Anrichte stehen Kaffeetassen, und auf der kleinen Theke zwischen Küche und Wohnzimmer liegt eine aufgeschlagene Zeitung.

Die Zeitung.

Als ihre einzige Tochter dort anfing, haben meine Eltern die Zeitung sofort abonniert. Sie hofften auf Titelseiten-Artikel, die in der Nachbarschaft Aufsehen erregen würden, mussten ihre Erwartungen jedoch bald herunterschrauben, genau wie ich. Über meinen Ministücken stand oft nicht einmal mein Name, sondern nur: »von unserer Redakteurin«, oder, schlimmer noch, »von einem unserer Redakteure«.

Pro forma klingele ich und rüttele an der Durchgangstür im Garagentor. Nein, sie sind nicht da.

»Eva? Bist du das?«

Auf der Auffahrt neben der meiner Eltern steht unsere Nachbarin Martha Pieters mit ihrem Rauhaardackel auf dem Arm. Sie trägt eine lange Strickjacke zu einer beigefarbenen

Hose und Mokassins. Martha war einmal mit einem Chirurgen verheiratet. Darauf scheint sie großen Wert zu legen, so oft, wie sie es erzählt, sogar völlig Unbekannten.

»Deine Eltern sind nicht da. Sie sind in die Stadt gefahren!«, ruft sie schrill. »Dein Vater braucht eine neue Brille, und deine Mutter muss einen Mantel umtauschen.«

So viel zur Privatsphäre. »Ah, vielen Dank, dann komme ich später wieder!«

»Soll ich dir eine Tasse Tee kochen? Sonst bist du das ganze Stück ganz umsonst gefahren. Ich glaube, es fängt auch gleich an zu regnen.«

»Macht nichts«, erwidere ich und ziehe mich Schritt für Schritt zum Weg zurück. »Ich bin gerne mit dem Rad unterwegs.« Ich winke Martha übertrieben freundlich zu und überhöre ihre weiteren Einwände.

Martha hatte recht: Kaum bin ich wieder auf der Straße, fängt es an zu tröpfeln, und ich muss im Regen nach Hause fahren.

3

Es ist sieben Uhr abends, und unten im Haus riecht es nach Frittenfett. Ich werfe die Plastikschälchen aus der Imbissbude in den Mülleimer, trinke den letzten Rest Bier aus und stelle die Flasche in einen Kasten auf dem Innenhof. Drei weitere leere Bierkästen stehen neben dem Regenfallrohr – im Sommer habe ich sie als Sitzgelegenheiten benutzt.

Obwohl ich nur ein Bier getrunken habe, fühle ich mich ein bisschen beschwipst. Erschöpft atme ich die feuchte Stadtluft ein und blicke mich um. Mitleid erregende Usambaraveilchen – ein Geschenk meiner Mutter – in einem Balkonblumenkasten, eine halb vermoderte Fußmatte mit der Aufschrift »HOME, SWEET HOME«, ein zusammengefaltetes Stück PVC-Boden und Kartons voller Altpapier. Zwischen den Platten wuchern Moos und Gras.

Ein zufälliger Passant, der den Typ Hausbewohner hätte erraten müssen, hätte garantiert auf »Student« getippt.

Ein Mensch passt sich ganz von selbst seiner Umgebung an, das habe ich schon oft gehört. Diese Anpassung sei ein Automatismus. Die Umgebung präge den Menschen und bestimme, in welche Richtung er sich entwickelt. Man könne sich verbiegen, wie man wolle, die Zwänge der Wohn- und Arbeitswelt holten einen ein.

Ich frage mich inzwischen, ob es nicht genau andersherum ist und die Menschen automatisch die Umgebung auswählen, die am besten zu ihnen passt. Im Moment bin ich jedenfalls froh, dass ich mir noch keine teurere Bleibe gesucht habe.

Dianne hat sich noch immer nicht gemeldet, weder per E-Mail noch per SMS. Wenn ich sie anrufe, meldet sich ihre Mailbox. Bei jeder anderen hätte eine solch einseitige Funkstille wohl bedeutet, dass die Freundschaft abgekühlt ist, aber bei Dianne kommt mir das erst gar nicht in den Sinn.

Wir kennen uns schon fast unser ganzes Leben lang. Sie zog mit ihren Eltern in das Nachbarhaus, als ich drei Jahre alt war. Dianne war einen Kopf größer als ich, schon fast sechs und kam uns fast täglich besuchen. Dianne ist das einzige Kind zweier Weltverbesserer, die im ganzen Land an Demonstrationen teilnahmen. Wenn sich ihre Eltern wieder einmal gemeinsam mit ihren fanatischen Freunden an das Tor einer umweltverschmutzenden Fabrik angekettet hatten, aß und übernachtete Dianne bei uns.

Das Rollenverständnis meiner Mutter ist eher traditionell: Sie war einfach für meine Brüder und mich da, und auch für Dianne, ihr Kuckuckskind, das sie halb als ihr eigenes adoptiert hatte. Dianne benahm sich ihrerseits wie meine ältere Schwester, an der ich mich orientieren konnte.

Wir hatten von jeher eine enge Beziehung, obwohl mir Dianne wegen des Altersunterschieds stets um einen Schritt voraus war. So besuchten wir zum Beispiel nie dieselbe Klasse, aber immerhin denselben Gymnasialzweig der Gesamtschule.

Dianne hatte mich dazu angeregt, Französischlehrerin zu werden. Weil ich keine Ahnung hatte, was ich nach der Schule anfangen sollte, schrieb ich mich für dieselben Fächer ein, die sie bereits seit zwei Jahren studierte. Dianne hat tatsächlich eine Weile als Lehrerin gearbeitet, sich danach aber zur Dolmetscherin und Übersetzerin weitergebildet. Auch ich gab schnell auf, nachdem ich erst einmal ins Berufsleben hineingeschnuppert hatte. Ich war kaum zwanzig und musste unmotivierte Vierzehn- bis Sechzehnjährige unterrichten, deren Eltern im selben Alter wie meine waren und die mich genauso wenig ernst nahmen wie ihre Sprösslinge. Es war extrem nervenaufreibend. Als Journalistin zu arbeiten erschien mir sowohl spannender als auch weniger konfliktträchtig. Die Umschulung bedeutete zwar, dass ich einen weiteren Kredit aufnehmen musste. Aber ich war mir sicher, mich mit meinen Französischkenntnissen im Bereich »Bildung und Wissenschaft« spezialisieren zu können. Oder »irgendetwas mit französischsprachigen Ländern« anzufangen. Nicht nur würden sich durch meine Vorkenntnisse meine Chancen auf dem Arbeitsmarkt erhöhen, sondern ich hätte sogar bessere Aufstiegsmöglichkeiten. Das redete ich mir jedenfalls ein.

Ich sollte lieber allmählich akzeptieren, dass ich Spezialistin im Treffen falscher Entscheidungen bin. Wenn ich so weiterkrebse, habe ich mit dreißig noch keinen anständigen Job. Ich brauche unbedingt ein gutes Gespräch, ein Gespräch mit jemandem, der mir einen Spiegel vorhält. Dessen Urteil ich mir zu Herzen nehme.

Dafür kommt eigentlich nur eine Person in Frage – und die tut so, als sei sie nicht zu Hause.

Dass Dianne tatsächlich nicht zu Hause ist, glaube ich nicht. Wenn sie länger als ein paar Tage weggefahren wäre, hätte sie mir sicherlich Bescheid gesagt. Obwohl wir uns seit einem halben Jahr nicht gesehen haben und sich unser Kontakt auf E-Mails und eine gelegentliche SMS beschränkt, haben wir uns nicht entfremdet. Dafür ist unsere Bindung zu stark.

Bestimmt gibt es einen triftigen Grund für die Funkstille.

Ich werde es bald erfahren, denn ich habe soeben beschlossen, mich morgen früh auf den Weg zu machen.

Es knallte kein Schuss.

Sie fühlte keinen stechenden Schmerz.

Sie fiel nicht in eine finstere Tiefe, ein schwarzes Loch.

Sie lebte noch immer.

Hoch ragte er über ihr empor und starrte mit zusammengekniffenen Augen den langen Lauf entlang. Die Jagdwaffe war noch immer auf ihre Brust gerichtet.

»Bitte!«, flüsterte sie.

»Sei jetzt still.«

»L-lass mich bitte gehen. Bitte.«

Er schüttelte den Kopf. »Geht nicht. Du hast zu viel gesehen.«

Er wird mich ermorden.
Ich sehe es, ich spüre es.

Dieser Mann hatte ihr unglaublich viel bedeutet. Wie hatte sie sich so in ihm täuschen können? Wie hatte sie es zulassen können, sich so hoffnungslos in ihn zu verlieben, solche Risiken einzugehen und sein Kind zu empfangen?

Mein Kind.

»Doch!«, rief sie atemlos. »Natürlich geht es!«

»Du bist weggelaufen.«

»Ich habe mich erschreckt, einfach erschreckt. Das ist alles.«

Er schnaubte. Seine Stimme klang jetzt sanfter, weniger zornig: »Ich wünschte, du hättest es nicht gesehen.«

»Es spielt keine Rolle.«

»Du musst mich hassen«, stellte er fest.

»Nein! Nein, ich liebe dich!« Tränen der Verzweiflung flossen ihr über die Wangen.

Ich bin blind gewesen, dachte sie. Blind und taub.

Sein Finger lag noch immer auf dem Abzug. Eine kleine Bewegung, ein Muskelzucken, und es wäre um sie geschehen.

»Ich, ich w-werde niemals etwas verraten!«, versprach sie weinend. »Niemals. Das musst du mir glauben.«

Ich werde sofort tot sein.

Mein Kind wird später sterben, nicht so schnell und erst lange Minuten nach meinem Tod, wenn mein Herz schon eine Weile lang nicht mehr schlägt und mein Blut in den Adern gerinnt.

»Es spielt keine Rolle, was du getan hast«, fuhr sie fort. »Ehrlich. Ich liebe dich.«

Lange Zeit stand er still da. Reglos.

Regentropfen fielen auf das Laubdach und die Baumstämme. Sie rannen am Lauf hinunter, blieben an der Mündung hängen und spritzten in ihr Gesicht.

»Wir können das alles vergessen«, flüsterte sie. »Wir können zusammenbleiben. Du und ich und …« Ihr Atem stockte. »Und unser Kind.«

Sie sah, wie sich seine Wangenmuskeln anspannten und ein Funke der Unsicherheit und des Zweifels in seinen Augen glomm. Sein Blick bohrte sich in ihren und grub sich einen Weg durch ihren brüchigen Panzer nach innen, auf der Suche nach der Wahrheit.

Er durchschaute sie.

Er spannte die Muskeln an und drückte den Abzug.

4

Erwin ist sauer. Das Deutschseminar ist derart zum Einschlafen langweilig, dass er ein paar Tage früher nach Hause kommt. Und zwar heute. Das hat er mir geschrieben, als ich bereits auf der *périphérique* unterwegs war – *périf* im französischen Volksmund – und den Eiffelturm wie einen silbrigen Schatten aus der amorphen Masse der Gebäude in der Ferne aufragen sah. Kurz darauf verschwand das bekannteste Wahrzeichen der Welt hinter einer Lärmschutzwand aus Beton, und ich fuhr in den zigsten Tunnel hinein, eingequetscht zwischen Lkws, das Licht meines Citroëns eingeschaltet.

Das Handy auf dem Beifahrersitz vibriert schon wieder. Ich ignoriere es.

Ich muss mich jetzt auf den Verkehr konzentrieren. Ich werde links und rechts überholt, muss zahllose Aus- und Einfahrten beachten und den Schilderwald im Blick behalten, während plötzlich in meinem Rückspiegel die Scheinwerfer von Motorrädern im Zickzackkurs auftauchen, bis ihre Fahrer knapp vor mir einscheren.

Laut Navigationssystem, das mir passenderweise auf Französisch Anweisungen gibt, sind es von hier aus noch fünfeinhalb Stunden bis zu Diannes Haus. Oder besser: bis zu dem Weiler, in dem Diannes Haus steht, denn Dianne hat keine eigene Adresse.

In den ländlichen Gegenden Frankreichs sind Straßennamen und Hausnummern nicht üblich. Durch die fünfstelligen Postleitzahlen gelangt die Post auf jeden Fall in das Dorf, zu dem der Weiler gehört. Der Name des Weilers fungiert als

Straßenname, so hat Dianne es mir erklärt, weil der größte Teil dieser Minidörfer aus nur fünf bis zehn Häusern besteht. Der Postbote kennt die Einwohner namentlich, was Hausnummern überflüssig macht.

Merkwürdiges System.

Vor mir erstreckt sich eine schnurgerade Straße. Ich nehme mein Handy vom Beifahrersitz und werfe einen raschen Blick auf das Display.

MIST. WOLLTE HEUTE ABEND MAL SCHNELL ZU DIR REINSCHLÜPFEN ☺DEIN PECH! X-CHEN ER

Erwins Selbstbewusstsein ist unerschütterlich.

Lächelnd bitte ich ihn schriftlich, auf mich zu warten und heute in zwei Wochen noch einmal wiederzukommen.

Als ich Paris endgültig hinter mir gelassen habe und der Beton rechts und links einer herbstlichen Hügellandschaft gewichen ist, habe ich über die Hälfte der Reise geschafft. Jetzt sind es noch gut fünfhundert Kilometer.

Lange Fahrten machen mir nichts aus. Früher fuhren wir jeden Sommer auf einen Campingplatz in Frankreich oder Italien, und im Gegensatz zu meinen Brüdern, die sich unterwegs ständig in den Haaren lagen und verbissen ihr Rückbankterritorium verteidigten, langweilte ich mich nie. Ich hatte eine lebhafte Fantasie und stellte mir vor, dass ich die Berglandschaft, die draußen vorbeiflog, nicht im Auto, sondern auf dem Rücken eines geflügelten Pferdes durchquerte. Dann wieder rutschte ich so weit wie möglich auf dem Sitz nach vorn und beugte mich zurück, um in die Wolken zu schauen, die alle ihre eigene Geschichte erzählten. Und ich las Bücher, die ich gleich stapelweise mitnahm. Einige hatte ich bereits ausgelesen, bevor wir unser Reiseziel erreichten.

Doch jetzt kann ich mich weder in ein dickes Buch versenken noch zu den Wolken aufblicken. Auf der langen, langweiligen Strecke nach Orleans schlage ich die Zeit tot, indem ich Chips knabbere, Radio höre und SMS lese und beantworte. Erwin ist ebenfalls im Auto unterwegs. Seine Botschaften werden immer anzüglicher, und ich schicke neckische Bemerkungen zurück.

Obwohl wir uns erst seit drei Monaten kennen, stört es mich nicht allzu sehr, Erwin ein Weilchen nicht zu sehen. Unsere Beziehung fühlt sich angenehm leicht und unverbindlich an. Er sieht ziemlich gut aus – langhaarig, groß –, und auch außerhalb des Schlafzimmers verstehe ich mich gut mit ihm. Sehr tief gehen meine Gefühle allerdings nicht, und die Schmetterlinge im Bauch sind bisher ausgeblieben.

Vielleicht, denke ich jetzt, warten wir beide unbewusst auf etwas Besseres: die wahre Liebe, unwiderstehlich attraktiv, die die Erde erbeben lässt und mit ihrem Blick schlafende Vulkane zum Ausbruch bringt. Unwillkürlich muss ich kichern. Bis es so weit ist, leisten wir einander Gesellschaft, damit wir nicht alleine sind, falls sich die wahre Liebe als Hirngespinst erweist.

So sehe ich die Sache, und obwohl Erwin und ich nie ausdrücklich darüber gesprochen haben, bin ich so gut wie sicher, dass er genauso empfindet. Ich habe ihm auch noch nicht von meiner Entlassung erzählt. Erst will ich mir diese Auszeit gönnen und den Urlaub dazu nutzen, mir über einiges klar zu werden: was ich kann, was ich will, was ich als Nächstes unternehmen werde. Ich weiß, dass Dianne mich dabei unterstützen wird.

Ich kenne keine Frau, die so leidenschaftlich ist wie sie – so intensiv und willensstark, dass sie unwillkürlich jeden in ihren Bann schlägt. So ist sie schon immer gewesen, seit ich sie kenne. Früher stürzte sie sich voller Hingabe auf alles, was sie interessierte, ob es nun ein Projekt für Kinder in Mali war – für das unsere Schule jedes Jahr Spenden sammelte –

oder ein Dichter des siebzehnten Jahrhunderts wie Jean de La Fontaine, dessen Werk wir während des Studium durchnahmen. Still sitzen konnte sie nie. Wenn sie gerade keine Arbeit hatte, machte sie sich als freiwillige Helferin im Altenheim, Jugendzentrum oder Tierheim nützlich.

Wenn ich ehrlich bin, habe ich im vergangenen halben Jahr nicht nur Dianne selbst schmerzlich vermisst, sondern vor allem ihre Unterstützung und ihre unerschöpfliche Energie. Ich kann mir keine schönere Auszeit vorstellen als bei ihr in Frankreich auf dem Land.

Noch besser wäre allerdings, wenn sie endlich etwas von sich hören ließe. Seit heute Morgen habe ich sie fast jede Stunde zu erreichen versucht, aber ihr Handy ist noch immer ausgeschaltet.

Und wenn sie wirklich nicht zu Hause ist, wenn ich nachher ankomme? Was dann?

5

Es ist bereits Abend, als ich den kleinen Ort durchquere, in dessen Nähe Diannes Weiler »Le Paradis« liegen muss. Ein typisch französisches Dorf, wie es in dieser Region häufig vorkommt: Die Häuser haben beigefarben oder grau verputzte Fassaden und stehen unmittelbar an den schmalen Bürgersteigen. Die Hauptstraße wird von Laternen gelblich erleuchtet, wirkt aber wie ausgestorben. Keine Menschenseele zu sehen. Alle Fensterläden zugeklappt. Auch die wenigen Geschäfte des Dorfes sind geschlossen, aber schließlich ist es Sonntagabend.

Viel Abwechslung scheint es für die Dorfbewohner nicht zu geben. Am Ortseingang ist mir eine kleine Post aufgefallen, danach kam ich an einem Bäcker, einem Metzger und einer Apotheke mit grünem Neonkreuz an der Fassade vorbei. Ein Stück weiter entdecke ich einen kleinen Supermarkt. Direkt vor dem Schaufenster sind Metallregale voller Gasflaschen angekettet.

Hier geht Dianne also einkaufen, denke ich und fahre langsamer, um das dunkle Dorf besser in Augenschein nehmen zu können. Das ist jetzt ihre Heimat, ihr Zuhause, zwölfhundert Kilometer von unserer Heimatstadt entfernt.

Ich hatte es mir ganz anders vorgestellt. Schöner, bunter. Freundlicher, vielleicht. Bestimmt liegt es am Wetter, dem bedeckten Himmel – der Herbst hat auch in Frankreich Einzug gehalten.

Der Strahl meiner Scheinwerfer wandert über eine kleine Kirche aus Kalksandstein. Daneben liegt ein von Neonröhren erhelltes Lokal mit dazugehörigem Kiosk. Über der Bar flimmert ein altmodischer Fernseher. Im Vorbeifahren betrachte ich die Gäste. Männer, überwiegend dunkelhaarig, mit karierten Hemden und Pullundern. Im Licht des Fernsehers sehen ihre Gesichter aschfahl aus. Seit zwanzig oder sogar dreißig Kilometern sind sie die ersten lebenden Wesen, die ich zu Gesicht bekomme.

Einer von ihnen bemerkt mich und stößt seinen Nachbarn an. Die anderen schauen jetzt auch auf. Mit halb zugekniffenen Augen folgen ihre Blicke meinem Auto, als ich im Schritttempo vorbeifahre.

Sofort richte ich die Augen geradeaus und trete aufs Gaspedal.

Bestimmt verirren sich nur selten Fremde hierher. Vor allem solche mit einem auffälligen, gelben niederländischen Nummernschild.

Nachdem ich das Dorf wieder verlassen habe, biege ich in einen Weg ein, der sich zwischen dunklen Tannen einen kleinen Hügel hinaufschlängelt. Es ist stockdunkel. Im Licht der Scheinwerfer sieht man, dass der Weg teils aus dem Fels geschlagen und teils in den Lehmboden gegraben wurde. Die steilen Seitenwände sind mit Farn bewachsen, dessen Wedel zu dieser Jahreszeit braun vertrocknet sind.

Das Landschaftsbild gleicht jenem, das sich mir bereits auf dem letzten Streckenabschnitt im Hellen geboten hat: Hügel, steil aufragende Felsen, dichte Wälder, sanft abfallende Hänge mit Äckern, viele Stoppelfelder und Pflanzungen von welkenden Sonnenblumen mit hängenden Köpfen. Hier und da flachsblonde Kühe, regennass und dösig wiederkäuend unter Laubbäumen, deren Blätter sich rot, braun und gelb gefärbt haben. Nur ab und zu ein Bauernhof oder ein kleines Haus.

Dianne hat oft davon gesprochen, dass sie zurück zur Natur wollte. Irgendwann wollte sie an einem Ort leben, der so weit wie möglich von unserer lärmenden Konsumgesellschaft entfernt lag, einer Gesellschaft, in der die Menschen zu Marionetten der Medien geworden seien. Im letzten Jahr vor ihrer Emigration hat sie immer wieder betont, dass es für sie nicht infrage käme, weiterhin in der Stadt zu leben.

Ich denke an eine der Mails zurück, die sie mir geschickt hat, nachdem sie gerade erst hierher gezogen war. Sie hatte Fotos ihres kleinen Häuschens angehängt und davon geschwärmt, wie toll es hier sei und was für »interessante neue Freunde« sie gewonnen habe.

Offenbar hat sie hier Fuß gefasst, obwohl ich mir das bisher nicht vorstellen kann. Vielleicht ist Dianne tief im Inneren doch naturverbundener, als ich dachte. Jedenfalls befürwortet sie so ungefähr alles, was mit Umwelt- und Naturschutz zu tun hat. In den Niederlanden war sie Mitglied von Greenpeace und mehreren anderen Naturschutzorganisationen, aß nur Bionahrungsmittel und hat – nach dem Vorbild ihrer vegetarisch lebenden Eltern – ihr Leben lang keinen Bissen Fleisch zu sich genommen. Damit sie genügend Nährstoffe bekam, versorgte meine Mutter sie mit Walnüssen und gekochten Eiern. Doch so wie Dianne leben Hunderte andere, die trotzdem nicht daran denken, ihre Stadtwohnung gegen ein Leben *au milieu de nulle part* einzutauschen.

6

Diannes Einfahrt zweigt auf halbem Wege einen Hügel hinauf von einer schmalen Asphaltstraße ab. Ich wäre trotz Navi daran vorbeigefahren, wenn ich Diannes Wegbeschreibung nicht dabeigehabt hätte, denn die Zufahrt gleicht eher einem Feldweg. Vorsichtig biege ich ab und fahre im Schritttempo weiter bergauf.

Der Weg ist matschig, und in den tiefen Traktorspuren liegen zahlreiche dicke Steine, die die Federung des Wagens auf eine harte Probe stellen. Auf dem Mittelstreifen wachsen Gras und Unkraut, hin und wieder schabt ein Ast am Unterboden meines Autos entlang. Dichter Mischwald schließt sich über dem Weg zusammen wie ein Gewölbe.

Immer weiter geht es bergauf. Der holprige Feldweg scheint kein Ende zu nehmen. Nebelschleier kriechen aus dem Unterholz und bleiben dicht über dem Boden hängen. Ich unterdrücke ein Gefühl des Unbehagens und bilde mir ein, die Müdigkeit spiele mir einen Streich. Es ist eine lange Reise gewesen, ich habe vierzehn Stunden am Steuer gesessen. Tagsüber sieht es hier bestimmt idyllisch, ja, märchenhaft aus.

Ich erreiche einigermaßen ebenes, offenes Gelände. Zu meiner Rechten beschreibt der Waldrand eine sanfte Abwärtskurve, links von mir und vor mir erstreckt sich ein welliges Stoppelfeld. Der Feldweg führt rechts ab zu einem etwas niedriger gelegenen, mit Split befestigten Grundstück, auf dem zwei mörtelverputzte Gebäude längs hintereinander aufragen. Auf der anderen Seite des Grundstücks steht zum Feld hin ein

Wellblechhangar. Ich stelle mein Auto mitten auf dem Hof ab und starre die dunklen Gebäude an. Das größere muss eine Scheune sein, das kleinere erkenne ich anhand der gemailten Fotos als Diannes Haus.

Ich steige aus. Als Erstes fällt mir die Stille auf. Kein Verkehrsrauschen, kein Flugzeuglärm, weder Stimmen noch Musik noch bellende Hunde, keine knatternden Mopeds, ja nicht einmal Vogelzwitschern. Nichts. Hier, im bläulichen Mondlicht, herrscht vollkommene Stille.

Ich bleibe stehen und betrachte das Haus. Es gleicht eher einem schlichten Herrenhaus als einem Bauernhof. Schnörkellos, fast spartanisch, rechteckig und schmal. Bescheiden, mit weißen Ecksteinen und Fensterumrahmungen in demselben hellen Stein. Die Fensterläden sind geöffnet. Die Haustür liegt genau in der Mitte; einige Betonstufen führen hinauf, zwischen denen das Unkraut wuchert. Im Inneren des Hauses erkenne ich einen schwachen Lichtschein.

Ich gehe zur Tür, sehe keine Klingel und schlage zweimal mit der Faust auf das verwitterte Holz. Das Geräusch schallt weit über die nebligen Hügel. Irre ich mich, oder höre ich ein Echo meines eigenen Klopfens? Ich drehe mich um. Hinter meinem Auto ragt der Hangar als düsterer Schatten vor der mondbeschienenen Landschaft auf. Ich hämmere noch einmal an die Tür, diesmal lauter.

»Dianne! Hallo? Ich bin's, Eva!« Jetzt wirft der Wald ein leises Echo meiner Stimme zurück.

Ich wische den Schmutz von einer der Fensterscheiben und schaue hindurch. Es dauert einen Moment, bis sich meine Augen an die Dunkelheit gewöhnt haben. Dann sehe ich einen Fliesenboden, hell tapezierte Wände und eine niedrige Balkendecke.

Aber nichts rührt sich.

Das Haus ist von einem breiten Betonstreifen umgeben, auf dem ich das Gebäude umrunde.

Auf der Rückseite ragt der Wald noch dichter und scheinbar finsterer auf. Unwillkürlich werfe ich einen Blick über die Schulter, bevor ich die Klinke der Hintertür ausprobiere. Abgeschlossen. Allerdings brennt Licht in der Küche; eine Wandleuchte mit schwacher Birne taucht den Raum in schummriges Halbdunkel. Ich ticke mit den Fingernägeln gegen die dünne Glasscheibe der Hintertür. Zweimal, dreimal. Keine Reaktion.

Es scheint, als sei Dianne tatsächlich nicht zu Hause. Ich hole das Handy aus der Jackentasche. Halb neun. Ob sie essen gegangen ist? Oder zu Besuch bei Freunden?

Ich verbiete mir, gleich an das Schlimmste zu denken. Es sind so viele plausible Gründe dafür denkbar, dass ihr Handy nicht eingeschaltet ist und sie ihre Mails nicht beantwortet. Das muss gar nichts zu bedeuten haben. Vielleicht gibt es Ärger mit dem Telefonanschluss, oder sie hat ein Virus auf dem Computer. In dieser Gegend findet man bestimmt nicht so leicht jemanden, der da Abhilfe schaffen kann.

Zum fünfzehnten Mal an diesem Tag versuche ich, sie anzurufen. Nicht erreichbar, das Handy ist ausgeschaltet. Ich überlege, dass schließlich auch Diannes Telefon kaputt sein kann und sie vielleicht einfach noch keine Zeit hatte, sich ein neues zu kaufen. Oder sie möchte gar keines mehr, denn in letzter Zeit hatte sie Einwände gegen alles, was mit Technik und Kommerz zu tun hat. Oder sie kann es sich ganz einfach nicht leisten. Das würde mich auch nicht wundern.

Durch das schmutzige Fenster sehe ich einen Küchenblock mit einem niedrigen Spülbecken, Unterschränken und Regalen mit Gardinen unter der Anrichte, einen vierflammigen Gasofen mit Klappe und einen fleckigen Küchentisch, der aussieht, als stamme er aus einer Werkstatt. Ringsherum stehen Stühle, von denen nicht zwei zusammenpassen. Dieses Haus bietet keinerlei Luxus.

Nicht, dass Dianne je großen Wert auf Komfort gelegt hätte, aber diese Bleibe erscheint mir dennoch sehr armselig.

Unruhig blicke ich mich um. Was nun? Soll ich warten? Aber vielleicht kommt sie heute Abend nicht mehr nach Hause.

Da fällt mir ein, wo meine Mutter früher den Schlüssel der Hintertür zu verstecken pflegte. Ich sehe mich um, entdecke aber nirgendwo einen Blumentopf. Neben der Tür steht ein Kasten mit leeren Flaschen. Als ich ihn wegschiebe, klirrt das Glas. Doch unter dem Kasten liegt nichts.

Ich richte mich auf und drehe mich zum Waldrand um. Er wirkt unheimlich nah, wie ein tintenschwarzer Schatten, massig und bedrohlich. Ich fange an, vor mich hin zu summen, ein ziemlich krampfhafter Versuch, mit meiner Angst fertigzuwerden.

Mein Blick fällt auf einige große Kiesel, die ein Stück von der Hintertür entfernt an der Grenze zwischen Betonrand und Wiese liegen. Ich rolle einen beiseite. Kleine Tiere huschen darunter hervor, ich nehme an, Mauerasseln, bin mir aber nicht sicher. In der Dunkelheit kann ich es nicht richtig erkennen. Unter dem zweiten Stein meine ich, Schnecken zu erkennen. Instinktiv blicke ich wieder zum Wald. Nebelschwaden kriechen aus dem Unterholz auf das Haus zu. Nicht mehr lange, und ich stehe bis zu den Knien im Bodennebel. In der Ferne jault ein Hund.

Was mache ich hier eigentlich?

An der Hauswand, ein paar Schritte neben der Hintertür, steht eine Metallgießkanne. Letzter Versuch: Wenn darunter kein Schlüssel liegt, steige ich in mein Auto und bin weg. Auf gar keinen Fall werde ich noch länger um dieses Haus herumschleichen. Höchstwahrscheinlich sieht morgen früh alles ganz anders aus und ich schäme mich für meine Angst, aber in diesem Moment erscheint sie mir durchaus berechtigt.

Ich hebe die Gießkanne an. Das Metall ist glitschig vor Feuchtigkeit und fühlt sich eiskalt an. Kein Schlüssel, nur nasser Beton und noch mehr Krabbeltiere.

Als ich die Kanne wieder hinstelle, ertönt ein schabendes Geräusch aus dem Inneren. Mit dem Handy leuchte ich hinein. Auf dem Boden liegt ein Schlüssel, silbrig, mit einem Plastikschild daran.

Zehn Sekunden später stehe ich im Haus.

7

Ich muss mich über das Gefühl hinwegsetzen, in Diannes Privatsphäre einzudringen, ja, bei ihr einzubrechen, wenn auch nicht mit Gewalt oder um etwas zu stehlen. In Diannes alter Wohnung am Stadtrand kannte ich jeden Winkel, doch dieses Haus ist mir völlig fremd. Meine Vorstellung davon beruhte lediglich auf den Fotos, die sie mir gemailt hatte.

Zögerlich schließe ich die Tür hinter mir ab und gehe weiter durch ins Wohnzimmer, das zur Küche hin offen ist. Ich schalte das Licht ein. »Dianne?«, rufe ich wider besseres Wissen. »Dianne? Ich bin's!«

Küche und Wohnzimmer sind durch eine Wand getrennt, an der auf der Wohnzimmerseite eine Treppe nach oben führt. Ein für alte Häuser typischer Geruch liegt in der Luft, nach verbranntem Holz und verdunstendem Regen auf Asphalt. Die Eingangstür mündet direkt ins Wohnzimmer. Die Möbel sehen aus wie vom Sperrmüll: ein schmuddeliger Teppich, ein Wohnzimmertisch von unbestimmter Farbe und zwei ganz unterschiedliche Schlafsofas. Keinen dieser Gegenstände erkenne ich wieder.

Ich kann mir kaum vorstellen, dass Dianne hier wohnt, dass das wirklich ihr neues Zuhause ist. Es sieht so anders, so fremd aus und gleicht in nichts den Häusern und Wohnungen, die mir vertraut sind. Dianne muss das Haus unverändert übernommen haben und scheint noch nicht dazu gekommen zu sein, sich einzurichten. Doch womit kann sie so beschäftigt gewesen sein?

Als mich die ersten Zweifel beschleichen, ob das tatsächlich ihr Haus ist, fällt mein Blick auf die Pinnwand in der Küche, an der so viele Broschüren, Rechnungen, Ansichtskarten, Notizen und Fotos hängen, dass kein Fleckchen Kork mehr sichtbar ist. Ich erkenne den Ausdruck eines Fotos von uns beiden, lachend und sonnengebräunt, die Sonnenbrillen auf die Stirn geschoben, letztes Jahr mit ihrem Handy aufgenommen. Bis vor Kurzem war dieses Foto mein Avatar auf Hyves, dem beliebtesten sozialen Netzwerk in den Niederlanden. Hinter einem Gutschein für den Supermarkt hängt ein vergilbtes Foto von Diannes Eltern, als sie noch zusammen waren. Doch ich entdecke keinen Brief oder Zettel, der ihre Abwesenheit erklärt.

Neugierig steige ich die Treppe hinauf. Die Stufen geben leicht unter meinen Füßen nach und knarren leise. Im oberen Stockwerk wird das Gefühl stärker, etwas Verbotenes zu tun. Ich taste an der Wand nach dem Lichtschalter. Eine Energiesparbirne auf dem Treppenabsatz leuchtet mit Verzögerung auf, gibt aber genügend Licht, um alles erkennen zu können. Drei Türen münden auf den Flur.

Ich stoße die erste auf: ein vorsintflutliches, schimmelig riechendes Badezimmer, fensterlos und vom Boden bis zur Decke mit abscheulich braun-grün gemusterten Kacheln gefliest. Die nächste Tür führt zu einem L-förmigen Schlafzimmer mit Dielenfußboden. Ein Wäscheschrank und ein Einzelbett stehen darin, und vor dem Fenster hängen dicke Gardinen und braune Stores, die bis auf den Boden fallen. In dem Zimmer ist es muffig und kälter als im übrigen Haus. Wahrscheinlich wird es selten benutzt.

Ich gehe zurück, am Bad und an der Treppe vorbei, um die dritte und letzte Tür zu öffnen. Ich strecke schon die Hand nach der Klinke aus, als ich plötzlich mitten in der Bewegung erstarre. Reglos bleibe ich stehen. Wie aus dem Nichts trifft mich die Erkenntnis, dass Dianne durchaus zu Hause sein könnte.

Das Herz schlägt mir bis zum Hals. Ich blicke die Klinke an und dann meine Finger, die auf weitere Befehle warten.

Mit einer schnellen Bewegung greife ich die Klinke und öffne die Tür einen Spalt. Auch in diesem Raum ist es kalt, aber anscheinend um einige Grade wärmer als in dem anderen Schlafzimmer. Vor meinen Füßen erstreckt sich ein unbehandelter Holzfußboden. Mit einer Hand fahre ich am Türpfosten entlang, suche und finde einen Lichtschalter und betätige ihn. Vorsichtig mache ich die Tür weiter auf, Zentimeter für Zentimeter.

Ein Schlafzimmer. Auf der rechten Seite steht genau unter dem Fenster ein nachlässig gemachtes Doppelbett. Niemand liegt darin. Langsam puste ich meinen angehaltenen Atem aus. Ich gehe einen Schritt nach vorn, schlinge die Arme um mich und durchquere dann das Zimmer. Der Dielenfußboden knarrt unter meinem Gewicht.

Ein Beistelltisch neben dem Bett dient als Nachtschränkchen und bietet Platz für einen Digitalwecker, Krimskrams und eine zerlesene französische Zeitschrift. Unter dem Bett sehe ich ein Paar Zehensandalen, Kleidung liegt im ganzen Zimmer verstreut herum. Ich erkenne Diannes Lieblingspullover, hellgrün mit V-Ausschnitt.

»Wo bist du?«, flüstere ich leise.

Das Zimmer hat zwei Fenster, eines über dem Bett, zur Rückseite des Hauses, und eines zur Vorderseite hin. Ich ziehe die Gardinen beiseite und sehe die dunklen Umrisse meines Autos auf dem Hof. Der Mond schimmert auf dem Lack und taucht die Scheune und die Stoppelfelder dahinter in ein bläuliches Licht. Weit in der Ferne, ein gutes Stück hügelabwärts, zeichnet sich pechschwarz ein Waldrand ab.

Ich werfe einen Blick auf mein Handy. Fast neun Uhr. Ich sollte mir allmählich ein Hotel suchen, das wäre am vernünftigsten, aber ich habe hier in der Gegend keines gesehen, ja nicht einmal Hinweisschilder, die zu einem führen könnten.

Die Etap- und Formule-1-Hotels, an denen ich früher am Abend vorbeigefahren bin, liegen ziemlich weit entfernt, und ich bin mir so gut wie sicher, dass sie am Empfang abends nicht besetzt sind. Ohne Kreditkarte könnte ich wahrscheinlich nicht einmal einchecken.

Doch warum sollte ich eigentlich in ein Hotel gehen? Vor morgen früh brauche ich nichts zu essen, im Moment bin ich noch von Chips, Cola und Schokolade mehr als satt. Bestimmt mache ich mir umsonst Sorgen. Dianne war noch nie ein großes Organisationstalent. Sie könnte jeden Moment nach Hause kommen, und dann bin ich lieber hier und trinke mit ihr ein Bier, als allein und halb verrückt vor Sorge in einem Hotelzimmer zu sitzen.

Durch die Vordertür gehe ich hinaus auf den Hof, hole meine Reisetasche aus dem Kofferraum und schließe mein Auto ab. Es ist kühl, ja kalt, und der Wind hat aufgefrischt. Ich eile zurück ins Haus, schleppe die Tasche nach oben und öffne die Tür zu dem L-förmigen Schlafzimmer.

Egal, ob sie heute Abend noch nach Hause kommt oder nicht: Dianne wird sicherlich nichts dagegen haben, wenn ich heute Nacht hierbleibe.

8

Wir waren schwimmen gewesen und lagen auf dem Rücken im Gras. Wassertropfen verdunsteten auf unserer Haut. Wir rochen nach Seegras und stehendem Wasser.

»Ich wünschte, du wärst meine Schwester«, seufzte Dianne.

»Aber das bin ich doch.« Spielerisch stupste ich sie in die Seite. »Wir sind doch beinahe Schwestern. Beinahe-Schwestern.«

Sie sah mich eindringlich an. »Ich meine das ernst.«

Ich erschrak ein wenig vor ihrer plötzlichen Heftigkeit und wusste nicht recht, worauf sie hinauswollte. Deswegen wartete ich ab.

»Schwestern bleiben immer miteinander verbunden, egal, was passiert«, fuhr sie fort. »Freundinnen nicht.«

Diannes Gesicht war rot verbrannt; sie hatte eine zarte Haut. Im Sommer bekam sie immer Sommersprossen: große, orangefarbene Flecke auf Nase und Stirn. Sie hasste sie.

Ich fand sie schön. Ich fand alles an Dianne schön.

Sie war zwölf, hatte bereits einen Brustansatz und würde im Herbst aufs Gymnasium wechseln. Ich ging noch zur Grundschule und war platt wie ein Pfannkuchen. Nichts zeichnete sich ab.

»Wie kommst du denn plötzlich darauf?«, fragte ich.

»Weil es so ist! Schwestern wohnen zusammen, haben dieselben Eltern und sind blutsverwandt. Deswegen kann sie nichts trennen. Das ist etwas anderes als bei Freundinnen. Freundinnen können sich aus den Augen verlieren.«

»Wir aber nicht.«

Um uns herum spielten Kinder, viel jünger als wir. Ihre Mütter waren in Zeitschriften vertieft oder mit den Kleinen beschäftigt. Ein paar Jahre später würden Dianne und ich umziehen an Stellen, wo Sixpacks mit Bier und Colaflaschen herumstanden anstatt Sonnenschirme und Wickeltaschen. Treffpunkte am Rande des Parks, weiter entfernt vom Wasser und im Schatten der Bäume, wo die Musik lauter aufgedreht wurde.

Doch damals fühlten wir uns noch wohl an unserem Stammplatz, zu dem ich in diesem Sommer erstmals ohne meine Eltern mit dem Rad fahren durfte. Solange ich mich erinnern konnte, kamen wir hierher, und sogar schon davor: Ich habe Fotos von mir in einem Reisebettchen gesehen, auf dieser Wiese, mit dem rot-weißen Schlagbaum verschwommen im Hintergrund.

Dianne holte tief Luft und sagte: »Wenn ich wegziehe, sehen wir uns nie mehr wieder. Dann begegnen wir uns eines Tages in der Stadt, wenn wir schon lange erwachsen und verheiratet sind, und wissen nicht mal mehr, dass wir einmal Freundinnen gewesen sind.«

Ich war stumm vor Entsetzen. Dann rief ich: »Niemals! Warum sagst du so was?«

»Vielleicht zieht mein Vater woanders hin. Oder meine Mutter.«

Ich erschrak. »Haben sie sich verkracht?«

Dianne wandte den Blick von mir ab und zog ein Häutchen vom Nagelbett. »Meine Mutter hat gesagt, sie würde lieber in einem undichten Wohnwagen hausen als weiterhin mit ihm unter einem Dach zu leben. Sie hat gesagt, sie würde ihn hassen und er könne ihretwegen tot umfallen. Da hat mein Vater gesagt, sie soll doch abhauen.«

»Wollen sie sich scheiden lassen?«

»Ich glaube schon.«

Ich setzte mich auf. Diannes Eltern wollten sich trennen? Was würde dann aus Dianne und mir werden? Ich wollte nicht, dass sie wegging, ich konnte nicht ohne sie sein! »Und über dich haben sie nichts gesagt?«, fragte ich.

»Nein.«

»Bist du sicher, dass sie umziehen? Vielleicht bleiben dein Vater oder deine Mutter neben uns wohnen?«

»Kann sein.« Sie zuckte mit den Schultern und sah unglücklich aus. »Ich will nicht hier weg. Ich will nicht schon wieder umziehen. Am liebsten würde ich bei euch bleiben.«

Sie suchte meine Hand. Ich nahm sie ganz fest in meine. Beide drückten wir immer fester und fester zu.

Es schmerzte schon ein wenig. Trotzdem zog ich meine Hand nicht zurück. Ich war stolz darauf, dass Dianne so gerne bei mir bleiben wollte.

»Wir könnten Blutsschwestern werden«, flüsterte sie. »Dann wären wir richtige Schwestern.«

»Wie geht das denn?«

»Wenn es möglich wäre, würdest du es dann wollen?«

»Ja. Sofort.«

»Auch, wenn es wehtut?«

Ich nickte.

»... und ganz doll blutet?«

Ich nickte, nicht mehr ganz so überzeugt. Wo führte das hin? Was wollte sie? Konnten wir echte Schwestern werden? Aber wie?

Mit einem geheimnisvollen Blick rollte sie sich auf den Bauch, zog ihre Strandtasche zu sich und kramte darin herum. »Aber nicht erschrecken!«, mahnte sie.

Mit großen Augen sah ich zu, wie sie etwas Glänzendes aus der Tasche holte. Die Sonne spiegelte sich auf der blanken Oberfläche wider.

Sie hielt es in der Hand, knapp über dem Badehandtuch und von der Strandtasche verborgen, sodass es keine der Mütter in unserer Nähe sah.

Ein Kartoffelschälmesser.

9

Es ist stockfinster, egal, ob ich die Augen öffne oder geschlossen halte. Ich sehe absolut nichts. Erschrocken taste ich auf dem kalten Nachttischchen herum, finde mein Handy und öffne es. Das Display leuchtet auf. Ich bin also nicht erblindet. Mit halb zugekniffenen Augen sehe ich nach, wie spät es ist: drei Uhr nachts.

Die einzige Wärmequelle, die ich vor dem Schlafengehen entdeckt habe, ist ein kleiner gusseiserner Holzofen im Wohnzimmer, ein altes Ding mit schwarz verrußten Scheiben, das vor der fensterlosen Wand auf einem beige gekachelten Sockel steht. Aus der Asche in der Schublade und auf dem Rost schloss ich, dass der Ofen in Gebrauch ist, aber im Haus fand ich nirgendwo Holz, und ich traute mich nicht, draußen im Dunkeln danach zu suchen.

Das rächt sich jetzt. Meine Arme und Beine sind steif vor Kälte, und meine Zehen fühlen sich halb erfroren an ebenso wie meine Nasenspitze. Der Überwurf und die oberen Decken sind vom Bett gerutscht. Blind greife ich danach und ziehe sie wieder über mich.

Ich gähne ausgiebig und will mich grade auf die andere Seite drehen und weiterschlafen, als plötzlich von draußen Licht hereinfällt. Da, schon wieder! Ein schwacher Lichtkegel huscht auf der Wand hin und her und verschwindet wieder.

Unter den vielen Decken setzt mein Herz einen Schlag aus. Ein Gewitter kann es nicht sein, ich höre weder starken Wind noch Regentropfen. Es ist noch immer genauso still wie abends vor dem Einschlafen. Könnten es Scheinwerfer gewesen sein?

Kommt Dianne nach Hause?

Ich springe aus dem Bett und eile mit ein paar Schritten ans Fenster. Am Abend zuvor hatte ich von dort aus eine atemberaubende Aussicht über das offene Feld und den Wald jenseits davon. Doch jetzt, wo der Mond untergegangen ist, kann man kaum noch den Hof erkennen. Ich kann mich nicht erinnern, jemals zuvor so eine gnadenlose, absolute Stille und ebenso absolute Finsternis erlebt zu haben. Wieder überfällt mich die Intensität dieser Erfahrung, noch stärker als bei meiner Ankunft.

Erneut huscht ein Lichtschein durch das Zimmer, so grell und unerwartet, dass ich mit einem Schrei vom Fenster wegspringe und Schutz an der Wand suche. So schnell, wie es gekommen ist, ist es auch wieder verschwunden. Alles ist wieder dunkel. Stocksteif bleibe ich stehen.

Was war das?

Kein Auto oder Motorrad, so viel ist sicher.

Der Holzfußboden unter meinen Füßen fühlt sich rau und kalt an. Ich fange an zu zittern.

Erst nachdem es minutenlang still und dunkel geblieben ist, wage ich es wieder, durch den Gardinenspalt hinauszuschauen. Da erkenne ich, wo das Licht herkommt: ein schmaler Kegel, dessen Ursprung in Höhe des Waldes liegt – *im* Wald?

Unwillkürlich muss ich an eine Geschichte denken, die mich als Kind stark beeindruckt hat. Sie handelte von Irrlichtern, die einsam in Wäldern und Sümpfen umherirrten. Sie lockten Wanderer an, die sich verlaufen hatten, und führten sie ins Unglück, zum Beispiel ins Moor. Nach altem Aberglauben sind es die Seelen tot geborener Kinder, deren Anblick Unheil bringt.

Ich kann unmöglich feststellen, wo genau sich die Lichtquelle befindet. Das Gelände ist zu hügelig, und ich kann mich nicht mehr daran erinnern, ob es dort hinten anstieg oder abfiel.

Der Lichtstrahl huscht in meine Richtung.

In einem Reflex ziehe ich die Gardinen vor meiner Nase zusammen. *Warum bin ich nicht doch einfach in ein Hotel gegangen?*

Ich versuche, nüchtern nachzudenken und mich nicht von meiner Angst beherrschen zu lassen. Das Licht ist draußen, weit weg vom Haus, und es ist gut möglich – ja, sogar wahrscheinlich –, dass dieses Haus nicht absichtlich beschienen wird. Ein Lichtstrahl reicht hier sehr weit. Im Wald oder am Waldrand läuft offenbar jemand mit einer Taschenlampe herum, mehr steckt nicht dahinter, und mehr sollte ich auch nicht hineininterpretieren.

Ich frage mich, wie Dianne reagieren würde. Sie ist erheblich impulsiver als ich und viel mutiger. Würde sie hinauslaufen, um nachzusehen? Nein, natürlich nicht. Dafür besteht gar kein Anlass. Könnte doch sein, dass dort hinten jemand wohnt, der draußen Holz holen oder nach seinen Tieren sehen muss, obwohl es drei Uhr morgens ist.

Ich sage mir, dass das alles nichts mit mir zu tun hat. Nicht mein Problem. Ich bin in einem fremden Land, in einem unbekannten Haus. Was immer es ist, es hat einfach nichts mit mir zu tun.

Zitternd lege ich mich wieder ins Bett und ziehe die Decken hoch bis zum Hals. Mit weit offenen Augen liege ich da und starre an die Decke. Vollgepumpt mit Adrenalin, auf jedes Geräusch achtend. Ich kämpfe gegen den Impuls an, Erwin eine SMS zu schicken – er kann nichts für mich tun und würde sich nur Sorgen machen.

Als Kind lag ich oft hellwach im Bett, die Augen halb geschlossen, auf der Suche nach Schatten über dem Schrank oder am Fenster. Ebenso wie die veränderlichen Wolkenbänke am blauen Himmel erzählten auch sie mir eine Geschichte.

Doch diese Schattengeschichten waren ganz anderer Natur – finster und bedrohlich. Wenn ich es nicht mehr aushielt, sprang ich aus dem Bett und rannte ins Schlafzimmer meiner Eltern. Dort hielt meine Mutter schlaftrunken ihr Deckbett hoch, als hätte sie schon auf mich gewartet. In den weichen Kissen, die beruhigende Wärme meiner Mutter direkt neben mir, verging die Angst schnell, und ich schlief ein.

Doch meine Mutter ist nicht hier, und ich denke natürlich nicht daran, sie anzurufen. Ich bin siebenundzwanzig, keine sieben mehr, und sie hat momentan genug mit sich selbst zu tun. Meine Eltern sind seit fast dreißig Jahren zusammen. Man sollte meinen, dass ein Paar nach so langer Zeit perfekt aufeinander eingespielt ist, wie ein gut geölter Mechanismus, dessen Zahnräder routiniert ineinandergreifen. Doch die Dauer einer Beziehung allein scheint dafür keine Garantie zu bieten. Seitdem mein jüngerer Bruder Dennis an der Universität Nijmegen studiert, herrscht zu Hause eine angespannte Atmosphäre. Meine Mutter hackt fortwährend auf meinem Vater herum. Er kann ihr nichts mehr recht machen, als sei es seine Schuld, dass es ihr schlecht geht.

Ich habe den Eindruck, dass jede Veränderung der Alltagsroutine ihre Beziehung erneut auf die Probe stellt. Dabei durchleben sie nicht ihre erste Krise; ich kann mich an frühere Spannungen erinnern: Als mein Vater sich als Steuerberater selbstständig machte und fortan von zu Hause aus arbeitete, stritten sie sich in den ersten Monaten unablässig. Später gab es jedes Mal Probleme, wenn eines der Kinder flügge wurde.

Die jetzige Krise erlebe ich jedoch als die schlimmste bisher. Mama hat ihren Rhythmus immer noch nicht gefunden, aber vielleicht ist das auch zu viel verlangt, denn schließlich ist es noch nicht lange her, dass Dennis ausgezogen ist.

Ich kenne meine Mutter nicht anders als mit den Kindern und dem Haushalt beschäftigt: staubsaugen, putzen, nähen, kochen, waschen, bügeln. Die Emanzipationswelle ist an ihr vorbeigeschwappt. Mein Vater hat im Haushalt nie einen Finger krumm gemacht, aber nicht, weil er die Arbeit scheute, sondern weil meine Mutter es ihm nicht erlaubte. Ich vermute, dass ihre schönsten Jahre die waren, als wir klein waren. Als sie noch die Achse war, um die sich alles drehte, als sie für uns sorgen und sich um uns kümmern konnte und wir sie jeden Tag in Anspruch nahmen.

Meine Mutter mag Trubel, ein volles Haus, notfalls voll mit Kuckuckskindern – keinen um sich zu haben, für den sie sorgen kann, bedrückt sie.

Das war, wenn ich es richtig verstanden habe, auch die erste Diagnose des Therapeuten, den meine Eltern konsultiert haben: Meine Mutter leidet unter dem »Empty-Nest-Syndrom«, dem Verlust ihrer flügge gewordenen Kinder.

10

Mein Frühstück besteht aus zwei Pfefferminzdragees aus meiner Handtasche und einer Tasse löslichem Kaffee aus Diannes Küchenschrank. Das Kaffeepulver kann den Geschmack des Leitungswassers nicht überdecken: eine Mischung aus Chlor, Kalk und etwas Metallischem.

In Diannes Kühlschrank habe ich Wintermöhren gefunden, Ziegenkäse und ein Einweckglas voll säuerlich riechendem Joghurt. Das Brot, das in einer geschlossenen Blechdose lag, ist ausgetrocknet. In einem der Küchenschränke stehen Wein und Pastis, doch nach Mineralwasser, Bier oder Cola suche ich vergebens.

Ich schließe die Hintertür ab, lege den Schlüssel an seinen Platz in der Gießkanne, umrunde das Haus und betrete den Hof. Es herrscht nicht mehr die gleiche Stille wie gestern Abend, die Umgebung ist zum Leben erwacht. Ich höre einen Hund bellen und das Geräusch eines Autos oder Traktors, wenn auch weit entfernt. Der Himmel ist bewölkt, und ein intensiver Geruch nach feuchtem Herbstwald und Holzfeuer liegt in der kühlen Luft. Nicht unangenehm.

Auch die Gebäude wirken tagsüber freundlicher. Mir fällt auf, dass die Dächer nicht dunkel, sondern mit matt orangefarbenen Ziegeln gedeckt sind, unterbrochen von dunkleren, die große, rautenförmige Muster bilden. Diannes Haustür war in ferner Vergangenheit rot lackiert, könnte aber mittlerweile dringend einen neuen Anstrich gebrauchen.

Die großen Scheunentüren knarren, als ich sie öffne. Drinnen ist es still und dämmrig. Hoch über meinem Kopf liegen die Dachpfannen auf einer kompliziert aussehenden Holzkonstruktion. In den Sparren hängen verlassene Schwalbennester. Wo ich auch hinsehe, wiegen sich Spinnweben leise im Luftzug. An der Wand stehen rostige Gartengeräte, auf denen sich Staub sammelt, und in der Mitte liegen Ersatzteile, die von Landwirtschaftsmaschinen stammen könnten. Ich durchstreife die ganze Scheune, um sicherzugehen, dass ich nichts übersehen habe, und verlasse sie dann wieder. In der Scheune ist nichts.

Ich drücke beide Türen hinter mir zu und drehe mich zum Feld um, das anfangs leicht abfällt und am Ende wieder ansteigt. Am höchsten Punkt zeichnet sich der Waldrand vor dem zinnfarbenen Himmel ab. Der Lichtstrahl von heute Nacht kam also zweifellos aus dem Wald.

Plötzlich streicht etwas an meinen Beinen entlang, und der Schreck fährt mir in die Glieder. Etwa in Kniehöhe starrt mich eine Katze reglos an. Sie hat gelbe Augen und ein auffälliges weißes Abzeichen, das an ihrem Kinn beginnt, schräg über den Nasenrücken verläuft und knapp über ihrem linken Auge endet.

»Oh, hallo!«, sage ich.

Das Tier stößt einen tiefen, heiseren Laut aus, der gar nicht zu ihm zu passen scheint.

»Ich glaube, du bist mir ein bisschen unheimlich.«

Der Kater starrt mich weiterhin an, den Schwanz hoch erhoben, die Augen halb geschlossen.

Ich traue mich nicht, ihn zu streicheln, und verschränke ungeschickt die Arme.

Eine Weile streicht er noch um meine Beine, dann verliert er das Interesse und verschwindet mit ein paar eleganten Sprüngen aus meinem Blickfeld.

Nachdem ich mich vergewissert habe, dass nicht noch mehr Katzen in der Nähe sind, die mit mir Bekanntschaft schließen wollen, wende ich mich dem dritten und letzten Gebäude zu, das am anderen Ende des Grundstücks an der Grenze zum Stoppelfeld liegt.

In den Niederlanden sind Hangars selten, man sieht sie fast ausschließlich auf Flugplätzen. In Frankreich auf dem Land sind sie mir schon öfters aufgefallen. Sie sind natürlich kleiner, so wie dieser hier, und werden als Schuppen oder Lagerraum benutzt. Diannes Hangar gleicht einer rostigen Raupe, grau mit braunen Flecken, etwa vier Meter hoch und vielleicht fünfzehn Meter lang. An einigen Stellen sind die geriffelten Wände vollständig durchgerostet. Die Tore fehlen, und die Führschiene, in der sie einmal gerollt sind, hat sich auf einer Seite gelöst. Drinnen wächst Unkraut, und es riecht ein wenig nach Mist und etwas anderem, was mich an Tiere erinnert, doch auch dieser Raum ist so gut wie leer. Wo immer sich Dianne auch herumtreibt, in Le Paradis ist sie jedenfalls nicht.

Einer plötzlichen Eingebung folgend suche ich die Nummer von Diannes Mutter Gerda heraus, die auf Ameland wohnt. Kurz nach Diannes achtzehntem Geburtstag hat sie sich dort mit ihrem neuen Lebensgefährten, einem wesentlich älteren Saxofonisten, niedergelassen.

Ich muss nicht lange warten. Gerdas Stimme klingt noch lauter und schriller als in meiner Erinnerung. Ich kann sie mir lebhaft vorstellen: große, ausdrucksvolle Augen, knallrot geschminkte Lippen und eine wilde Frisur in leuchtendem Orange.

»Gerda? Hier ist Eva. Geht es dir gut?«

»Eva? Eva! Lange nichts von dir gehört! Wie geht es dir? Immer noch die rasende Reporterin?«

»Ja«, lüge ich.

»Soll ich dir mal einen Tipp geben? Du solltest eine Reportage über Henk und sein *Art-at-the-Sea*-Projekt schreiben. Alle Künstler auf der Insel nehmen daran teil. Auch Hendrik-Jan Heemstra. Den kennst du doch, oder, Hendrik-Jan Heemstra?«

Noch nie von ihm gehört. Bestimmt ein Künstler, der die Insel selten verlässt.

»Nein, eigentlich nicht«, antworte ich und höre mir noch ein paar Minuten lang ihre Ausführungen über verschiedene, mir unbekannte Künstler an, die bei ihr und Henk ein und aus gehen.

Irgendwann habe ich genug und unterbreche sie abrupt. »Entschuldige, Gerda, ich habe es eilig. Ich habe dich eigentlich wegen Dianne angerufen. Hast du eine Ahnung, wo sie sein könnte?«

»Wie meinst du das?«

»Ich versuche sie schon seit einer Weile zu erreichen, aber sie geht nicht ans Telefon und antwortet nicht auf meine Mails. Hast du in letzter Zeit von ihr gehört?«

Sie schweigt einen Moment. Dann flötet sie: »Nein, es muss mindestens zwei Wochen her sein, dass ich mit ihr telefoniert habe. Oder drei, wenn ich es mir recht überlege. Sie hat noch nie gern telefoniert, aber jetzt, nachdem sie in die Pampa gezogen ist, höre ich rein gar nichts mehr von ihr. Sie hat wohl zu viel anderes zu tun. Machst du dir etwa Sorgen um sie?«

»Ja, ein bisschen. Wir hatten verabredet, dass ich am Samstag zu ihr fahre, und ich wundere mich darüber, dass sie sich so gar nicht meldet.« Gerda braucht noch nicht zu wissen, dass ich von Frankreich aus anrufe.

»Dianne kann sehr gut auf sich aufpassen, das müsstest du doch inzwischen wissen. Nach… wie lange kennt ihr euch jetzt eigentlich, zwanzig Jahre? Fünfundzwanzig?«

»So um den Dreh, glaube ich«, antworte ich aus Höflichkeit.

Ich höre, wie sie vor sich hin murmelnd eine Zigarette anzündet und den Rauch heftig ausbläst. »Eines rate ich dir: Schaff dir bloß keine Kinder an. Dann ist es nämlich mit der Ruhe vorbei. Aber ich habe schon vor langer Zeit aufgegeben, mir Sorgen um Dianne zu machen. Sie ist eine erwachsene

Frau, die sich sehr gut um sich selbst kümmern kann. Wie eine Katze. Landet immer auf den Pfoten. Wenn sie nicht ans Telefon geht, hat sie mit Sicherheit gute Gründe dafür.«

Im Schritttempo folge ich dem Feldweg zur Asphaltstraße. Ganz am Ende steht Diannes Briefkasten, eine graue Blechkiste auf einem schiefen Pfahl. Ich steige aus und öffne die Klappe. Im Kasten liegt nur ein feuchtes Wochenblättchen, *Paru Vendu*. Die aktuelle Ausgabe. Ich lasse es liegen und steige wieder ins Auto.

Während ich langsam durch den bewaldeten Landstrich fahre und dabei nach anderen Häusern an der kleinen Straße Ausschau halte, ebbt mein Ärger über Gerdas Verhalten allmählich ab. Ich darf nicht zu viel darauf geben – das tut Dianne inzwischen auch nicht mehr –, aber mich stört einfach diese extreme Gleichgültigkeit einer Mutter ihrer Tochter gegenüber. Ich kann mich an keine Gelegenheit erinnern, bei der diese Frau ihrem einzigen Kind mehr Bedeutung eingeräumt hätte als ihren eigenen Interessen. Ich vermute, es liegt daran, dass Dianne ihrem leiblichen Vater zu sehr ähnelt – zumindest hat Gerda ihr das im Streit oft an den Kopf geworfen.

Einen Nutzen hat das Gespräch jedoch: Ich mache mir nicht mehr so große Sorgen.

Wenn Dianne krank oder verletzt im Krankenhaus läge, hätte Gerda – ob Rabenmutter oder nicht – ganz bestimmt davon gewusst.

11

Der Bauernhof von Diannes Nachbarn liegt direkt an der Landstraße und gleicht eher einer kleinen Siedlung als einem Landwirtschaftsbetrieb. Rechts und links der Straße gruppieren sich anscheinend ohne System Ställe, offene Unterstände und Schuppen. Einige Gebäude sehen neu aus, andere sind windschief und werden nur noch von wuchernden Kletterpflanzen zusammengehalten. Diannes Nachbarn scheinen nicht besonders ordentlich zu sein. Überall liegt Krempel herum: Autoreifen, Flaschen, Landwirtschaftsplanen.

Eine Herde von mindestens fünfzig Gänsen marschiert vor meinem Auto über die Straße. Sie stoßen blecherne Schreie aus und hinterlassen kleine Federn, Mist und Fußabdrücke im Matsch.

Auf dem Briefkasten an der Hausmauer kann man gerade noch so die Namen der Bewohner entziffern: BEAU, RÉGIS UND ANNIE. Hoffentlich sind die Beaus zu Hause. Wenn sie auch nur halb so neugierig sind wie Martha Pieters, werde ich noch heute Vormittag herausfinden, wo sich Dianne herumtreibt und mit wem.

Ich parke das Auto vor dem Haus und steige aus.

Meine Ankunft wird von einem Hund bemerkt, der vor einer der Scheunen an der Kette liegt. Knurrend rennt er auf mich zu, so weit er kann, und verbellt mich, die Kette straff gespannt.

Wo sollen sich Besucher hier melden? Die Vordertür zur Straßenseite scheint nicht benutzt zu werden – eine Kletterrose rankt sich daran empor. Zum Hof hin führt eine zweite

Tür hinaus auf eine Veranda. Unter dem Wellblechdach steht ein Gartentisch mit Stühlen. An einem Haken hängt ein Korb mit verwelkten Balkonblumen.

»*Allo, bonjour?*«, rufe ich.

Der Hund bellt ununterbrochen weiter.

Aus einer der Scheunen kommt ein Mann im Overall mit gedrungenem Körperbau und tief liegenden Augen in einem wettergegerbten Gesicht. Zuerst ignoriert er mich und betrachtet stattdessen mit zusammengekniffenen Augen eingehend mein Auto, um das Kennzeichen besser lesen zu können. Dann erst dreht er sich um und mustert mich von Kopf bis Fuß.

»Monsieur, darf ich Sie etwas fragen?«

»Wer sind Sie?«

»Ich bin eine gute Freundin Ihrer Nachbarin, Dianne van den Berg.«

Als er Diannes Namen hört, verhärtet sich sein Gesicht. Dann hebt er das Kinn und scheucht mich mit einer beidhändigen Hau-ab-Geste vom Hof. Anschließend dreht er sich weg und geht wieder in die Scheune.

»Monsieur?« Ich folge ihm ein paar Schritte. »Sie sind doch …«

Meine Stimme stockt. In der Scheune steht ein zweiter Kerl. Hinter einer Kuh hervor glotzt er mich an, die Ellenbogen auf den Rücken des Tieres gestützt. Am Wohnzimmerfenster erscheint das Gesicht einer Frau. Demonstrativ zieht sie die Gardine zu. Als ich mich umdrehe, sind beide Männer verschwunden.

Der Hund bellt immer noch. Sein magerer Körper zuckt bei jedem Laut, und Sabberfäden fliegen ihm aus dem Maul.

»Vielen Dank auch«, murmele ich und kehre zu meinem Auto zurück. An meinen Stiefeln klebt eine dicke Schicht gelber Matsch, mit dem ich die Fußmatte und die Pedale beschmiere.

Der Schlamm ist noch nicht getrocknet, als ich eine Viertelstunde später das Dorf erreiche. Ich parke mein Auto auf einem brachliegenden Grundstück neben dem Tante-Emma-Laden. Das Regal mit den Gasflaschen steht jetzt seitlich an einer Wand.

Die Tür klemmt ein wenig, und eine altmodische Ladenglocke klingelt fröhlich. Ich bin die einzige Kundin an diesem Montagmorgen. Eine junge Frau um die zwanzig mit einer Schürze vor dem Schoß kniet vor einem der Regale. Sie grüßt mich abwesend und fummelt weiter an einer Etikettierzange herum.

Ich nehme einen Drahtkorb und fülle ihn mit Lebensmitteln. Im Kühlfach finde ich eine Quiche Lorraine und Gouda, weiter hinten Mineralwasser und Cola, Chips, Schokolade, löslichen Kaffee, Baguette, Croissants, Nutella, Äpfel und Bananen. Kurz vor der Kasse nehme ich noch eine Flasche Bacardi aus dem Regal.

Ich stelle alles auf einen Tisch neben die Kasse – ein Band gibt es nicht.

Die Kassiererin wischt unsichtbaren Schmutz von ihren Händen an ihrer Schürze ab und setzt sich an ihren Platz. Schweigend gibt sie die Preise ein, und ich stelle die Sachen in einen Karton. Da es kein Kartenlesegerät gibt, zahle ich bar.

Mit einem leisen »*Au revoir*« droht sie sich wieder ihrer Etikettierzange zuzuwenden.

»*Mademoiselle?*«, frage ich. »Kennen Sie vielleicht Dianne van den Berg?«

Ohne nachzudenken schüttelt sie den Kopf.

»Aber Sie müssten sie eigentlich kennen, sie wohnt in Le Paradis, ganz in der Nähe. Sie ist Niederländerin wie ich und hat hellblonde, fast weiß gefärbte Haare, ungefähr so lang.« Ich deute Diannes Haarlänge mit der gestreckten Hand über meiner Schulter an. Unter dem ausdruckslosen Blick der Kassiererin fühle ich mich von Sekunde zu Sekunde lächerlicher.

Geduldig lässt sie mich ausreden und sagt dann: »Ich kenne Ihre Freundin nicht. *Je suis désolée* – es tut mir leid. Fragen Sie mal in der Kneipe. Da gehen manchmal Ausländer hin.«

»Hier ist es ganz anders als in den Niederlanden«, hat Dianne mir am Telefon erzählt. Ein paar Wochen zuvor war sie in ihr französisches Haus gezogen und schwärmte ohne Punkt und Komma, wie toll es dort sei.

»Die Menschen sind eins mit der Natur. Ich habe Familien kennengelernt, die ihr Wasser noch aus einem Brunnen holen. Kannst du dir das vorstellen? Die ersten Wasserleitungen wurden hier erst um neunzehnhundertsechzig herum verlegt, davor hatten alle nur einen Brunnen. Das ist echtes Quellwasser, und zwar ganz umsonst! Hier gibt es überall unterirdische Quellen.«

»Hast du auch einen Brunnen?«

»Nein, leider nicht. Aber ich koche mit Gas aus Gasflaschen.«

Mir schwebten kleine blaue Butangaskartuschen vor. »Ist das nicht sehr umständlich?«

»Nein, nein, die Flaschen kann ich im Dorf kaufen. Es ist Pfand drauf, und sie sind preiswert. Mit einer Flasche komme ich ein halbes Jahr aus.«

Ich fand das schwer vorstellbar.

»Und weißt du, was es hier noch nicht gibt?«, fuhr Dianne fort. »Abwasserkanäle. Man bezahlt also keine Abwassergebühren. Jeder hat seine eigene *fosse septique*, eine Privatsickergrube, wenn du so willst.«

»Was ist mit Strom?«

»Wird über oberirdische Leitungen geliefert. Nicht besonders zuverlässig. Ich habe schon zweimal im Dunkeln gesessen. Ich will sobald wie möglich auf Strom aus Sonnenenergie oder Erdwärme umsteigen, aber bisher gibt es hier nur Atomstrom.«

Sie ließ sich lang und breit über dieses Thema aus und erzählte detailliert von verschiedenen Formen staatlicher Subventionen für nachhaltige alternative Energien. Ich hörte gar nicht mehr richtig zu.

Die Leidenschaft, die ich so sehr an ihr bewundere, hat leider eine Kehrseite. Dianne kann manchmal in Monologe verfallen, bei denen sie jegliches Maß verliert. Dann gibt es für sie nur noch das eine Thema, was sie gepackt und worin sie sich verbissen hat. In den letzten Jahren hat sie sich eingehend mit alternativen Lebensstilen beschäftigt. Ein Selbstversorgerdasein, möglichst unabhängig von den großen multinationalen Konzernen, eine bewusstere, langsamere Art zu leben, das ist ihr Ideal. Dafür ist sie ausgewandert.

Die Kneipe macht einen heruntergekommenen Eindruck. An der Wand hängen ein elektronisches Dartboard, Plakate und Ankündigungen und ganz weit oben ein Fernseher, der auf einen Nachrichtensender eingestellt ist. Die Lautstärke ist weit aufgedreht. Rechts befindet sich der Schankraum, links das Restaurant. Weiße Wandvertäfelung, Holztische.

An zwei Tischen sitzen Männer, die auf mein Eintreten mit keinem Wort reagiert haben, mich aber ungeniert anstarren. Sie sind zu fünft. Vielleicht sind es dieselben, die ich hier gestern Abend habe sitzen sehen. Könnte ohne Weiteres sein. Sie tragen karierte Hemden, Pullunder und Jeans.

»*Messieurs*«, grüße ich und nicke höflich. Im Studium wurde uns eingetrichtert, dass Franzosen sehr auf Umgangsformen achten und man im Zweifelsfall lieber ein wenig zu förmlich als zu familiär auftreten sollte.

Einer brummt etwas Unverständliches, die anderen gaffen mich weiterhin an, als hätte ich mich in die Männertoilette verirrt. Ich bemerke, dass sie Lederschuhe mit Gummisohlen tragen. Ihre Hände sind schmuddelig und voller Schwielen. Das sind Männer, die auf dem Land oder auf dem Bau arbeiten.

»Guten Tag«, fahre ich mit meinem herzlichsten Lächeln fort.

Keine Reaktion.

»Entschuldigen Sie die Störung.« Und, mit einem Wink zur Straße hin: »Die junge Dame im Supermarkt hat mich an Sie verwiesen. Sie meinte, dass Sie mir vielleicht weiterhelfen könnten.«

Die Männer blicken mich stumm an. Keiner sagt etwas.

Ich habe das Gefühl, immer kleiner zu werden. Kein Zweifel, das sind Dorfbewohner, Einheimische. Ich mache mir keine falschen Hoffnungen – die werden mir bestimmt nicht helfen. Trotzdem gebe ich nicht auf. Ich tue doch nichts Böses. Wenn sie beschließen, mich unhöflich zu behandeln, dann sagt das mehr über sie aus als über mich.

»Äh… ich bin zu Gast in Le Paradis, im Haus meiner Freundin«, stottere ich. Mein Französisch ist gut, sogar ausgezeichnet, aber allmählich zweifle ich an jeder Verbform, die mir über die Lippen kommt.

»Hab ich noch nie gehört«, murmelt einer der Männer schließlich, nachdem ich ausgeredet habe.

Ein Mann vom dunklen Typus eines Spaniers fängt an zu lachen und trinkt von seinem Pastis. Niemand fällt in sein Lachen ein.

Von der Theke her kommt ein Mann auf mich zu, um die fünfzig, schlank, mit einer langen weißen Schürze. Er trocknet sich die Hände an einem Geschirrtuch ab. Nach einem einvernehmlichen Blickwechsel mit seinen Gästen sagt er: »Geschlossene Gesellschaft. Wir können Ihnen heute kein Essen servieren.«

»Ich will auch nichts essen. Ich habe nur eine Frage.«

Der Mann tut so, als hätte er mich nicht gehört, marschiert zur Tür und hält sie für mich auf. Dann weist er mit dem Kinn hinaus, mit eiskaltem Blick. »Guten Tag, Mademoiselle.«

Verwirrt blicke ich die Männer an. Ihre abweisende Haltung ist in Amüsement umgeschlagen. Die scheinen das komisch zu finden. Dann sehe ich wieder den an, den ich für den Wirt dieses Lokals halte.

»Geschlossene Gesellschaft, junge Frau«, wiederholt er und drängt mich mit einer ungeduldigen Handbewegung zum Gehen.

Widerstrebend ziehe ich mich Schritt für Schritt zurück. Mit einem Knall fällt die Tür hinter mir ins Schloss.

Ich hatte mit einer Lachsalve gerechnet, aber sie bleibt aus. Stattdessen herrscht eine unheimliche Stille. Auf dem Weg zum Auto habe ich das Gefühl, dass sich die Blicke der Männer in meinen Rücken bohren.

12

Ich war neun, als ich mich zum ersten Mal in Schwierigkeiten brachte.

Ich lag im Bett und lauschte der Stimme meiner Mutter. Sie rief in der Schule an, um mich krankzumelden. Obwohl sie ein Stockwerk unter mir stand, konnte ich sie reden hören – mit dem Rektor sehr wahrscheinlich, denn er war immer langatmig und fand nie ein Ende. Meine Mutter war sehr höflich und konnte ebenso schlecht ein Gespräch beenden, selbst am Telefon. Mehrmals hörte ich sie mit hoher Stimme sagen: »Also, bis dann und vielen Dank«, wonach eine kurze Stille folgte, meine Mutter plötzlich anfing zu lachen und das Gespräch weiterging.

Den restlichen Vormittag über lauschte ich den Geräuschen ihrer täglichen Verrichtungen. Ich hörte sie auf und ab laufen, zur Toilette gehen, summen, staubsaugen, etwas in den Mülleimer werfen und das gespülte Geschirr wegräumen.

Als die Schritte meiner Mutter schon fast ganz oben an der Treppe waren, schob ich schnell mein Donald-Duck-Heftchen unter mein Kissen, legte mich flach auf den Rücken und schloss die Augen.

Ein wenig gequält runzelte ich die Stirn, wie meiner Vorstellung nach ein krankes Kind aussehen musste. Ein Kind, das zwar nicht so krank war, dass es zum Arzt musste, aber zu krank, um an diesem Tag in die Schule zu gehen.

»Schläfst du, Eva?«

Wieder plagte mich das schlechte Gewissen, das mich schon seit dem Morgen verfolgte.

Noch nie zuvor hatte ich meine Mutter angelogen, jedenfalls nicht so richtig.

Dianne behauptete, es sei ganz einfach zu lügen. Sie lüge ihre Eltern so oft an, das ginge schon fast automatisch. Dass es mir so schwerfiel, lag wohl einfach daran, dass ich es noch lernen musste.

Ich schüttelte den Kopf.

»Und, wirkt die Tablette?«

»Ich glaube schon«, antwortete ich, wie ich hoffte mit einem Mitleid erregenden Stimmchen.

»Ich müsste mal kurz zu Oma.«

Meine Oma wohnte in einer Seniorenwohnung neben dem Altenheim. Meine Mutter ging sie fast jeden Tag besuchen. Am Abend zuvor kochte sie dann nicht für fünf, sondern für sechs Personen – oft auch für sieben, wenn Dianne zum Essen blieb. Omas Portion wurde in eine feuerfeste Form gefüllt und in den Kühlschrank gestellt. Am nächsten Tag brachte ihr meine Mutter das Essen und nahm die leere Form vom Vortag wieder mit.

Meine Mutter sorgte für meine Oma. Wenn sie es nicht täte, würde sie zu wenig essen, meinte sie. Zu wenig und vor allem zu ungesund. Für sich allein machte sich meine Oma nicht die Mühe, frisches Gemüse zu kaufen, zu putzen und zuzubereiten. Da begnügte sie sich lieber mit einem Kräcker und einem Stück Käse.

Meine Mutter setzte sich auf meinen Bettrand, sodass die Matratze einsank und ich schief lag. Sie legte mir die Hand auf die Stirn. »Du fühlst dich schon nicht mehr so heiß an.«

Ich sagte nichts. Am Morgen hatte ich meine Stirn minutenlang gegen den Heizkörper gedrückt. Eine Idee von Dianne – meine Nachbarin, beste Freundin und Beinahe-Schwester steckte voller praktischer Tipps.

»Vielleicht bist du gar nicht richtig krank, sondern nur ein bisschen müde?«

»Kann sein«, antwortete ich.

Sie gab mir einen Kuss auf die Nase. »Bleib mal schön liegen. Ich gehe deine Brüder von der Schule abholen und Oma das Essen bringen.«

Ich nickte.

»Kommst du so lange allein zurecht?«

»Na klar.«

»Du weißt, dass du mich bei Oma anrufen kannst, wenn du mich brauchst. Und denk daran, lass niemanden herein.«

13

Eine Staubwolke wirbelt auf, als ich die schweren Holzscheite in meinen Armen fallen lasse. Ich stapele das Holz auf dem Sockel neben dem Ofen und gehe hinaus, um noch mehr zu holen.

Diannes Holzvorrat liegt hinter dem Haus. Die gespaltenen Blöcke und zurechtgesägten Äste bilden eine niedrige Mauer an der Grenze zum Wald. Sie wird von einer orangefarbenen Plane geschützt, die mit schweren Baumstümpfen und Steinen beschwert ist. Ich packe so viele Scheite, wie ich tragen kann, in meine Armbeuge. Ein heftiger Regenschauer hat die Wiese hinter Diannes Haus durchweicht. Die Feuchtigkeit ist in meine Leinenturnschuhe und die Hosenbeine meiner Jeans gezogen. Ich zittere vor Kälte.

Die Natur hier ist unfreundlich, denke ich bei mir, aber nicht halb so unfreundlich wie die Bewohner. Für heute habe ich genug von ihnen. Ich will niemanden mehr sehen, ja, ich habe nicht einmal Lust, Erwin anzurufen. Er hat mir heute schon zwei SMS geschrieben, aber ich habe noch nicht darauf geantwortet, aus Sorge, meine Wut an ihm abzureagieren.

Als ich mich mit den Armen voll Feuerholz dem Haus nähere, fällt mir eine Nische in der Außenwand auf. Darin steht eine Gasflasche – graugrün, vom Umfang einer kompakten kleinen Regentonne. Dieselben Gasflaschen habe ich vor dem Supermarkt im Dorf gesehen. Ich kann mir kaum vorstellen, dass die Kassiererin Dianne nicht kennt. Vielleicht arbeitet sie erst seit Kurzem dort. Oder sie ist nicht sehr aufmerksam. Oder beides.

Ich bin so gespannt darauf, was Dianne zu erzählen hat! Vielleicht hilft es mir zu verstehen, warum ihre Beschreibungen sich so wenig mit den wahren Zuständen hier decken. Sie hat ihr neues Leben viel zu rosig dargestellt. Denn worüber wir auch sprachen und wie lange wir auch am Telefon hingen, nie hat sie etwas von fremdenfeindlichen Dorfbewohnern erwähnt. Sie muss doch Probleme mit ihnen haben oder zumindest gehabt haben.

Mindestens eine Viertelstunde lang mühe ich mich mit zusammengeknülltem Papier, Zweigen und Feuerzeug ab. Meine Geduld wird mit einem leise knisternden Feuer belohnt, das das Wohnzimmer in eine orangefarbene Glut taucht und gleich ein bisschen Wärme verbreitet. Ich lege noch einen Holzscheit darauf und schließe die Ofenklappe. Hoffentlich geht das Feuer nicht wieder aus; Dianne mag eine Veranlagung für diesen ursprünglichen Lebensstil haben, ich eher nicht.

Ich ziehe mir einen trockenen Kapuzenpullover über und will gerade meine Füße von den durchweichten Sneakers befreien, als ich draußen jemanden über den Hof gehen sehe.

Es ist ein etwa zehn Jahre alter Junge mit struppigen dunklen Haaren. Er macht einen ziellosen, etwas verlorenen Eindruck.

Ich öffne die Haustür. »*Allo!*«

Der Junge erschreckt sich sichtlich und will sich aus dem Staub machen.

»Warte!«, rufe ich. »Jetzt warte doch mal! Was willst du hier?«

Er hält inne. Vom Hangar aus kommt ein Hund angaloppiert und gesellt sich zu ihm. Der Junge nimmt ihn am Halsband und dreht sich zu mir um. Seine Augen werden von den dicken Brillengläsern verkleinert und strahlen leichten Argwohn aus, eine Zurückhaltung, die nicht zu seinem Alter passt. *Aber charakteristisch für die Einheimischen hier ist,* denke ich säuerlich.

»Suchst du Dianne?«, frage ich.

Er nickt schüchtern.

»Ich suche sie auch.«

Das scheint ihn einigermaßen zu beruhigen. Er lässt den Hund los, weiß nicht, wohin mit seinen Händen, und verschränkt sie schließlich vor dem Bauch.

»Wie heißt du?«

»Daniel.«

»Schöner Name. Ich heiße Eva.«

»Sie reden komisch.«

»Ich bin auch nicht von hier. Ich bin Niederländerin, genau wie Dianne.« Um ihn noch mehr zu beruhigen, setze ich mich auf die kleine Betonmauer an der Haustür. Nässe durchdringt den Stoff meiner Hose.

»Sind Sie eine Verwandte?«

Ich zögere einen Moment. Dann sage ich: »So ähnlich.«

Der Hund ist weniger scheu als sein Herrchen und drückt seine Schnauze an mich.

Ich streichle ihm über den Kopf, wobei eine Wolke kurzer, rauer Haare aufwirbelt. »Ist das dein Hund?«

»Nein. Einfach nur ein Hund. Ist Dianne nicht zu Hause?«

Ich schüttele den Kopf. »Nein.«

Daniel weicht ein paar Schritte zurück. Er versucht, sich mir zu entziehen, und das will ich vermeiden.

»Kennst du Dianne gut?«, frage ich.

»Ich helfe ihr immer im Gemüsegarten. Meine Eltern erlauben das eigentlich nicht. Ich darf mich nicht mit Fremden einlassen. Aber Mademoiselle Dianne versteht nichts von Pflanzen, und wenn ihr niemand hilft, geht alles kaputt.«

»Wann hast du sie zum letzten Mal gesehen?«

Verlegen zuckt er mit den Schultern. »Letzte Woche.« Sein Blick wandert in Richtung des Hangars. »Ich sollte den größten Kürbis bekommen. Den größten und schwersten. Das hat sie mir versprochen, aber am nächsten Tag war sie weg.«

»An welchem Tag?«

Wieder ein Achselzucken, aber keine Antwort.

Ist dieser Zehnjährige etwa einer der »inspirierenden neuen Freunde«, die Dianne hier angeblich gewonnen hat?

Ich kämpfe gegen den Impuls an, ihn durchzuschütteln. Der kleine Junge erinnert mich an ein wildes Tier, das sich instinktiv seine Fluchtwege offenhalten will. Er würde in Panik geraten, wenn ich Druck auf ihn ausübte. Ich sollte lieber versuchen, sein Vertrauen zu gewinnen.

Ich folge seinem Blick. »Kürbisse? Wo wachsen die denn?«

»Im Gemüsegarten. Hinter dem Hangar.«

»Sollen wir dann mal einen für dich aussuchen?«

Gleich hellt sich sein Gesicht auf. »Erlaubt Mademoiselle Dianne das denn?«

»Natürlich erlaubt sie das!«

Diannes Gemüsegarten befindet sich auf einem flachen Stück Land dicht neben dem Stoppelfeld. Von Weitem hatte ich die Beete nicht als solche erkannt, doch jetzt sehe ich die gelben und dunkelorangefarbenen Kürbisse auf der Erde zwischen dem üppig wuchernden Unkraut leuchten. Neben diesem Beet ziehen sich Reihen schief weggesackter Bambusstöcke entlang, an denen die verschiedensten Gemüsepflanzen hochgebunden sind. Die Früchte sind von den Stängeln gefallen und verfaulen. Schimmelige Tomaten. Angefressene, halb verfaulte Paprikaschoten.

Bei unserer Ankunft schrecken wir drei Krähen auf, die in einem weiten Bogen über den Acker davonfliegen. In der Ferne lassen sie sich als dunkle Punkte im Wald nieder, ein düsterer Streifen, der alles Licht aus der Landschaft zu absorbieren scheint.

»Wohnt dort im Wald jemand?«, frage ich.

Daniel schüttelt den Kopf.

»Ich habe heute Nacht da drüben Licht gesehen.«

Das scheint ihn nicht weiter zu wundern. »Da hinten liegt eine Jagdhütte. Vielleicht haben die Männer Füchse gejagt. Gut so. Scheißviecher.« Sein Blick hinter den Brillengläsern verhärtet sich. »Neulich hat ein Fuchs allen unseren Hühnern die Köpfe abgebissen. Allen! Meine Mutter hatte kein einziges mehr übrig.«

»Wohnt jemand in der Hütte?«

Er sieht mich an, als hätte ich sie nicht alle. »Es ist eine Jagdhütte.«

Fasziniert starre ich weiterhin zum Waldrand hinüber. »Übernachtet dort manchmal jemand?«

»*J'sais pas.* Vielleicht. Sind Sie sicher, dass wir einfach so etwas aus Mademoiselle Diannes Gemüsegarten wegnehmen dürfen?«

»Ja, ganz sicher. Such dir einen aus.«

»Den Orangenen da, bitte«, sagt er, ohne zu zögern.

Meine Sneaker versinken fast bis zu den Knöcheln im Dreck. Diannes Kürbisse gleichen nicht den Früchten, die ich kenne, sondern sehen eher aus wie zu groß geratene Zucchini. »Dieser da?«

Daniel nickt eifrig. Als ich das Unkraut von dem Kürbis wegziehe, sagt er: »Die Leute reden über Sie.«

Ich richte mich wieder auf. »Über mich?«

Er nickt.

»Was reden sie denn so?«

»*Des choses* – Sachen halt …«

»Was für Sachen?«

»Dass Sie im Haus von Mademoiselle Dianne wohnen.« Der Junge blickt jetzt zu Boden. »Und dass Sie sich in Dinge einmischen, die Sie nichts angehen.«

Einmischen? Ich versuche zu lächeln, aber es wird nur eine verwirrte Grimasse daraus. »Mache ich denn etwas falsch?«

Sein Blick ist noch immer auf den Boden gerichtet. Er zuckt mit den Schultern. »Weiß nicht.«

»Ich versuche herauszufinden, wo meine Freundin Dianne ist. Das hat doch nichts mit ›einmischen‹ zu tun?«

Schweigen.

Ich lasse meinen Zorn an der Pflanze aus. Der haarige, fast fingerdicke Stängel will seine Frucht nicht kampflos hergeben. Ich stelle den Fuß darauf und reiße den Kürbis mit beiden Händen ab. Er muss mindestens zwei Kilo wiegen.

Keuchend reiche ich ihn Daniel. »Hier, bitte.«

Er umklammert seine Beute mit beiden Armen, dreht sich um und geht zurück in Richtung Hof, dicht gefolgt von dem struppigen Hund.

»Willst du schon gehen?«, rufe ich ihm hinterher.

Schweigend läuft der Junge weiter, den Kopf schützend zwischen die Schultern gezogen. Er erinnert mich an eine Schildkröte, die auf den Hinterbeinen läuft.

»Kommst du morgen wieder? Daniel?«

»Ja, Mademoiselle.«

»Versprochen?«

»*Promis!*«, ruft er gegen den Wind. Zusammen mit seinem Hund und dem Kürbis verschwindet er hinter der Scheune aus meinem Blickfeld.

Mir fällt ein, dass ich ihn nicht gefragt habe, wo er wohnt, aber da er zu Fuß ist, kann es nicht weit weg sein. Vielleicht ist er sogar der Sohn dieser schrecklichen Leute, die mich heute Mittag von ihrem Hof komplimentiert haben, Diannes Nachbarn: die Familie Beau. Könnte sein. Der Mann war genauso massiv gebaut, mit genau demselben kurzen Hals.

Aber dasselbe galt für die Stammgäste der Dorfkneipe.

Warum ich plötzlich das Gefühl habe, beobachtet zu werden, weiß ich nicht. Es überfällt mich ganz plötzlich. Um mir nichts anmerken zu lassen, blicke ich am Hangar vorbei zum Haus, als genieße ich meinen Aufenthalt im Freien und als atme ich die feuchte Herbstluft tief ein.

Vom Feld her huscht ein flinker Schatten in meine Richtung. Ich erstarre vor Schreck, bis ich sehe, dass es eine Katze ist. Sie kommt näher, schnüffelt mit angelegten Ohren an meiner Hose und drückt dann den Kopf fest an meine Wade – es fühlt sich an wie ein Kopfstoß. Es ist die Katze von heute Morgen, ich erkenne sie an ihrer unregelmäßigen Blesse. Jetzt sehe ich auch, dass ihre Ohren an den Rändern zerfetzt sind.

»Na, Gruselchen, bist du auch wieder da?«

Der Kater sieht mich voller Bewunderung an, und ich höre ihn schnurrend ein- und ausatmen. Vorsichtig, nur mit den Fingerspitzen, kraule ich ihn zwischen den Ohren. Viel näher werden wir uns nicht kommen, befürchte ich. Wenn ich Pech habe, laufe ich schon allein wegen dieser kleinen Annäherung den ganzen Tag mit triefender, roter Nase und tränenden Augen herum.

Ich stehe auf und ziehe den Pulli über die Hüften. Werfe einen verstohlenen Blick hinüber zum Wald.

Jäger.

Ich habe heute Nacht keine Schüsse gehört.

14

Der Wald liegt zwar nicht weit von Diannes Gemüsegarten entfernt, aber auf dem leicht abfallenden Ackerland erschweren harte Lehmklumpen, glitschiger Schlamm und Steine das Gehen.

Meine leichten Turnschuhe sind für die schwierigen Bodenverhältnisse nicht geeignet. Sollte ich länger hierbleiben, werde ich mir ein Paar Bergschuhe oder Stiefel kaufen müssen.

Vielleicht auch etwas anderes, sagt eine Stimme in meinem Kopf. Etwas, womit ich mich verteidigen kann. Mein ganzes Leben lang habe ich in der Stadt gewohnt und nie dieses Bedürfnis verspürt. Das Gefühl, beobachtet zu werden, hat nicht nachgelassen, sondern ist sogar noch stärker geworden, seit es mich eben im Gemüsegarten zum ersten Mal überkam.

Bilde ich mir etwas ein? Lasse ich mich zu sehr von der herbstlichen Atmosphäre dieses einsamen Landstrichs beeinflussen? Von dem Nebel, der bis zum späten Vormittag über den trostlosen, nassen Feldern liegt, den endlosen Wäldern, dem verwahrlosten Haus und den scheuen Dorfbewohnern? Nein, nicht scheu, dafür waren ihre Blicke zu unverschämt. Die schweigsamen, zähen Männer in der Kneipe haben regelrecht feindselig gewirkt.

Eine nervöse Energie treibt ich mich an, als ich das offene Feld hinter mir lasse und auf einem kaum erkennbaren Weg zwischen Brombeersträuchern hindurch den Wald betrete. Je weiter ich mich von dem Haus und dem Acker entferne, desto nichtiger und eingeschlossener fühle ich mich. Alle zehn, elf Schritte bleibe ich stehen und vergewissere mich, dass ich den Pfad auf dem Rückweg noch erkennen werde.

Durch die Nadelbäume dringt kaum Tageslicht. Lange hellgraue, von den Zweigen gefilterte Sonnenstrahlen fallen hoch über meinem Kopf durch die Baumkronen. Sie erhellen die Wipfel, haben aber kaum genügend Kraft, es bis zum humusreichen Boden zu schaffen.

Die Jagdhütte liegt nicht tief im Wald. Umgeben von Unterholz und flankiert von Tannen erhebt sich ein kleines Gebäude mit Flachdach, eine Mischung aus Standwohnwagen und Schiffscontainer, zusammengeschustert aus den verschiedensten Materialien, von Brettern über Plastikplatten bis hin zu Presspappe. Auf der rechten Seite befindet sich eine Eingangstür mit einem Fliegengitterfenster. Über die ganze Breite zieht sich ein mit Tarnstoff bespanntes Vordach.

An einen der Bäume neben der Hütte ist ein rotes Schild genagelt, auf dem in fetten weißen Buchstaben CHASSE PRIVÉE – VORSICHT, JAGD – steht.

In der Hütte sind Leute. Ich höre sie reden, ihre Stimmen dringen gedämpft durch die Wände. Für einen Moment zögere ich, bleibe stehen und lausche heimlich. Ich kann nicht genau verstehen, was sie sagen, aber die Gesprächsfetzen, die ich auffange, klingen für mich nach allgemeinem Geplauder und durchaus ungefährlich.

Ich nähere mich der Hütte und klopfe an die Tür.

Ein paar Sekunden lang herrscht Stille, dann poltert eine laute, tiefe Männerstimme: »*Entrez?*«

Ich öffne die Tür und betrete die Hütte. Drinnen ist es muffig und riecht nach Alkohol, Öl und Zigaretten. Rund um einen Gartentisch sitzen drei Männer. Einer von ihnen ist Diannes Nachbar, Régis Beau. Ich erkenne ihn sofort an seiner ledrigen Haut und seinem gedrungenen Körperbau. Daniel könnte tatsächlich sein Sohn sein. Die anderen beiden Männer habe ich heute Morgen in der Kneipe gesehen. Sie tragen noch immer dieselbe Kleidung.

Einer von ihnen legt seine schwielige Hand auf eine Waffe, eine klassisch aussehende Flinte mit einem Kolben aus Holz, die v-förmig aufgeklappt vor ihm auf dem Tisch liegt. Ohne die Augen von mir abzuwenden schließt er die Waffe mit einem Klicken und legt sie mit dem Lauf auf mich gerichtet wieder hin.

Erschrocken sehe ich ihn an.

Halb gereizt, halb amüsiert erwidert er meinen Blick. Er hat dunkle Augen und einen kantigen Unterkiefer – er wäre attraktiv, wenn seine Nase nicht einem achtlos ins Gesicht gedrückten Lehmklumpen gleichen würde.

»Das ist Privatgelände«, sagt Régis Beau.

»Es tut mir sehr leid, wenn ich Sie gestört habe.« Das Herz klopft mir bis zum Hals. Am liebsten wäre ich davongelaufen, aber ich wehre mich dagegen, meine Angst offen zu zeigen. Diesen Triumph gönne ich ihnen nicht.

Der andere Kneipengast zieht ein letztes Mal an seiner Zigarette und drückt die Kippe in einem übervollen Aschenbecher aus. Er ist jünger als seine Freunde, wahrscheinlich kaum älter als ich, hat kurze schwarze Haare und eine Tätowierung auf dem inneren Unterarm.

»Ich war nur neugierig«, füge ich hinzu. »Ich wollte …«

»Wieder was klauen?«, unterbricht mich Beau.

»Klauen?« Ich starre den Gewehrlauf und den grimmigen Gesichtsausdruck des Besitzers an, dessen Hand noch immer auf der Waffe liegt.

Er starrt mich unverwandt an. »Als ob sie das zugeben würde.«

»Klauen?«, wiederhole ich. »Also wirklich, ich … Was soll das heißen?« Ich starre von einem zum anderen. Warum diese Feindseligkeit? Mir fällt keine Gegenrede ein, und ich wage es auch nicht mehr, irgendwas zu sagen.

Ich spüre ein akutes Bedürfnis zu flüchten, wegzurennen, so schnell wie möglich, solange ich noch kann.

»Na, dann geh mal ganz schnell wieder dahin zurück, wo du hergekommen bist«, höre ich den Tattootypen sagen, als könne er Gedanken lesen.

»Nicht so unhöflich, Christoph … Vielleicht möchte sie gerne bleiben?«, raunt der Mann mit der Waffe anzüglich und mustert ungeniert meinen Körper.

»Ich bitte nochmals um Entschuldigung«, stammle ich. Ich vermute, dass sie mich nur einschüchtern wollen, mich ärgern, aber ich wage es nicht, das Risiko einzugehen, den Männern und dem Gewehrlauf den Rücken zuzukehren.

Ohne mich umzublicken, ziehe ich mich rückwärts zur Tür zurück, und als ich schließlich draußen stehe, schlage ich sie viel heftiger zu als geplant.

Dann laufe ich los.

15

Im Haus war es still. Meine Mutter war schon vor einer ganzen Weile gegangen, und das Donald-Duck-Heft hatte ich ausgelesen – jede einzelne Seite, sogar die Leserbriefe, die ich in letzter Zeit übersprungen hatte, weil sowieso immer dasselbe drinstand.

Ich kniete mich auf das Bett, stützte die Ellenbogen auf das Fensterbrett und starrte nach draußen. Ein Schwarm Brieftauben drehte über unserem Viertel seine Runden. Die orangefarbenen Dächer der Häuserreihen hinter uns hoben sich leuchtend vor dem Himmel ab. Aus manchen Schornsteinen stieg Rauch.

Ich drückte die Nase gegen die kalte Scheibe und blickte in die Gärten der Nachbarn mit ihren Wäscheleinen, Vogelhäuschen und Gartenschuppen. Viel gab es nicht zu sehen. Einen Tag die Schule zu schwänzen und zu Hause zu bleiben war mir verlockend erschienen, aber an so einem ganz normalen Wochentag sah unser Viertel genauso aus wie immer. Es war nur stiller. Todlangweilig.

Ich stand auf und ging hinunter, öffnete die Tür zum Kriechkeller und holte eine Blechdose unter einem Brett hervor. Ich hob den Deckel ab und sah hinein. Japanischer Knabbermix und Erdnüsse. Keine Käsechips.

Plötzlich kam mir eine Idee. Ich rannte die Treppe hinauf, zog eine weite Hose über den Schlafanzug und schlüpfte in einen Strickpullover. Anschließend pulte ich den Deckel am Bauch meines Keramiksparschweins auf und schüttelte es.

Ein Haufen Münzen fiel in eine Kuhle meines Deckbetts. Ich klaubte ein Zweieinhalbguldenstück heraus, steckte den Rest wieder in den rosafarbenen Bauch des Schweinchens und rannte die Treppe hinunter.

Ich sah auf die Wohnzimmeruhr, eine glänzende Pendeluhr, die schon so lange ich denken konnte neben den gerahmten Schulfotos von mir und meinen Brüdern auf dem Büfett stand. Die goldfarbenen Zeiger standen auf halb eins.

Meine Mutter würde nichts bemerken. Bis sie nach Hause kam, war ich längst wieder da.

Ganz einfach.

Trotzdem war ich nervös.

Ich zog Stiefel und meine Winterjacke an. Durch die Aufregung vergaß ich meinen Schal. Vorsichtig öffnete ich die Haustür. Sie klemmte stark; um sie ins Schloss zu ziehen, musste ich mich mit meinem ganzen Gewicht an den Türknauf hängen. Genau das musste ich jetzt vermeiden. Die Tür durfte nicht zuschlagen, denn ich hatte keinen Schlüssel.

Wie eine Diebin blickte ich mich nach rechts und links um. Auf der Straße war keine Menschenseele zu sehen, und von den Nachbarn saß keiner neugierig am Fenster. Ich zog die Tür so weit hinter mir zu, dass es von der Straße aus wirkte, als sei sie geschlossen.

Danach verschwand ich im Labyrinth der Brandschutzgänge hinter den Häusern, in schnellem Lauf, die Münze fest umklammert.

16

Der Morgen kündigt sich grau in grau an. Regen trommelt gegen die Scheibe des Schlafzimmerfensters, und bei jedem Windstoß zittert das Glas in den Fugen.

Ich habe mich unter den Decken und dem Überwurf verschanzt. Auf der Tagesdecke liegt eine französische Zeitschrift von Dianne. Ich habe kaum darin gelesen. Durchgeschlafen habe ich genauso wenig. Das geringste Geräusch ließ mich aufschrecken, und Geräusche gab es in der Nacht genug. Die meisten stammten von Tieren, aber ehe ich das registriert hatte, saß ich schon aufrecht und schreckensstarr im Bett und lauschte meinem eigenen Herzschlag.

Ich meine, dass ich eine Katze miauen hörte, ein kläglicher Schrei schien mir im Nachhinein der eines Raubvogels zu sein, und in der Ferne heulte ein Rudel Hunde mit kurzen Unterbrechungen die ganze Nacht über.

Jetzt ist es neun Uhr. Große Lust zum Aufstehen habe ich nicht. Im Haus ist es eiskalt; der Ofen wird wohl wieder ausgegangen sein. Ich versinke in Selbstmitleid, fühle mich krank und antriebslos. Ich vermute, das kommt von der Anspannung, in Verbindung mit der feuchten Kälte.

Ich drehe mich um und ziehe mir die Decke bis unters Kinn. Gestern Abend war die Versuchung groß gewesen, die Flasche Bacardi mit nach oben zu nehmen, aber ich bin standhaft geblieben. Noch steht sie versiegelt und unversehrt auf der Küchenanrichte und wartet auf bessere Zeiten. Obwohl ich nicht glaube, dass die so bald anbrechen. Sämtliche Vorstellungen, die ich mir über diese Gegend, mein Wiedersehen mit Dianne und den Urlaub gemacht habe, haben sich als Hirngespinste erwiesen.

Ich bin erst seit drei Tagen in Le Paradis und kann jetzt schon kaum glauben, dass Dianne hier tatsächlich ihre Zukunft sieht. Liegt das an meiner mangelnden Vorstellungskraft, oder macht sie sich etwas vor?

Was in Gottes Namen glaubte Dianne hier zu finden?

Und was hast du tatsächlich gefunden, Dianne?

Oder… was hat dich gefunden?

Unwillkürlich fahre ich mit den Fingerspitzen über meine Handfläche. Dort fühle ich einen Wulst, eine Verdickung, eine unregelmäßige Linie, etwa einen Millimeter breit und drei Zentimeter lang. Eine Narbe, die mir viel bedeutet.

Minutenlang liege ich auf dem Rücken und starre die Decke an, lausche dem Wind und dem Regen und denke an meine kurzen Begegnungen mit den Dorfbewohnern und den Jägern zurück. Schon allein der Gedanke an ihre feindseligen Blicke verursacht bei mir eine Gänsehaut. Ich erinnere mich an einen Zeitungsartikel, in dem behauptet wurde, Bergbewohner seien im Allgemeinen verschlossen, auf sich und ihre Gemeinschaft konzentriert und stünden von Natur aus jeder Einmischung von außen skeptisch gegenüber. Niederländern, die in Berggebiete auswanderten, falle die Integration dadurch schwerer als Landsleuten, die ihr Glück im Flachland oder in hügeligen Gebieten versuchten.

Als Berglandschaft würde ich diese Gegend nicht bezeichnen, doch die Hügel gehören zu den Ausläufern der Pyrenäen, und es gibt hier zahlreiche Felsen und Höhlen.

Doch ob Berge oder nicht: Der Charakter der Einheimischen scheint mir jedenfalls genauso unzugänglich wie ihre Umwelt, in der sie leben – mürrisch, abweisend, kalt und finster.

Gleich und Gleich gesellt sich gern.

Ich schlage die Decken zurück, stelle die Füße neben das Bett und stehe auf.

Auf Zehenspitzen gehe ich ins Bad und drehe schon mal den Wasserhahn in der Dusche auf. Es dauert ewig, bis das Wasser warm wird. Am Waschbecken putze ich mir die Zähne und schaue in den schwarzfleckigen Spiegel. Mein Gesicht ist blass und eingefallen, und ich entdecke Sorgenfalten, die ich nie zuvor gesehen habe.

Ich binde meine Haare hoch und stelle mich unter den heißen Wasserstrahl. Der aufwallende Chlorgeruch erinnert mich an den Schwimmunterricht im Stadtbad. Schon damals hat das Chlor meine Augen gereizt.

Ich steige aus der Dusche, nehme ein Handtuch vom Waschbecken und trockne mich ab. Ob Chlor oder nicht, Duschen hilft mir immer, in die Gänge zu kommen. Selbst jetzt.

Vielleicht sollte ich noch einmal bei Diannes Mutter anrufen und fragen, ob sie etwas Neues erfahren hat. Von Diannes Freundinnen habe ich keine Telefonnummern. Obwohl wir dasselbe Fach studiert haben, überschneiden sich unsere Freundeskreise nicht.

Ich ziehe mich an, trage ein wenig Wimperntusche auf und binde mein Haar zu einem kurzen Pferdeschwanz zusammen.

Als ich die Treppe hinunterlaufe, kondensiert mein Atem. Noch ist mir warm von der heißen Dusche, aber wenn ich jetzt nicht schnell etwas unternehme, zittere ich in einer halben Stunde wieder wie Espenlaub.

Tatsächlich ist der Ofen über Nacht ausgegangen, obwohl ich noch ein paar Scheite Holz nachgelegt hatte. Ich knie mich vor die Öffnung, breche einen Streifen Schnellanzünderwürfel ab und lege sie auf den Ofenrost. Ascheflocken wirbeln auf. Ich stelle drei schwarz angekohlte Holzscheite zu einem Dreieck zusammen wie einen Wigwam und halte ein Streichholz an die Schnellanzünder, in der Hoffnung, dass es diesmal klappen wird. Das Türchen schleift, als ich es schließe.

Ich bleibe einen Moment sitzen und blicke mich im spartanischen Inneren des Hauses um. Dianne hat weder Fernsehen noch Radio, nichts, was ein wenig Ablenkung bietet.

Die Trostlosigkeit und die Stille verursachen mir Beklemmungen. Ich müsste aufstehen, pfeifend in die Küche gehen und Wasser für Kaffee aufsetzen, aber ich verspüre nur Widerwillen.

Ich habe den ekligen Instantkaffee satt.

Und dieses kalte, garstige Haus.

Die feindselige Atmosphäre, die diese Gegend charakterisiert.

Ich will hier nicht sein. Ich will raus. Ich muss hier weg. Und wenn nur für ein paar Stunden.

Ich lasse das angefachte Feuer brennen, nehme meinen Mantel vom Sofa und gehe hinaus.

Der Haustürschlüssel fällt mit einem metallischen Klappern auf den Boden der Gießkanne, und ich eile zu meinem Auto.

17

Der McDonald's liegt an einer Autobahnausfahrt etwas über dreißig Kilometer von Diannes Haus entfernt. Das bunte, niedrige Gebäude ist von weiteren billigen Schnellrestaurants – Courtepaille, Quick, Buffalo Grill – und ausgedehnten Parkplätzen umgeben, die zu dieser frühen Stunde nicht mal zu einem Fünftel besetzt sind. Um die Mittagszeit wird sich das vermutlich ändern. Der Kaffee schmeckt köstlich, ebenso wie das Big-Mac-Menü, das ich soeben vertilgt habe. Um mich zu verwöhnen, habe ich mir ein Eis dazu gegönnt. Keinen Salat – ich habe in den letzten Tagen genug Grünzeug gesehen.

Meine Laune hat sich erheblich gebessert. Wie wunderbar, unter Leuten zu sein, auch wenn ich hier niemanden kenne. Auf jeden Fall bin ich weg von der nebligen Landschaft, den stechenden Blicken, dem Argwohn und dem ständigen Gefühl, auf der Hut sein zu müssen.

An der Glaswand neben den Schiebetüren stehen Computer. Ich nehme meinen Kaffee mit und setze mich auf einen der Hocker. Wenige Sekunden später bin ich mit meiner Existenz in den Niederlanden verbunden.

Wie erwartet ist keine E-Mail von Dianne angekommen. Ich beschließe, Deborah und Ilse zu schreiben, mit denen Dianne sich vor ihrer Emigration nach Frankreich regelmäßig traf. Ihre Nachnamen weiß ich nicht, aber über Vornamen, Alter und Wohnort stoße ich auf die Hyves-Seite von Deborah und ein ungepflegtes Profil von Ilse auf Facebook. Ich bitte die beiden, mich anzurufen oder mir eine SMS zu schicken, falls sie wissen, wo sich Dianne aufhält.

Auf meiner eigenen Hyves-Seite möchte eine Ex-Kollegin sich unter meine Freunde einreihen. Ich füge sie, ohne nachzudenken, hinzu. Nach den gestrigen Erlebnissen freue ich mich über jede Form von Interesse.

Doch meine Dankbarkeit hat durchaus Grenzen. Im Posteingang wartet eine Mail von Evert, einem Layouter der Zeitung, dem ich auf Partys und in Aufzügen tunlichst nie den Rücken zukehrte. Evert ist der Doppelgänger von Steve Buscemi in seiner Rolle als Tony bei den *Sopranos*. Er fragt mich, ob ich nicht freiberuflich arbeiten wolle. Wenn ja, könne er mir einen interessanten Auftrag verschaffen. Na klar. Er schließt mit »alles Liebe, Evert« und seiner Privatnummer. Ich lösche die Mail.

Evert erinnert mich an früher. Dianne und ich machten uns lange Zeit einen Spaß daraus, Leute nach ihrer Ähnlichkeit mit berühmten Personen zu charakterisieren. Es begann damit, dass sich Diannes Mutter eines Tages einen Schal um den Kopf wand und damit so frappierend Susan Sarandon in *Thelma und Louise* glich, dass es niemandem entgehen konnte. Aber sie war nicht die einzige Prominente in unserer unmittelbaren Umgebung. Diannes Stiefvater erwies sich als regelrechter Klon von Anthony Head in der Rolle des Giles in *Buffy im Bann der Dämonen,* und mein Vater besaß große Ähnlichkeit mit Jim Carrey, nur dass es mit ihm weniger zu lachen gab und sein Haar kürzer war. Auffällig viele Frauen in unserer Straße glichen Roseanne Barr. Jeder wurde von uns kichernd an der Prominenten-Latte gemessen: Lehrer, Tanten, zufällige Passanten.

Unsere eigenen, persönlichen Doppelgänger wechselten ständig, passend zu unseren jeweiligen Frisuren und Stimmungen. Dianne ähnelte meist Sinéad O'Connor, und je mehr die Jahre vergingen, desto größer wurde diese Ähnlichkeit.

»Kate Winslet in *Titanic*!«, rief ich, als ich ihr das Resultat einer kastanienbraunen Tönung vorführte.

Sie lachte. »Nie und nimmer!«

Wir machten uns einen regelrechten Sport daraus, so viele Stars und Sternchen wie möglich zu kennen, weil dadurch die Chancen umso besser standen, jederzeit einen treffenden Doppelgänger aus dem Ärmel schütteln zu können. Dianne war zwar älter und meist viel ehrgeiziger als ich, aber auf diesem Gebiet waren wir ebenbürtig. Ich war einfach gut darin und bin es noch immer. Einzelheiten, die anderen entgehen, fallen mir auf, und ich vergesse sie selten. Das kann ein Gesicht sein, eine bestimmte Körperhaltung oder eine gewisse Art zu gehen.

Doch in dem Jahr, als ich siebzehn wurde, endete unser Spiel abrupt.

»Hast du den Typen gesehen?«, fragte ich, als wir an unserem festen Freitagabend in die Kneipe gingen.

»Ein bisschen jung«, antwortete sie.

»Howie Dorough, Backstreet Boys.«

»Hm, kann schon sein.«

»Aber guck doch mal! Er sieht ihm wirklich ähnlich.«

Genervt sah sie mich an. »Eef … Ich finde das allmählich ein bisschen oberflächlich. Kindisch. Wenn ich jetzt auch noch diese Bubis von den Backstreet Boys kennen soll und wissen soll, wie sie alle heißen …«

Ihre Reaktion traf mich wie ein Hammerschlag. Ich empfand sie als persönliche Zurückweisung – als fände Dianne nicht etwa unser Spiel, sondern *mich* plötzlich zu kindisch. Später gab ich ihr insgeheim recht. Wir waren siebzehn und neunzehn, viel zu alt für alberne Doppelgängerspielchen. Und vor allem für die Backstreet Boys.

Draußen hat sich eine lange Schlange von Autos mit brummenden Motoren vor dem Drive-in-Schalter gebildet, und auch das Restaurant füllt sich allmählich. Eine Gruppe Jugendlicher hat die PCs links und rechts von mir in Beschlag genommen. Ihr Geschrei stört mich beim Nachdenken.

Ich werfe den Kaffeebecher in den Mülleimer und gehe hinaus auf den Parkplatz. Es ist erst zwanzig nach zwölf, und die Restaurants öffnen nicht vor sieben. Wie soll ich bloß den restlichen Tag überstehen? In Diannes Haus möchte ich mich nicht aufhalten, solange sie nicht da ist. Ob sie heute schon nach Hause kommt? Oder morgen erst?

Angenommen, sie hat unsere Verabredung vergessen?

Der Gedanke, zurück in die Niederlande zu fahren, erscheint mir plötzlich ziemlich verführerisch, doch als ich am Steuer sitze, reiße ich mich zusammen. Wer weiß, ob Dianne nicht schon längst in Le Paradis auf mich wartet?

Um Punkt zwei Uhr parke ich mein Auto auf dem Hof. In der Einkaufstasche, die ich vom Beifahrersitz hebe, steckt viel mehr, als ich eigentlich brauche. Neben Milch, Zucker und Brot sind auch kleine französische Käse, Erdnüsse, M&M's und eine Tüte Baisers darin. Trostessen.

Auf dem Weg zum Haus werfe ich unwillkürlich einen raschen Blick über die Schulter. Feld und Wald scheinen verlassen, aber ich weiß inzwischen, dass dieser Anblick trügerisch sein kann. Ob die Jäger wieder in ihrer heruntergekommenen Hütte sitzen? Oder liegen sie irgendwo dahinten in den Sträuchern und beobachten mich?

Das unheimliche Gefühl wird stärker, als ich das Haus umrunde.

Ich hole den Schlüssel aus der Gießkanne, straffe den Rücken und eile zur Hintertür.

Auf halbem Wege bleibe ich wie angewurzelt stehen.

Die Tasche mit den Einkäufen rutscht mir aus der Hand und fällt neben mir zu Boden.

Auf dem Zementabsatz vor der Hintertür glitzert etwas. Glas, das heute Morgen noch nicht da war. Scherben.

Rasch blicke ich mich nach allen Seiten um, zum Waldrand, der in meiner Abwesenheit näher herangekrochen zu sein scheint, zum Wall mit dem aufgestapelten Feuerholz, auf dem die Abdeckplane im Wind raschelt, zum schmalen Durchgang zwischen Haus und Scheune und wieder zurück zur Hintertür.

Ganz vorsichtig gehe ich weiter, auf jede Bewegung, jedes Geräusch achtend. Vor der Hintertür bleibe ich entsetzt stehen.

Die Scheibe ist kaputt. Sie wurde eingetreten oder eingeschlagen. In der Fassung stecken nur noch ein paar spitze Splitter. Ich bücke mich und schaue hinein. Die ganze Küche ist mit Glasscherben und -splittern übersät.

18

Vom Studium her erinnere ich mich, dass fast jedes kleine Dorf in Frankreich seine eigene Polizeidienststelle hat, bei der sich die Bewohner jederzeit melden können. Bis 1993 war das in den Niederlanden ebenso. Danach wurden diese vielen kleinen Dienststellen ein Opfer von Sparmaßnahmen. Sie mussten schließen, und das Erstatten einer einfachen Anzeige wurde zu einer schier unmöglichen Mission.

Zwischen dem ehemaligen niederländischen und dem französischen System besteht jedoch ein eklatanter Unterschied: In den Städten ist in Frankreich die *Police Nationale* zuständig, die Landespolizei, während auf dem Land und in kleinen Orten die *Gendarmerie Nationale* das Sagen hat. Dabei handelt es sich streng genommen nicht um eine Polizeibehörde, sondern um eine militärische Organisation, die in den dünn besiedelten Gebieten die Aufgaben der Polizei wahrnimmt.

Die Dienststelle, an die ich mich wenden muss, liegt in einer Seitenstraße, die von der Hauptstraße abzweigt. Das Gebäude sieht aus wie alle anderen im Dorfkern: beige verputzt, mit Holzfensterläden, von denen die Farbe größtenteils abgeblättert ist. Die Tür knarrt laut, als ich sie öffne. Sie fungiert als Zeitmaschine: Das Innere scheint sich seit neunzehnhundertsechzig, möglicherweise auch noch länger, kaum verändert zu haben. Dieser Eindruck wird von der Reihe der Kunstlederstühle an der Wand, der Holzvertäfelung und den abgetretenen Teppichen auf dem Boden noch verstärkt. Hier riecht es sogar nach früher. Einige schief gewachsene Zimmerpflanzen tragen zusätzlich zu dem Gefühl bei, eine Privatwohnung und keine Behörde zu betreten.

Ein Schalter oder eine Anmeldung ist nirgends zu sehen. Links vom Eingang steht eine Tür offen. Sie führt in ein moderneres, hell erleuchtetes Büro, in dem eine Beamtin in Uniform arbeitet.

Sobald sie mich entdeckt, schiebt sie ihren Stuhl zurück, steht auf und kommt auf mich zu.

Ihr Händedruck ist fest. »Was kann ich für Sie tun?«

»Ich möchte einen Hauseinbruch anzeigen.«

Sie zeigt auf einen der Stühle. »Wenn Sie hier kurz warten würden? Ich hole einen Kollegen.«

Ich nehme Platz und fange an, an meinen Händen zu pulen. Ich habe Holzsplitter in den Fingerkuppen von den Brettern und Paneelen, mit denen ich die Hintertür provisorisch repariert habe. Das von Staub und Spinnweben bedeckte Holz habe ich in der Scheune gefunden, im Hangar stand eine Werkzeugkiste mit einem Hammer und Nägeln, so lang wie mein kleiner Finger. Nachdem ich die Tür mit Brettern vernagelt hatte, fegte ich die Glasscherben zusammen. Die Küche war übersät damit, und Bruchstücke der Scheibe waren bis ins Wohnzimmer geflogen. Einen Stein oder einen anderen schweren Gegenstand habe ich nirgendwo gefunden.

Erst nachdem ich alles saubergemacht hatte, wurde mir klar, dass ich besser damit gewartet hätte. Vor lauter Anspannung habe ich alle Beweise vernichtet.

Weiter hinten im Flur geht eine Tür auf, aus der ein erschöpft wirkender Polizist tritt. Ich schätze ihn auf Ende dreißig, Anfang vierzig. Er hat kurz geschnittenes, braunes Haar, das an den Schläfen bereits ergraut, und trägt die Uniform der *Gendarmerie Nationale*: hellblaues Oberhemd, dunkelblaue Hose.

»Madame? Mein Name ist Chevalier. Bitte folgen Sie mir.«

In dem Zimmer, in das er mich führt, stehen zwei Stahlschreibtische. Die gelblich gestrichenen Wände sind nackt.

Chevalier setzt sich mir gegenüber. Er ist größer als die meisten Franzosen, denen ich hier in der Gegend begegnet bin, und dazu sehr kräftig. Aber nicht dick, eher stark und muskulös. Der Bürostuhl quietscht unter seinem Gewicht.

Er nickt mir zu. »Was ist Ihr Anliegen?«

»Ich möchte einen Einbruch anzeigen.«

»*Bon.*« Er zieht ein Formular aus einer Ablage seines Schreibtischs, kramt in aller Seelenruhe einen Kugelschreiber aus einer Schublade und dreht die Mine heraus. »Name?«

»Eva Lambregts.« Mein Familienname klingt in seinen Ohren so fremd, dass ich ihn buchstabieren muss.

»Alter?«

»Siebenundzwanzig.«

»Geburtsdatum?«

»29. Mai 1980.«

»Adresse?«

Auch die buchstabiere ich ihm.

Chevalier füllt sein Formular mit einer schwungvollen, fast weiblichen Schrift aus, die so gar nicht zu seinem markigen Aussehen zu passen scheint. »Wo halten Sie sich gegenwärtig auf?«

»Im Haus meiner Freundin, Dianne van den Berg, in Le Paradis.«

Er zieht eine Augenbraue hoch und sieht mich einen Moment lang eindringlich an. Jetzt sehe ist, dass er auffällig hellbraune Augen hat. »Ah, tatsächlich?«

»Kennen Sie sie?«, frage ich.

Der Kuli verschwindet in seiner Brusttasche. »Auf dem Land kennt jeder jeden. Hier ist es nicht so wie in der Stadt.« Verächtlich verzieht er das Gesicht. »Aber Ihre Freundin kenne ich nicht persönlich, nur vom Hörensagen. Machen Sie hier Urlaub?«

Ich nicke.

»Geht es bei der Anzeige um das Haus von Mademoiselle van den Berg? Wurde in ihr Haus eingebrochen?«

»Ja.«

»Was genau ist passiert?«

»Ich kam heute Mittag aus der Stadt zurück und habe gesehen, dass die Scheibe ihrer Hintertür kaputt war. Eingeschlagen wahrscheinlich. Die Scherben lagen in der ganzen Küche verstreut.«

Er setzt sich auf. »Wurde etwas gestohlen?«

»Das weiß ich nicht.«

»Sie wissen es nicht?«

»Nein. Ich bin erst seit ein paar Tagen hier, und es ist mein erster Besuch. Deswegen kann ich nicht genau sagen, ob …«

»Trotzdem gehen Sie von einem Einbruch aus?«, unterbricht er mich.

»Ja, natürlich.«

Er wirft einen Blick auf sein Formular. Im Kunstlicht wirkt seine Haut fleckig. »Warum erstattet Ihre Freundin nicht selbst Anzeige?«

»Sie ist nicht da.«

»Wann erwarten Sie sie wieder zurück?«

»Um ehrlich zu sein: Ich habe keine Ahnung. Ihretwegen mache ich mir auch große Sorgen. Ich kann sie nicht erreichen. Ihr Handy ist ausgeschaltet, und sie reagiert nicht auf E-Mails.«

Chevalier verlagert das Gewicht. »Wann hatten Sie zum letzten Mal Kontakt mit Ihrer Freundin?«

Ich muss kurz nachdenken. In den letzten Tagen ist so viel geschehen, es könnten Monate vergangen sein. »Ungefähr vor einer Woche. Wir haben gemailt.«

»Wusste sie, dass Sie kommen würden?«

»Ja. Wir haben uns beide schon lange auf ein Wiedersehen gefreut. Aber durch bestimmte Umstände bin ich schon sechs

Tage früher eingetroffen. Im Prinzip rechnet sie erst am Samstag mit mir.«

Er hebt die Hände. »Ah! Sie könnte also in Urlaub gefahren sein? Oder sie liegt im Krankenhaus, haben Sie daran schon einmal gedacht? Oder sie ist auf Besuch bei Verwandten?« Man merkt, dass die Polizei öfter mit verschwundenen Personen zu tun hat. Chevalier schaltet schneller als ich.

»Nein, das erscheint mir alles unwahrscheinlich. In dem Fall hätte ihre Mutter davon gewusst, mit der habe ich gestern noch gesprochen. Außerdem hätte Dianne mir davon erzählt, wenn sie ins Krankenhaus gemusst oder in Urlaub hätte fahren wollen. Wir stehen uns sehr nah. Ich sehe keinen Grund, warum sie mir so etwas verschweigen sollte.«

Chevalier erweckt bei mir nicht den Eindruck, dass ihn meine Geschichte noch sonderlich interessiert. Er hat aufgehört, sich Notizen zu machen, und blättert in einem Stapel Computerausdrucken auf seinem Schreibtisch. Hört er mir überhaupt noch zu?

Ein wenig lauter insistiere ich: »Warum sollte sie mir nichts davon erzählt haben?«

»Wie Sie eben schon sagten: weil sie Sie noch nicht erwartete. Sie wird am Wochenende schon wieder auftauchen.« Er blickt auf. »Oder wollen Sie sie ganz offiziell als vermisst melden?«

Ich habe bereits daran gedacht, mehrmals sogar, aber als er es jetzt ausspricht, klingt es auf einmal so folgenschwer: vermisst. Meine beste Freundin, vermisst im Ausland. Doch wie sicher bin ich mir eigentlich, dass sie tatsächlich verschwunden ist?

Chevalier erhebt sich von seinem Schreibtisch. »Na schön. Wenn Sie mich jetzt bitte entschuldigen würden? Ich kann leider nichts weiter für Sie tun.«

Bestürzt erwidere ich: »Aber warum denn nicht? Ich will Anzeige wegen Einbruchs erstatten und …«

»Aber es wurde doch nichts entwendet?«

»Ich sagte, ich weiß es nicht. Das heißt aber nicht, dass tatsächlich nichts gestohlen wurde.«

Plötzlich fällt mir der Vorwurf ein, den mir die Jäger gestern an den Kopf geworfen haben: *Oder wolltest du wieder etwas klauen?*

»Ich habe gestern mit einigen Jägern gesprochen«, sage ich schnell. »In der Nähe des Hauses meiner Freundin. Vielleicht kennen Sie sie, einer von ihnen heißt Régis Beau. Sie waren nicht besonders freundlich. Einer hat mich sogar gefragt, ob ich wieder etwas klauen wolle. Er hat mich des Diebstahls bezichtigt, obwohl ich noch nie hier war!«

Chevalier blickt mich skeptisch an. »Klauen?«

»Ja. Meinen Sie, es könnte da einen Zusammenhang geben? Dass jemand in der Jagdhütte und jetzt auch bei meiner Freundin eingebrochen hat?«

Chevalier bleibt fast reglos stehen und scheint angestrengt nachzudenken. Nach einer langen Pause sagt er: »Sie sprechen gut Französisch für eine Ausländerin, aber Sie müssen trotzdem in Erwägung ziehen, dass Sie die Herren vielleicht falsch verstanden haben.«

»Nein, das glaube ich nicht.«

Er seufzt. »Wenn in die Hütte eingebrochen wurde, wie Sie behaupten, warum wurde der Einbruch dann nicht gemeldet?«

»Keine Ahnung.«

Chevalier zieht eine Zigarette aus der Brusttasche und rollt sie nachdenklich zwischen den Fingern hin und her. »Gut. Wir vereinbaren Folgendes: Die Hauseigentümerin nimmt mit uns Kontakt auf, sobald sie zurück ist. Das heißt, falls wirklich etwas fehlt. Mir scheint, dass Ihre Freundin das als Einzige beurteilen kann.« Dann verabschiedet er mich mit einem kurzen Wink zur Tür und geht mir schon einmal voraus.

Ich rühre mich nicht von der Stelle. »Ist das alles? Wollen

Sie die Tür nicht auf Fingerabdrücke untersuchen? Oder wenigstens jemanden vorbeischicken, der sich den Schaden einmal ansieht?«

»Leider kommt es öfter vor, dass Gruppen gelangweilter Jugendlicher sich an einsam stehenden Häusern austoben. Für junge Leute gibt es hier wenig Abwechslung neben der Arbeit und dem Sport. Deshalb kommen manche von ihnen ab und zu auf dumme Gedanken. Ich will das natürlich keineswegs rechtfertigen, aber …«

»Dumme Gedanken? Das nennen Sie dumme Gedanken? Entschuldigung, aber das scheint mir doch ein bisschen untertrieben! Ich weiß nicht, ob Ihnen das klar ist, aber ich wohne zurzeit in diesem Haus. Zwar ist es tagsüber passiert, als niemand zu Hause war, aber stellen Sie sich vor, die kommen nachts wieder? Das Haus ist weit abgelegen. Ich fühle mich bedroht.«

Doch Chevalier hat keine Lust mehr, sich mit mir auseinanderzusetzen. Er scheint mit den Gedanken ganz woanders zu sein.

»Warum nehmen Sie meine Anzeige nicht ernst? Heute Vormittag wurde in ein Haus in Ihrem Amtsbezirk eingebrochen!«

»Eingebrochen? Vorläufig betrachte ich die Sache als einen Fall von Vandalismus, und so behandle ich ihn auch.« Plötzlich wirkt er noch erschöpfter als zuvor und fährt mit leiser Stimme fort: »Jetzt hören Sie mir mal zu, Mademoiselle. Wir ermitteln momentan in einem Mordfall. Es geht um ein Ehepaar, das zwei kleine Kinder hinterlässt. Angesehene Leute, die keiner Fliege je etwas zuleide getan haben. Der Mann wurde in seinem eigenen Haus brutal ermordet, keine zehn Kilometer von hier.« Chevalier atmet tief durch und blickt zu Boden. »Sie wurde zwei Tage später gefunden. Im Wald. Abgeknallt wie ein wildes Tier. Wie sich herausstellte, war sie im vierten Monat schwanger.« Noch immer sieht er mich nicht an. Ein tiefer Seufzer. »Für mich ist das die grausamste Tat in meiner ganzen Laufbahn, ein düsteres Kapitel in der Geschichte unseres Dorfes. Also kommen Sie mir nicht mit einer zerbrochenen Scheibe.«

Er fasst mich am Oberarm und drängt mich auf den Flur. Ein Polizist kommt uns entgegen, sieht aber weg.

»Wenn Sie sich wegen des Vorfalls nicht mehr sicher fühlen, schaffen Sie sich eine Dose Pfefferspray an. Die bekommen Sie für unter zehn Euro beim Chasse & Pêche im Einkaufszentrum außerhalb der Stadt. Dabei muss ich es wirklich bewenden lassen. *Au revoir, mademoiselle.*«

19

Dianne hatte den Besitzer des Tante-Emma-Ladens äußerst treffend als Zwillingsbruder von Salman Rushdie charakterisiert. Er bemerkte mich gleich beim Hereinkommen: ein kleines Mädchen, das ohne Begleitung und während der Schulzeit an den Regalen entlangschlich. Unentwegt beäugte er mich mit schiefem Blick.

Ich hatte mir eine Tüte Käsechips ausgesucht und dazu ein Caramac, weil ich dem Geruch von Karamell und Milchpulver, der mir im Vorübergehen in die Nase stieg, nicht widerstehen konnte.

Salman packte meine Einkäufe quälend langsam in eine Tüte und gab mir Wechselgeld heraus. Dann beugte er sich an der Kasse vorbei zu mir. »Sag mal, müsstest du nicht in der Schule sein?«

Ich wich einen Schritt zurück und traute mich nicht zu antworten. Als ich endlich draußen stand, klopfte mir das Herz bis zum Hals.

Halb rennend, halb hüpfend huschte ich wieder in den Feuerschutzgang hinein, meine Beute in der Plastiktüte hin und her schwingend. Ich eilte an den Betonmauern und gestutzten Ligusterhecken entlang, und mit jedem Schritt wuchs die Reue über meine unbesonnene Tat. Je eher ich zu Hause ankam, desto geringer war die Gefahr, dass mich jemand sehen und später meine Mutter daraufhin ansprechen würde.

Sie war jedenfalls noch nicht zu Hause. Ihr Fahrrad stand weder im Garten noch vor der Tür.

Etwas war jedoch anders. Neben der Haustür stand ein Kasten mit Milch und Pudding in Flaschen. Dazwischen steckte eine handgeschriebene Rechnung des Milchmanns.

Ich achtete weiter nicht darauf und stieß mit der Schulter gegen die Tür.

Au!

Ich drückte, jetzt mit beiden Händen.

Die Tür gab nicht nach.

Ich drehte am Knauf, drückte nochmals gegen das dunkelblau lackierte Holz, diesmal heftig und wütend, obwohl ich wusste, dass es keinen Sinn hatte. Ich stemmte mich mit der Hüfte und sogar mit der Stirn dagegen, so fest, dass es schmerzte.

Nichts.

Jemand hatte die Haustür zugezogen.

20

Ich glaube eher, dass Chevalier mich beruhigen wollte. Wahrscheinlich hat er seinen Rat, dass ich mich bewaffnen solle, nicht ernst gemeint, aber ich befolge ihn dennoch. Dränge tatsächlich jemand in böser Absicht ins Haus ein, würde mich kein Mensch schreien hören.

Niemand sollte ganz allein in so einem Haus wohnen, jedenfalls nicht ohne ein Rudel scharfer Wachhunde und eine moderne Alarmanlage.

Ich begnüge mich vorerst mit einer Dose Pfefferspray.

Denn ich bleibe. Mein Entschluss steht fest. Angenommen, Dianne ist nicht bei Freunden und auch nicht mit einer neuen Flamme Hals über Kopf in Urlaub gefahren, angenommen, ihr Handy, ihr Computer und ihre Internetverbindung funktionieren einwandfrei und es gibt somit keinen plausiblen Grund für ihre Abwesenheit?

Ich finde es schockierend, wie der Polizist darüber hinweggegangen ist, dass Dianne möglicherweise spurlos verschwunden ist. Gerade jetzt, nachdem sich in nächster Nähe ein so scheußliches Drama abgespielt hat, müsste die Polizei doch bei solchen Vermutungen hellhörig werden.

Mord. Zweifacher Mord. Die Worte, die Chevalier so erschüttert ausgesprochen hat, spuken mir jetzt im Kopf herum.

... im eigenen Haus brutal ermordet.
... sie wurde zwei Tage später gefunden.
... abgeknallt wie ein wildes Tier.
... im vierten Monat schwanger.

Nein. Ich kann nicht nach Hause fahren.

Als ich auf die Landstraße abbiege, frage ich mich, ob Dianne auch manchmal nachts am Fenster gestanden und das Irrlicht gesehen hat. Ob bei ihr schon einmal Scheiben eingeworfen wurden? Gab es bereits einen Einbruch?

Ados, hat Chevalier behauptet – Jugendliche. Handelte es sich wirklich nur um vergleichsweise harmlosen Vandalismus? Oder steckt mehr dahinter?

Die Dorfbewohner sind zweifellos die unsympathischsten Menschen, denen ich je begegnet bin. Im Vergleich zu ihnen kommt mir Sjef geradezu wie ein netter Kerl vor. Wurde Dianne genauso feindselig empfangen wie ich?

Wie dem auch sei: Wenn sie bis Samstag noch nicht wieder da ist – an dem Tag, den wir seit Monaten in unseren Kalendern rot angestrichen haben –, werde ich Alarm schlagen. Dann werde ich sie bei der Polizei als vermisst melden und auch ihrer Mutter, meinen Eltern, meinen Brüdern und unseren Freunden Bescheid geben. Allen.

In der Zwischenzeit kann ich nichts unternehmen, außer zu hoffen, dass Dianne bald zurückkehrt und sich das Ganze als ein riesiges Missverständnis herausstellt.

21

Das Chasse & Pêche, das ich im *centre commercial* am Rande der nächsten größeren Stadt ausfindig gemacht habe, hat kein Pfefferspray vorrätig.

Der Verkäufer, ein magerer Mann, der eher einem Pianisten als einem Waffenhändler gleicht, lacht viel, reißt Witzchen und sortiert behände grellbunte Schwimmer für Angler. Im vorderen Bereich des Geschäfts stehen Regale mit Angeln und Behälter mit glitzernden, neonfarbenen Kunststofffischchen. Weiter hinten hängen Funktionskleidung und Gewehre. Der Mann weist mit einer seitlichen Kinnbewegung in die Waffenecke und erklärt: »Pfefferspray kommt erst Montag wieder rein.«

Aber so lange kann ich nicht warten.

Er ist so freundlich, mich an ein Waffengeschäft in der Innenstadt zu verweisen.

Auf dem Weg dorthin bricht die Sonne durch die Wolken. Nicht blass und schüchtern, sondern so kraftvoll und strahlend, wie sie nur in Südfrankreich scheint. Das warme Herbstlicht färbt die Asphaltstraße und die Häuser sepiabraun ein, die Hügel in der Ferne leuchtend ockerfarben.

Am Straßenrand buhlen Werbetafeln um die Aufmerksamkeit der Passanten. Manche stehen auf Pfählen, andere hängen an Hauswänden. Carrefour hat Gemüse von Bonduelle im Angebot, Versicherungen schließt man bei BNP Paribas ab, und bei »Vet«, einer Billigmodekette, sind diesen Monat die Nachthemden günstig.

Was Le Paradis und Umgebung an Betriebsamkeit und Abwechslung vermissen lässt, macht die vierzig Kilometer entfernte Stadt doppelt und dreifach wieder wett. Regelmäßig muss ich für Fußgänger bremsen, Motocross-Maschinen knattern durch die Straßen, halbwüchsige Schüler stehen rauchend an einer Bushaltestelle, und alte Damen führen ihre Hunde Gassi. Es scheint, als seien alle Bewohner aus ihren Häusern geschwärmt, um die letzten Sonnenstrahlen zu genießen, bevor endgültig der Winter hereinbricht.

Die Sonne lässt die ganze Gegend buchstäblich in einem anderen, positiveren Licht erscheinen. Das Stadtzentrum könnte ohne Weiteres als Schauplatz für einen historischen Film dienen: runde Wachtürme, die über die Stadtmauer emporragen, Balkone aus dunklem Holz, gelbe Lehmfachwerkhäuser mit diagonalen Balken, zahlreiche Kopfsteinpflastergässchen und kleine Geschäfte mit regionalen Produkten. Ich passiere zwei kleine Hotels und ein Schild, das zum Fremdenverkehrsamt weist.

Ich stelle mein Auto auf einem öffentlichen Parkplatz neben einer Reihe von Platanen ab. Obwohl diese typischen Stadtbäume ihr Laub bereits abgeworfen haben, sind sie gut an ihrer gefleckten Rinde erkennbar, die an ein Tarnmuster erinnert. Als Kind nannte ich sie Soldatenbäume.

Der »Waffenkeller« erweist sich als schmales, lang gezogenes Geschäft mit Teppichfliesen und Neonröhren an einer abgehängten Decke. Doch das ist nicht das Erste, was mir beim Hereinkommen auffällt. Ich bin überwältigt von der Menge an Feuerwaffen und Zubehör, mit dem die Wandvitrinen bis obenhin gefüllt sind. Pistolen, Jagdflinten und -büchsen. Stromstoßwaffen, Schlagringe, Schlagstöcke. Wurfmesser, Butterflymesser, Schwerter und mittelalterliche Waffen. Zögernd gehe ich daran vorbei, verwundert und schockiert. Auf den Besitz solcher Mordwerkzeuge stehen in den Niederlanden hohe Strafen bis hin zu Gefängnis. Hier jedoch werden die Waffen offen in einem frei zugänglichen Geschäft zur Schau gestellt und warten auf Käufer. Ansprechend präsentiert und vorschriftsmäßig ausgezeichnet. Als seien es Gartengeräte.

Auf keiner der Verpackungen, Broschüren und Reklameplakate ist eine Frau abgebildet. Dies ist eine Männerwelt. Eine Welt ernst dreinblickender, stolzer Männer. Männer in Tarnanzügen im Wald, Männer mit Gehörschutz und einer Pistole in beiden Händen, Männer mit gewölbter Brust, das Gewehr lässig über der Schulter, Männer mit einem Fuß auf einem toten Wildschwein.

Schon von der Aufmachung des Ladens wird mir speiübel. Die Aggression, die von ihr ausgeht, ist förmlich spürbar. Nichts von dem, was hier verkauft wird, ist unschuldig, nicht einmal die niedlich aussehenden Lockenten und Plastikkaninchen. Alles dient nur dem einen Ziel: ein lebendes Wesen zu verletzen, unschädlich zu machen oder zu töten.

Ein Typ mit gestutztem grauen Bart kommt zu mir nach vorn. Er begrüßt mich förmlich, ein Lächeln ist nicht drin. Dem Geruch nach vermute ich, dass ich ihn bei seiner Kaffeepause gestört habe.

»Sie wünschen?«

»*Une bombe au poivre*, bitte.«

»*Pour utiliser à l'intérieur ou à l'extérieur?*«

Für drinnen oder draußen? Woher soll ich das vorher wissen? »Gibt's da einen Unterschied?«

Der Mann murmelt etwas und führt mich zum Tresen. Er nimmt verschiedene Dosen Pfefferspray von einem Regal, stellt sie auf die Glasplatte und setzt zu einer Erklärung an.

Hinten im Geschäft erkenne ich durch eine offene Tür einen weiß gekachelten Raum, vielleicht eine Teeküche. Durch den Spalt sehe ich, wie zwei Füße in abgelaufenen Bergschuhen ungeduldig auf und ab wippen.

»Geben Sie mir beide«, sage ich und deute auf eine billige

Dose, die eine Art Gas versprüht, und eine teurere, die laut Verkäufer die neueste Generation dieser Sprays enthält. Sie funktioniert sogar noch, wenn sie ins Wasser gefallen ist und versprüht ein Cayennepfeffergel vier Meter weit, sodass man den Angreifer nicht zu nahe an sich heranlassen muss. Das Gel haftet an dem Angreifer wie Leim und hinterlässt eine schwer abwaschbare, grellorangefarbene Tinte.

Ich ziehe meine Bankkarte durch den Automaten und gebe den PIN-Code ein. Es dauert eine Weile, bis die Quittung gedruckt wird. Der Apparat knirscht verdächtig.

Der bärtige Verkäufer wickelt meine Dosen in dünnes Papier und steckt sie in eine Plastiktüte. »Sie kommen bestimmt aus dem Ausland?«

»Stimmt, aus den Niederlanden.«

»Das dachte ich mir schon. Hierher kommen viele Niederländer, vor allem im Sommer. Zu dieser Jahreszeit dagegen so gut wie keine.« Neugierig betrachtet er mich. »Wohnen Sie hier, oder sind Sie auf der Durchreise?«

»Ich bin zu Besuch bei einer Freundin, die hier in der Nähe wohnt.«

»Auch Niederländerin?«

Ich nicke.

Endlich sind die Quittungen ausgedruckt. Ich nehme sie von ihm entgegen und stecke sie in meine Tasche.

Hinten im Geschäft wird die Tür geöffnet. »Ich bin dann mal weg, Eric!« Französisch mit einem starken Akzent – einem starken niederländischen Akzent.

Reglos bleibe ich an der Kasse stehen und starre entsetzt den Mann an, der in der Tür erschienen ist.

Ein Meter fünfundachtzig, fit und durchtrainiert. Bergschuhe, fleckige Jeans. Darüber eine genauso schmutzige, weite Armeejacke. Er hat raspelkurz geschnittene Haare und eckige, schwarze Augenbrauen. Graue Augen. Eine beängstigend starke, fast übernatürliche Ausstrahlung umgibt ihn.

Ich kenne diesen Mann.

Ich habe nie verstanden, was Dianne an ihm so anziehend fand.

22

Hugo Sanders, Reiche-Leute-Söhnchen, verwöhnt bis auf die Knochen. Sein Vater ist Bauunternehmer, und er hat von seinen Eltern alles bekommen außer einem netten Gesicht und einem sympathischen Charakter.

So dachte ich jedenfalls über ihn. Dianne war ganz anderer Meinung. Sie hatte ihn durch ihre Arbeit kennengelernt – er sprach bereits drei Fremdsprachen fließend, als er sie engagierte, um ihm zu Hause Privatunterricht in französischer Konversation zu erteilen. Es war Liebe auf den ersten Blick, eine Liebe, die an Anbetung grenzte. Oder Verrücktheit, was mich angeht. *Un amour fou.*

Dianne trank förmlich die Worte, die aus seinem Mund kamen. Alles, was er sagte, fand sie tiefschürfend und weise. Es gab kein Problem auf der Welt, für das Hugo Sanders keine fertige, wenn auch durchweg radikale Lösung parat hatte.

Ich hätte Dianne gerne verstanden und mich für sie gefreut, aber ich konnte es nicht. Insgeheim nannte ich ihn das *Orakel von Haren*, nach seinem Wohnort, ein schwacher Versuch meinerseits, sein unverkennbares Charisma zu entkräften. Diese Methode ging auf einen meiner Journalistik-Dozenten zurück. Er sagte immer, man brauche einer einflussreichen Person nur lange genug abstruse Spitznamen anzuhängen und ihre Taten und Worte ins Lächerliche zu ziehen, schon verlören sie dadurch einen Teil ihres Zaubers und ihrer Macht.

Damals hoffte ich, dass es so einfach sein würde. Denn Tatsache war, dass Hugo Einfluss ausübte, großen Einfluss.

Meine größte Angst war, dass diese Liebe einen Keil zwischen mich und Dianne treiben könne. Zum ersten Mal in meinem Leben befürchtete ich, sie als beste Freundin, große Schwester und Vorbild zu verlieren.

Und diese Angst war durchaus berechtigt. Es war schockierend mitanzusehen, wie sich Diannes Verhalten durch ihn veränderte. Um ihm zu gefallen, änderte sie sogar ihren Kleidungsstil. Dianne war seit jeher ein bisschen alternativ und »anders« gewesen, was einer der Gründe war, warum sich unsere Freundeskreise nicht überschnitten, doch unter Hugos Einfluss trieb sie es auf die Spitze. Sie trug ausschließlich Springerstiefel, Jeans und bequeme Pullis und schminkte sich so gut wie gar nicht mehr. Wenn wir einmal ausgehen wollten und er rief an, grinste sie bedauernd, sagte: »Tja, Eef… tut mir leid«, und weg war sie.

Ihn betete sie bedingungslos an, während sie uns anderen gegenüber nur noch ihre schlechten Seiten zeigte. Sie wurde unruhig, reizbarer denn je, suchte ständig Streit und wurde wütend, wenn ich Widerworte gab. Einen Nachmittag zu zweit nett shoppen zu gehen war nicht mehr möglich, Tagesausflüge wurden zur Seltenheit.

Das waren unter Hugos Einfluss die Nebenwirkungen dieser Beziehung, die ebenso urplötzlich endete, wie sie aufgeflammt war. Drei Monate herrschte der pure Wahnsinn, tobten die Turbulenzen, und danach war es aus und vorbei. Absolute Windstille.

Sie wollte nicht darüber reden. Ihr einziger Kommentar lautete: »Ich bin fertig mit ihm.«

Vergangenes Jahr im Dezember ist der Name Hugo Sanders zum letzten Mal gefallen. Eine Woche vor Weihnachten hat sie Schluss gemacht.

Im Nachhinein betrachtet war es typisch für Dianne, sich mit so viel Leidenschaft in eine Beziehung zu stürzen und dann urplötzlich wieder vollkommen das Interesse zu verlieren.

In dieser Hinsicht war Hugo und seinen Weisheiten dasselbe Schicksal beschieden wie dem Sponsorenlauf für die Kinder in Mali und dem umfangreichen Œuvre von Jean de La Fontaine.

Das Orakel von Haren hat sich keinen Deut verändert. Neu sind höchstens die Billigklamotten, die aus einem Militaria-Laden zu stammen scheinen und vor Schmutz starren. Geblieben sind seine schrägen Augen, in denen stets ein boshafter, vorwurfsvoller Blick lauert, und die magere, krumme Nase. Dazu lässt er sich jetzt einen grau melierten Vollbart stehen, der nahtlos in seine millimeterkurzen Haare übergeht. Hugo ist Ende dreißig, um einiges älter als Dianne.

»Ich wusste gar nicht, dass du in Frankreich lebst«, sage ich, nachdem ich mich von meiner Sprachlosigkeit erholt habe. Wenn ich eine Veranlagung zum Erröten hätte, wäre ich puterrot angelaufen.

Demonstrativ verschränkt er die Arme. Die Ärmel seiner Jacke sind aufgekrempelt und entblößen behaarte, sehnige Handgelenke. »Ach, nein?«

Ich schüttele den Kopf. »Nein, woher denn?«

Seine Augen funkeln merkwürdig. »Und du, Eva, was machst du hier? Zu dieser Jahreszeit.«

»Ich bin bei Dianne zu Besuch.«

Ungläubig starrt er mich an. »Zu *Besuch*?«

Er blickt den Waffenhändler an, der mit einer hilflosen Geste antwortet – schließlich versteht er kein Wort von unserer Unterhaltung –, und dann wieder mich.

»Ich habe Dianne aber noch nicht gesprochen«, fahre ich fort. »Sie ist nicht da. Und ehrlich gesagt kommt mir das ziemlich merkwürdig vor.« *Dir hier zu begegnen finde ich übrigens auch ziemlich merkwürdig,* füge ich im Stillen hinzu. Doch ich habe zu großen Respekt vor ihm, um es laut auszusprechen.

Ich versuche, in seinem Gesicht zu lesen, erkenne aber nur, dass er gereizt ist – sein natürlicher Gemütszustand.

Leise frage ich: »Weißt du, wo sie ist?«

»Warum fragst du mich das?«

»Warum nicht? Ist doch eine ganz normale Frage, oder?«

Er scheint nachzudenken. Kaut nervös auf seiner Wange herum. »Kann schon sein, aber mich verarschst du nicht, Eva Lambregts.« Er dreht sich um und marschiert davon, verschwindet in der Küche. Ich höre eine Tür knallen.

Die Tüte an mich gepresst, verlasse ich eilends das Geschäft. Ich laufe zwischen den historischen Gebäuden hindurch, über Treppen und durch Gässchen zurück zum Parkplatz. Erst dann blicke ich mich um. Ich sehe umherwandernde Studenten mit Rucksäcken und einige Geschäftsleute, die rauchend vor einem Gebäude stehen.

Hugo ist mir nicht gefolgt.

Ich steige in mein Auto, lasse aber den Motor nicht an. Zitternd bleibe ich sitzen, die Hände am Lenkrad. Ich fühle mich nicht imstande loszufahren. Noch nicht. Ich würde sofort einen Unfall verursachen.

Meine heftige Reaktion erstaunt mich. Wo rührt sie her? Und was macht Hugo hier – *nota bene* in einem Waffengeschäft? Übersehe ich irgendetwas? Was soll ich tun? Kann ich etwas tun?

In einem kleinen Park neben dem Parkplatz spielen Rentner Pétanque. Sie tragen Schirmmützen und Winterjacken. Zwei Männer sitzen auf einer Bank neben dem Spielfeld und geben Anweisungen. Ein paar Meter weiter trippeln Stadttauben herum.

Das entschleunigte Schauspiel beruhigt mich ein wenig. Allmählich ebbt die Panik ab, aber die Fragen bleiben zurück wie angespültes Treibholz.

Als ich Hugo gefragt habe, ob er hier wohnt, hat er es nicht verneint. Ich kann also davon ausgehen, dass ich recht habe.

Doch warum ist er emigriert? Ob er den ganzen Weg nach Le Paradis auf sich genommen hat, um Dianne zu belästigen? Ist das Orakel von Haren in Wirklichkeit ein grenzüberschreitender Stalker? Oder sind Dianne und Hugo wieder ein Paar? Aber warum weiß er dann nicht, wo Dianne ist? Und warum hat mir Dianne nichts davon erzählt? Und wie hängt das alles mit seiner merkwürdigen Reaktion zusammen? Was hat er gesagt? »Mich verarschst du nicht, Eva Lambregts.«

Mein Handy summt plötzlich. Vor Schreck stoße ich mich an der Kopfstütze. Ich habe eine SMS bekommen.

HEY, HÜBSCHES DING, WIE GEHT'S DIR DA UNTEN?
ICH VERMISSE DICH, LANGWEILE MICH ZU TODE
X-CHEN ER

Soll ich Erwin anrufen? Ich bin gespannt, was er von der Sache hält, denn ich weiß überhaupt nicht mehr, woran ich bin. Erwin dagegen ist ein Außenstehender und hat weder Hugo noch Dianne je kennengelernt.

Vielleicht hat Erwin Lust, hierherzukommen? Ich kann nicht leugnen, dass ich mich nach zwei Nächten in diesem gottverlassenen Haus geradezu danach sehne, mich an seinen warmen Männerkörper zu schmiegen und nicht mehr so allein zu sein.

Aber angenommen, Dianne kommt heute Abend nach Hause oder ist sogar schon längst da? Dann hätte ich ihn umsonst aufgescheucht und hergelockt.

Endlich, nach minutenlangem Zweifeln, beginne ich zu tippen. Mir zittern noch immer die Finger.

ALLES OK, VERMISSE DICH AUCH, HALTE DURCH ;))
WIR SEHEN UNS IN 2 WOCHEN X

23

Meine Mutter würde jeden Moment auf ihrem Fahrrad um die Straßenecke biegen. Ich konnte mir lebhaft vorstellen, wie sie reagieren würde, wenn sie mich im Vorgarten stehen sah, in der Winterjacke und mit einer Plastiktüte in der Hand. Erst würde sie erschrecken, zu mir eilen und vor mir in die Hocke gehen: »Was ist denn los? Was machst du denn hier draußen, Schatz? Was ist passiert?«

Doch dann käme das dicke Ende.

Ich hatte ihr Vertrauen missbraucht. Ich hatte Fieber vorgetäuscht und mich aus dem Haus geschlichen, um Knabbereien zu kaufen.

Ich war ein böses Kind.

Ein verlogenes, böses Kind.

Dianne machte öfter solche Sachen. Sie bekomme ja doch nie Ärger, pflegte sie zu sagen, denn ihre Mutter sei sowieso nie zu Hause. Was machte es also aus?

Sie hatte nicht das Gefühl, ein böses Kind zu sein.

Ich ging um das Haus herum in den Garten. Am Zaun stand eine Bank. Darauf setzte ich mich, legte die Tüte neben mich auf das grün lackierte Holz und starrte trübsinnig vor mich hin. Ich versuchte, mir eine Ausrede einfallen zu lassen, einen plausiblen Grund, warum ich draußen war und nicht drinnen.

Eine Notlüge.

Doch sosehr ich mich auch bemühte, mir wollte nichts Brauchbares in den Sinn kommen.

Ich betrachtete das Haus. Die Gardinen vor meinem Fenster waren halb zugezogen. Neben meinem Zimmer lag unser Bad.

Das Kippfenster stand einen Spalt auf.

24

Es dämmert schon, als ich in den Hof von Diannes Haus einbiege. Beim Hereinkommen überfällt mich die Kälte. Das Haus ist feucht und kühl, und mein Atem kondensiert zu kleinen Wölkchen.

Ich steuere geradewegs auf den Ofen zu. Das Feuer von heute Morgen ist heruntergebrannt und ausgegangen. Wider besseres Wissen schüttele ich den Inhalt der Schachtel Schnellanzünder auf den Fliesen aus. Krümel.

Eine kurze Inspektion der Küchenschränke ergibt, dass keine Schnellanzünder mehr da sind. Dafür finde ich einen Stapel Altpapier unter der Spüle.

Ich trage die oberste Lage mit hinüber ins Wohnzimmer, knülle ein paar Blätter zusammen und baue einen Wigwam aus dem trockensten Holz, das ich finden kann. Danach öffne ich die Luftzufuhr ganz weit und zünde das Papier an. Schnell schlagen die Flammen hoch und rasen wie ein Tornado an den Scheiben entlang. Sofort fühlt sich das Haus etwas angenehmer an.

Die Katze mit der unregelmäßigen Blesse sitzt am Fenster. Ich sehe ihr Maul auf- und zugehen. Sie maunzt mich an.

»Wohnst du hier?«, frage ich laut. »Oder möchtest du gerne hier wohnen?«

Jetzt höre ich sie durch die schmutzige Scheibe hindurch miauen.

Ich kann mir nicht vorstellen, dass Dianne ein Haustier hat. Nichts im Haus weist darauf hin. Ich habe weder Katzenfutter noch eine Katzentoilette gesehen. An dem gemusterten Sofabezug hängen keine Katzenhaare. Wahrscheinlich ist Gruselchen eine Bauernhofkatze, die sich lieber rechtzeitig zum Winter einen warmen Schoß erobert als in der zugigen Scheune auf Mäusejagd zu gehen.

Ich hole eine Scheibe Schinken aus dem Kühlschrank und rolle sie zusammen.

»Ich kann dich nicht reinlassen, aber ich habe etwas Leckeres für dich.« Ich öffne die Haustür und lege den Schinken auf den Zementabsatz.

Die Katze springt sofort herbei, schnappt sich den Schinken und läuft knurrend davon.

»Gern geschehen!«, rufe ich ihr nach.

Ich schließe die Tür hinter mir und verriegele sie. Das Feuer geht schon wieder aus, hinter der Ofenscheibe ist es dunkel. Ich öffne die gusseiserne Tür und blase in die Glut. Ascheflocken wirbeln auf und lassen sich auf dem Fliesenboden, auf meinen Haaren und meinen Kleidern nieder. Der Qualm raubt mir den Atem, doch so fest ich auch blase, das Feuer lässt sich nicht wieder anfachen. Das Papier ist verbrannt, und ein paar Äste sind angekokelt, mehr nicht. Ich muss mich wohl damit abfinden, dass ich im Feuermachen nicht besonders geschickt bin. Schon als Kind gelang es mir nie, das Feuer in unserem offenen Kamin am Brennen zu halten. Ich nehme mir vor, morgen eine Großpackung Schnellanzünder zu kaufen.

Das Handy in meiner Hosentasche klingelt. Erwin. »Hallo«, sage ich wesentlich fröhlicher, als ich mich fühle.

»Hast du gerade einen Augenblick Zeit, oder störe ich?«, fragt er.

»Es passt gerade prima.«

»Ich wollte dir etwas erzählen. Ich kann Karten für das Coldplay-Konzert am Samstag in drei Wochen bekommen, hast du da schon etwas vor?«

In drei Wochen. So weit voraus kann ich im Moment gar

nicht denken. »Nein, ich glaube nicht«, sage ich nach kurzem Zögern.

»Hast du Lust mitzugehen?«

»Ja, gerne«, antworte ich tonlos. »Wird bestimmt nett.«

»Du hörst dich aber nicht gerade begeistert an. Ist was?«

»Nein, alles okay.«

»Dianne freut sich sicher, dich wiederzusehen.«

Ich habe keine Lust mehr zu lügen. Jetzt, wo ich seine vertraute Stimme höre, wünschte ich, dass er bei mir wäre, dass ich ihn berühren könnte. »Dianne ist gar nicht da.«

»Wie meinst du das?«

»Na ja ... Sie ist nicht zu Hause. Ich habe sie noch nicht gesehen.«

»Noch nicht ... Wie bitte? Aber wo wohnst du denn?«

»Im Haus.«

»In ihrem Haus? Obwohl sie gar nicht da ist?« Er schweigt einen Moment. »Ich dachte, sie wohnt allein?«

»Tut sie auch, soweit ich weiß.«

»Wie bist du dann reingekommen?«

»Ich habe den Schlüssel zur Hintertür in einer Gießkanne gefunden.«

Ein paar Sekunden lang sagt er nichts. Dann fragt er: »Am Sonntag schon?«

»Ja, woher ...«

»Und du hast Dianne in der ganzen Zeit nicht gesehen oder auch nur mit ihr gesprochen?«

»Nein. Sie ist einfach nicht da. Schon letzte Woche hat sie nicht auf meine E-Mails geantwortet, und ihr Handy ist seitdem ausgeschaltet.«

»Hast du mal bei ihren Eltern angerufen?«

»Ja, bei ihrer Mutter. Die meint, dass Dianne bestimmt irgendwo zu Besuch ist und ich mir keine Sorgen machen soll.«

»Und du sitzt da die ganze Zeit mutterseelenallein herum und drehst Däumchen?«

Ich sage nichts mehr.

»Mitten in der Pampa«, fügt er hinzu. »Eef, wenn deine Freundin nicht da ist, was machst du dann noch dort, um Gottes willen?«

»Warten, bis sie zurückkommt.«

»Kannst du dir vorstellen, wie verrückt das klingt? Tut mir leid, aber ich finde das nicht normal.«

Mir steigen die Tränen in die Augen. Ich bin zu stolz, um mir meinen Kummer anmerken zu lassen, aber Erwin hört meiner Stimme an, dass ich kurz vor dem Weinen stehe. »Ich habe einfach Angst, okay? Dass ihr etwas zugestoßen ist. Ich kenne sie schon mein ganzes Leben lang, sie ist wie eine Schwester für mich. Ich befürchte das Schlimmste. Sie würde niemals einfach so wegfahren, ohne mir Bescheid zu sagen, schon gar nicht eine Woche, bevor ich sie besuchen komme.«

»Hat sie keine Freunde oder Nachbarn, bei denen du dich erkundigen könntest?«

»Sie hat mir zwar geschrieben, sie hätte Freunde gefunden, aber sie hat nie Namen genannt. Ich bin jedenfalls bis jetzt noch niemandem begegnet, der mit ihr befreundet wäre.« *Sehr vorsichtig ausgedrückt.* »Aber weißt du, wen ich stattdessen getroffen habe? Ihren Exfreund, Hugo Sanders – ich hab dir doch mal von ihm erzählt. Etwa fünf Monate, bevor Dianne nach Frankreich gezogen ist, haben sie sich getrennt, und heute Nachmittag bin ich ihm in einem Waffengeschäft über den Weg gelaufen. Ob das ein Zufall ist? Ich kann …«

»In einem Waffengeschäft?«, unterbricht er mich.

»Ja, die Polizei hat mir geraten, mir Pfefferspray anzuschaffen.«

»Warum?«

»Gestern hat jemand die Scheibe der Hintertür eingeschlagen. Ich wollte Anzeige erstatten. Die Polizei hält es für einen Dummejungenstreich, aber …«

»Das hört sich aber gar nicht gut an, Eva. Im Gegenteil, es

klingt ziemlich …« Er sucht nach dem passenden Ausdruck, findet aber offenbar keinen. Nach einem kurzen Schweigen sagt er: »Mir wäre sehr viel wohler, wenn du sofort in dein Auto steigen und nach Hause kommen würdest.«

Ich werde lauter: »Du verstehst das nicht! Hier geht es um Dianne, meine beste Freundin! Niemand, mit dem ich hier gesprochen habe, will irgendetwas mit ihr zu tun haben oder hat ein freundliches Wort für sie übrig. Stell dir mal vor, wenn ihr tatsächlich etwas passiert ist! Wer geht dann zur Polizei? Auf ihre Mutter kann ich nicht zählen, die macht sich erst Sorgen, wenn Dianne an ihrem Geburtstag nicht anruft, das wäre dann nächstes Jahr.« Ich hole ein paar Mal tief Luft. Dann fahre ich etwas ruhiger fort: »Ich möchte mindestens bis Samstag bleiben. Dann müsste sie auf jeden Fall zurückkommen, weil wir für diesen Tag meinen Besuch vereinbart haben. Wenn sie bis dahin nicht auftaucht, werde ich sie als vermisst melden.«

»Du klingst ganz schön überspannt.«

»Ich bin nicht überspannt. Ich bin nur müde. Und ich habe Angst, weil mir absolut schleierhaft ist, was hier vor sich geht. Im Haus ist es eiskalt. Und die Leute hier sind einfach schrecklich. Hinterwäldlerisch und durch und durch fremdenfeindlich.« Trotz meiner Tränen muss ich lachen. »Aber du brauchst dir um mich keine Sorgen zu machen. Ich habe mir heute Nachmittag eine Dose Hightech-Pfefferspray gekauft, da traut sich keiner an mich ran.«

»Mir wäre trotzdem lieber, du würdest nach Hause kommen.«

»Geht aber nicht.«

Er stößt einen tiefen Seufzer aus. »Verdammter Mist! Ich muss noch die ganze Woche arbeiten. Weißt du was? Wenn du jetzt nach Hause fährst, verspreche ich dir, dass wir am Samstag zusammen wieder runterfahren. Oder von mir aus fliegen. Und wenn sie dann noch nicht zurück ist, bleibe ich bei dir und wir suchen sie gemeinsam.«

Seine Besorgnis ehrt ihn. Und dass er mir einen Flug anbietet, entgeht mir ebenfalls nicht. Womöglich betrachtet Erwin unsere Beziehung doch nicht als so unverbindlich, wie ich geglaubt habe.

»Vertrau mir einfach«, sage ich. »Du brauchst dir wirklich keine Sorgen zu machen. Ich rufe dich morgen früh an. Küsschen.« Ohne ihm die Chance zu geben, mir zu antworten, unterbreche ich die Verbindung.

Eine knappe Minute später schickt er eine SMS.

OKAY. ABER PASS GUT AUF DICH AUF.
X-CHEN

Gott sei Dank. Erwin macht kein Drama daraus.

»Du bist ein Schatz«, flüstere ich und küsse das Display.

Später am Abend bekomme ich noch eine SMS. Ich liege schon im Bett. Schlaftrunken lese ich die Nachricht. Deborah schreibt, sie habe schon seit Ewigkeiten nichts mehr von Dianne gehört, und fragt, wie ich darauf komme, dass sie in letzter Zeit Kontakt gehabt hätten. Ob wir uns verkracht hätten?

Ich schicke ihr eine beruhigende Antwort. Kurz darauf schlafe ich ein.

25

Der Glaser, ein untersetzter Mann um die fünfzig mit offenem Gesichtsausdruck, schüttelt mir die Hand. »Sie wohnen hier herrlich, wenn ich mir die Bemerkung erlauben darf. Wie lang ist Ihre Zufahrt? Bestimmt zehn Kilometer, oder?«

»Könnte sein, ich habe es noch nicht nachgemessen.«

Er schnauft, blickt sich interessiert um und betrachtet das Haus, die Scheune und den Hangar. »Wunderbar. Ich wollte schon immer gerne so wohnen, aber meine Frau lässt sich nicht dazu überreden. Zu abgelegen, nicht wahr?«

Der Mann kommt nicht aus dem Dorf. Die *vitrerie,* die ich heute Morgen in einer zerfledderten Ausgabe der *Pages Jaunes* gefunden habe, befindet sich in einem weiter entfernt gelegenen Ort.

Ich gehe ihm voraus in die Küche.

»Sie haben Glück gehabt«, höre ich ihn sagen. »Kurz vor Ihrem Anruf hat ein Kunde abgesagt. Sonst hätte ich erst Anfang nächster Woche kommen können.«

Sofort fällt sein Blick auf die Bretter, mit denen ich die Scheibenöffnung zugenagelt habe. Er befühlt das Holz der Tür, klopft dagegen. »Im Grunde sollten Sie lieber gleich eine neue Tür bestellen. Mit Verlaub, aber diese hier ist *préhistoire.* Heutzutage verwendet man Kunststoff, natürlich mit Doppelverglasung.«

»Das Haus gehört nicht mir. Ich möchte nur, dass die Tür repariert wird, bevor die Eigentümerin wiederkommt.«

»Ah, *d'accord.*« Der Mann sagt nichts mehr dazu und holt ein Rollmaßband aus seinem Werkzeugkoffer.

Mit verschränkten Armen schaue ich hinaus. Auf dem Metallmülleimer liegt ein haariges, formloses Häuflein, grauschwarz meliert. Es regt sich nicht. Gestern lag nichts auf dem Deckel, das weiß ich genau. Ich habe noch den Müll aus der Küche rausgebracht. Sieht aus wie ein totes Kaninchen, obwohl deren Fell eine andere Farbe hat. Eher braun als grau.

Ich dränge mich seitlich an dem Glaser vorbei nach draußen. Ein paar Meter vor dem Mülleimer bleibe ich wie angewurzelt stehen.

Es ist eine Katze. Sie liegt auf dem Rücken, alle viere von sich gestreckt. Ihr Bauch ist aufgeschlitzt von der Brust bis zum Schwanzansatz. Als ich die Blesse sehe, dieses komische, schiefe Abzeichen, das oberhalb eines toten, starrenden Auges endet, wende ich mich würgend ab.

Hinter mir ruft der Glaser, er sei fertig. Er kommt heraus und bleibt neben mir stehen.

Ein paar Sekunden lang schweigt er. Dann fragt er: »Ihre Katze?«

Ich beuge mich nach vorn, und mein Frühstück verlässt in sauren Krämpfen meinen Magen. Tränen schießen mir in die Augen. Ein, zwei, drei Krämpfe. Ich warte, noch immer vornübergebeugt, aber nichts kommt mehr.

Ich richte mich auf, am ganzen Leib zitternd, und trockne mir die Augen mit den Ärmeln meiner Strickjacke ab.

»Gehörte die Katze hierher?«

Ich nicke.

»*À mon avis*… Wenn Sie mich fragen, müssen das Jäger gewesen sein.«

»Wie kommen Sie darauf?«

Er zuckt mit den Schultern. »Auf diese Art weidet man ein Tier aus, säubert es, wenn Sie so wollen. Nur haben sie bei der Katze alles dringelassen.« Er geht auf Gruselchen zu und betrachtet ihn von Nahem. »Schrot. Der Schütze hat eine Schrotpatrone verwendet. Aus nächster Nähe, man sieht überall die Einschusslöcher. Das arme Tier hat nichts mitbekommen.«

»Woher … woher wissen Sie das?«

»Wenn man jagt, weiß man Bescheid.«

»Sie sind Jäger?«

»Wer nicht? Auf dem Land jagen alle, Madame. Na ja, fast alle.«

Ich sehe ihn schockiert an.

Der Glaser lächelt. »Die Leute auf dem Land kaufen nicht gerne Fleisch im Supermarkt. Dem trauen wir nicht. Es könnte schließlich mit einer Krankheit verseucht, jahrelang tiefgefroren, zusammengepresst, mit Chemie behandelt, gefärbt sein …« Angewidert verzieht er das Gesicht. »Bestimmt haben Sie das schon öfter im Fernsehen gesehen. Was die sich heutzutage alles einfallen lassen, nur um ein paar Cent mehr zu verdienen!«

Ich höre kaum noch zu und starre Gruselchens Überreste an. »Das ist so sinnlos«, flüstere ich. »So gemein. Welcher kranke Irre kommt denn auf so eine Idee?«

Er zuckt mit den Schultern. »Tja … An Ihrer Stelle würde ich sie jedenfalls sofort vergraben. Zwar ist es kalt für diese Jahreszeit, aber sie fängt trotzdem bald an zu stinken, und dann haben Sie ruckzuck das Ungeziefer hier.«

»Ich traue mich nicht, sie anzufassen.«

Der Glaser zieht den Jackenärmel hoch, schaut auf die Uhr und sieht nachdenklich die Katze an. »Haben Sie irgendwo eine Schaufel, Madame?«

»Ich glaube schon.« Sofort eile ich zur Scheune. Aus den alten, rostigen Geräten, die nachlässig an der Wand abgestellt wurden, wähle ich einen Spaten, der noch einigermaßen in Schuss ist. Damit laufe ich zurück zum Glaser.

Er nimmt mir den Spaten ab und fragt: »Da drüben irgendwo?«

»Ja, gut. Wird schon in Ordnung sein.«

Er streckt den Arm aus, um das tote Tier von der Mülltonne zu nehmen.

»Halt!«, rufe ich. »Warten Sie!«

Erst mache ich mit meinem Handy noch mehrere Aufnahmen von der Katze, aus verschiedenen Blickwinkeln. Es ist furchtbar, aber ich muss das dokumentieren. Falls nötig, kann ich Dianne zeigen, was geschehen ist.

Außerdem muss die Polizei die Fotos sehen, denn ich werde diesem Chevalier den Vorfall melden. Das geht wohl über eine eingeschlagene Scheibe hinaus, das hier kann er nicht mehr als Dummejungenstreich abtun. Diese Botschaft lässt an Deutlichkeit nichts zu wünschen übrig: Es ist eindeutig eine Drohung.

»Kann ich jetzt?«

Ich stecke das Handy ein. »Ja. Vielen Dank.«

Der Glaser fasst Gruselchen an den Pfoten und legt ihn neben dem Holzstapel ins Gras. Dann packt er mit beiden Händen den Spaten und beginnt mit kräftigen Bewegungen zu graben.

Ich bleibe stehen und sehe dem Mann zu, wie er mit krummem Rücken arbeitet, direkt vor dem Waldrand. Dabei fällt mir auf, wie gut er durch die beigefarbene Hose und den braunen Pullover getarnt ist. Nur ein paar Meter weiter entfernt, und ich würde ihn zwischen dem Unterholz und den abgestorbenen Farnen und braunen Stämmen kaum mehr erkennen.

Mein Blick huscht von links nach rechts. Ich suche den Waldrand ab, der das Haus auf dieser Seite in einem weiten Bogen umschließt.

Wenn sie mir Angst einjagen wollten, dann ist ihnen das definitiv gelungen.

26

Ich stand von der Gartenbank auf und blickte an der Rückwand unseres Hauses zu dem einen Spalt offen stehenden Fenster im Badezimmer empor. Mit klopfendem Herzen starrte ich die Backsteinmauer an, die Diannes und unseren Garten voneinander trennte. Wenn ich darauf klettern würde und von da aus auf das Aluminiumgehäuse der Jalousie…

Nein. Schon allein die Vorstellung ließ mich schwindeln. Es war zu hoch, zu weit weg. Außerdem konnte ich überhaupt nicht gut klettern.

Ich traute mich nicht.

Von der Straße her bog ein Fahrrad in den Zwischengang ein. Ich hörte die Kette gegen den Kettenschutz klappern und die Federn eines Sattels knarzen. Das war nicht das Fahrrad meiner Mutter, das nur ein leises tickendes Geräusch von sich gab.

Ich rannte mitsamt meiner Plastiktüte zum Tor und riss es auf. »Dianne!«

Sie stand aufrecht auf den Pedalen und drückte mit beiden Händen die Trommelbremsen. Es klang, als würde in unserem Feuerschutzgang ein ganzer Eisenbahnwaggon bremsen.

Diannes Wangen waren vom Radeln durch die Kälte zart gerötet, und ein Strickschal flatterte um ihre Schultern. Ich hatte mich noch nicht an das Make-up gewöhnt, das sie auflegte, seitdem sie auf die höhere Schule ging. Dazu trug sie jetzt auch große Silberkreolen in den Ohren – die hätten alle in ihrer Klasse, behauptete sie. Ein Bekannter meines Vaters hatte sie kürzlich auf fünfzehn geschätzt, obwohl sie letzten Sommer erst zwölf geworden war.

»Eef! Hast du jetzt schon Schule aus?«

Ich schüttelte den Kopf und kämpfte mit den Tränen. »Ich bin krank.« Bedrückt hielt ich die Plastiktüte hoch. »Ich hab im Laden Chips gekauft, aber jemand hat die Haustür zugezogen. Wenn meine Mutter nach Hause kommt …«

»Kannst du nicht mehr rein?« Dianne lehnte ihr Fahrrad an die Mauer. Der Gepäckträger ächzte unter dem Gewicht ihrer Schultasche. »Steht irgendwo ein Fenster offen?«

»Ja, aber nur oben.«

Sie ging mit mir in den Garten. In der Mitte blieb sie stehen, genau da, wo ich eben gestanden hatte, und blickte hinauf.

»Meinst du das Badezimmerfenster?«

Ich nickte. »Es ist zu hoch.«

Sie ging einen Schritt nach vorn und blieb dann wieder stehen. Ich sah, wie sie zögerte; sie saugte die Unterlippe kurz nach innen, während sie die Lage einschätzte.

»Es ist wirklich zu hoch«, wiederholte ich und merkte, dass meine Stimme zitterte. »Ich warte lieber, bis meine Mutter nach Hause kommt.«

»Dann kriegst du aber gewaltigen Ärger.« Dianne rollte den Mülleimer bis an die Gartenmauer, kletterte darauf, suchte Halt an der Oberkante, zog sich hoch, und schon stand sie. Vorsichtig tastete sie sich näher an die Hauswand heran, legte die Hände dagegen und stellte einen Fuß auf den Rand der Markise, die unter ihrem Gewicht schabende Geräusche machte. Langsam schob sie sich weiter vor, auf den Zehenspitzen balancierend.

»Pass auf!«, rief ich.

Sie sah nach unten. Erst dachte ich, sie suche meinen Blick und wolle mir zulachen, um mich zu beruhigen, aber das tat sie nicht. Sie schaute auf den Boden, presste die Lippen aufeinander und kletterte anschließend am Regenfallrohr weiter hinauf, bis sie mit den Fingerspitzen das Fensterbrett des Badezimmers erreichte.

Dianne reckte sich, so weit sie konnte, krümmte die Finger um die Unterkante des offenen Fensters und verlagerte die Hand Millimeter um Millimeter, um die Scheibe weiter hochzudrücken.

Dann verlor sie das Gleichgewicht.

Insgesamt fiel sie wahrscheinlich keine zweieinhalb Meter, aber mir wurde ganz übel bei dem Schlag, mit dem sie auf einen der T-Träger aus Metall auftraf, zwischen denen die Wäscheleinen meiner Mutter gespannt waren.

Dianne wippte nach vorn. Ganz kurz wurde sie von den dünnen Leinen gehalten und rutschte dann wie in Zeitlupe hindurch. Es gab ein Geräusch, als ziehe jemand einen Riesenreißverschluss auf.

In einer halben Sekunde war ich bei ihr und fiel auf die Knie.

Sie lag rücklings auf den Waschbetonplatten und atmete schwer. Der Stoff ihrer Jeans war vom Schritt bis zur Mitte der Wade aufgerissen. Die Halterung für die Wäscheleinen hatte lange Schürfwunden in ihrer Haut hinterlassen.

»Scheiße«, stöhnte sie und setzte sich auf.

Erschrocken starrte ich ihr Bein an. Aus den Wunden quollen Hunderte winziger Blutstropfen hervor. An den Rändern hing abgeschürfte Haut, als sei jemand mit dem Käsehobel über ihr Bein gefahren.

Mir lief es kalt den Rücken hinunter. »Tut es sehr weh?«

Verbissen schüttelte sie den Kopf, die Lippen fest aufeinandergepresst. »Ich hatte Angst. Deswegen bin ich gefallen.«

»Es tut mir so leid!«

Sie drehte das Gesicht weg. Dann rappelte sie sich auf.

»Kannst du laufen? Kannst du …«

Dianne ignorierte mich. Entschlossen ging sie wieder auf den Mülleimer zu, kletterte hinauf und umklammerte kurze Zeit später wieder das offene Badezimmerfenster. Diesmal schaffte sie es, es ein Stück weiter hochzudrücken. Fluchend und schimpfend zwängte sie sich hindurch.

Sie ließ mich zur Haustür herein. Im Flur blieben wir einander gegenüber stehen. Mein Herz schlug so heftig und schnell, dass ich das Gefühl hatte, bei jedem Schlag ein Stück hochgehoben zu werden.

Durch meine Tränen sah ich Dianne mit den Zähnen klappern. Ihre Augen waren geschwollen und rot, Tränen glänzten in ihren Augenwinkeln. Ich merkte, dass sie sich zwang, ihr Bein still zu halten, aber es zitterte unentwegt, als wolle es auf sich aufmerksam machen. Ihre Hose flatterte wie ein Lumpen darum herum. Der Stoff war mit roten Flecken übersät, und aus der Risswunde trat helles, frisches Blut aus.

»Es tut mir ja so leid«, schluchzte ich.

»Ist doch nur eine Hose und ein dummes Bein«, murmelte sie. Resolut drehte sie den Kopf von mir weg.

Mit einer Hand tastete sie nach dem Türknauf. »Ich gehe jetzt, okay?«

Ich nickte nur.

Keine zwei Minuten später hörte ich das gleichmäßige Ticken des Rades meiner Mutter draußen auf der Straße.

27

An der Stelle, wo vor einer halben Stunde noch der Glaser seinen Lieferwagen geparkt hatte, steht jetzt ein Polizeifahrzeug.

Doch nicht Chevalier ist gekommen, der Beamte, der meine Anzeige aufgenommen, oder besser: nicht aufgenommen hat. In dem Mann, der mit großen Schritten auf die Haustür zukommt, erkenne ich seinen Kollegen – den Beamten, der über den Flur ging, als Chevalier mich gerade hinauskomplimentierte.

Er muss ungefähr in meinem Alter sein und scheint sehr sportlich zu sein, als würde er jeden Tag joggen und trainieren. Ich hatte mal einen Physiotherapeuten, der wirkte ähnlich dynamisch.

Ich öffne die Tür, bleibe aber auf der Schwelle stehen.

»Mademoiselle Lambrèk. Da sind Sie ja schon.« Er begrüßt mich mit professionellem Lächeln. Sein Händedruck ist fest und kühl. »Pascal Blondy, von der Kripo.«

Ich öffne den Mund, um ihm von Gruselchen zu erzählen, aber Blondy kommt mir zuvor und legt sofort los. »Kann es sein, dass mein Kollege gestern ein wenig schroff war?«

Ich nicke ansatzweise.

»Dann möchte ich mich hiermit für sein Verhalten entschuldigen. Er wird sehr von dem Fall Bernard und Patricia Bonnet beansprucht und hat mich gebeten, zu Ihnen hinauszufahren und nach dem Rechten zu sehen.«

»Danke, sehr freundlich. Weiß man denn schon mehr über dieses Ehepaar?«

Blondy verzieht gequält das Gesicht. »Eine verzwickte Sache.

Es gibt eine ganze Reihe von Motiven, von denen andererseits keines ein so schweres, ja grausames Verbrechen rechtfertigt.«

»Ich erinnere mich, dass Ihr Kollege sie als normale, angesehene Leute bezeichnete.«

»Ja, aber auch angesehene Leute können Feinde haben.« Blondy steht der Atem in Wölkchen vor dem Gesicht. Demonstrativ reibt er sich die Hände und begutachtet mit in den Nacken gelegtem Kopf den Himmel. Die Botschaft ist deutlich.

»Möchten Sie vielleicht kurz hereinkommen?« Ich gehe einen Schritt beiseite. »Obwohl es hier drinnen nicht viel wärmer ist. Ich stehe mit dem Holzofen auf Kriegsfuß. Aber wenigstens ist es windgeschützt.«

Er betritt das halbdunkle Wohnzimmer und blickt sich aufmerksam um.

»Kann ich Ihnen eine Tasse Kaffee anbieten? Ich habe allerdings nur löslichen.«

»*Volontiers* – ja, gerne.« Blondy folgt mir in die Küche, zieht einen der Holzstühle zurück und nimmt darauf Platz. Seinen Mantel, einen leicht wattierten, dunklen Dienstmantel mit Emblem, behält er an.

Ich spüre, dass er mich beobachtet, als ich einen Topf Leitungswasser auf den Gasherd stelle und alles zusammensuche, was ich brauche. Es macht mich ganz nervös, aber als ich mich umdrehe, beachtet er mich schon nicht mehr. Abwesend blättert er im *Paru Vendu.*

Ich stelle eine Zuckerdose auf den Tisch und lege Löffel dazu. »Wie sind die Leute denn gestorben? Falls Sie mir darüber Auskunft geben dürfen.«

»Es ist kein Geheimnis, es hat ausführlich in der Zeitung gestanden. Sie wurde mit großkalibrigen Geschossen aus einer Jagdbüchse erschossen, er mit einer Pistole. Je ein Schuss durch den Kopf, einer durchs Herz.« Er schweigt einen Augenblick. »Die Täter sind eiskalt vorgegangen. Der Mord an der

Frau war eine regelrechte Exekution, obwohl sie neben den Schusswunden noch andere Verletzungen hatte.«

»Welcher Art?«

»Schürf- und Schnittwunden.« Er fährt mit dem Zeigefinger über seine Unterlippe. Ich empfinde die Geste als obszön. »Sie hatte eine aufgeplatzte Lippe. Vermutlich hat sie sich diese Verletzungen bei einem Fluchtversuch zugezogen, aber wir können nicht ausschließen, dass der Mörder sie misshandelt hat.«

Mir läuft es eiskalt den Rücken hinunter, aber ich unterdrücke das Gefühl und konzentriere mich darauf, die Messlöffel mit löslichem Kaffee abzuzählen.

Blondy zieht einen Zahnstocher aus einem Päckchen und steckt ihn sich zwischen die Lippen. »Aufgehört zu rauchen«, murmelt er und streckt die Beine unter dem Tisch aus.

Ich stelle die Becher auf den Tisch und setze mich ihm gegenüber. »Sie sagten gerade, es seien verschiedene Motive denkbar. Welche denn? Oder dürfen Sie nicht darüber reden?«

»Doch, schon. Die Familie hat unter anderem Genmais angebaut, gentechnisch verändertes Getreide. Manche Leute waren alles andere als begeistert davon. Die Besitzer der angrenzenden Felder zum Beispiel.«

»Warum?

»Sie haben Angst, dass ihr Getreide mit den manipulierten Genen verseucht werden könnte. Ein Risiko, das man natürlich nie ausschließen kann. Natur bleibt Natur, man kann sie nicht mit einer Hecke oder einem Weg aufhalten. Die Samen werden vom Wind und von Tieren transportiert, der Blütenstaub kann andere Pflanzen befruchten. Unerwünschte Fortpflanzung…« Er sieht mir dabei in die Augen, der Zahnstocher wippt zwischen seinen Lippen. »Kaum zu verhindern. Davon muss man ausgehen.«

Ich habe erst kürzlich etwas darüber gelesen. Landwirte,

die gentechnisch veränderte Pflanzen anbauen, werden strenger überprüft als normale Bauern. In dem Artikel stand außerdem, dass diese Form der Landwirtschaft in den USA gang und gäbe sei, ohne dass die amerikanischen Verbraucher auch nur einen Gedanken daran verschwendeten. In Europa dagegen stoße der Anbau von genmanipuliertem Getreide auf starken Widerstand. Genaueres weiß ich allerdings nicht darüber.
»Welche Risiken bestehen denn dabei?«

»Ich habe zum Beispiel von Maissorten gehört, die Giftstoffe gegen schädliche Insekten produzieren. Das mag praktisch klingen, aber dieses Gift gelangt natürlich in die Schweine und Hühner, die den Mais fressen, und schließlich durch das Fleisch und die Eier auch in den Menschen. In anderen gentechnisch veränderten Pflanzen hindern bestimmte Gene die gewonnene Saat am Keimen. Diese ›Killergene‹ schleust der Lieferant ein, damit sich die Pflanzen nicht von selbst aussäen können.«

»Aber das ist doch gut?«

»Einerseits ja, aber im Fernsehen hieß es, dahinter steckten kommerzielle Interessen. Die Produzenten konnten ihr teures Saatgut ansonsten nur ein Mal verkaufen. Die Bauern würden nach jeder Ernte einen Teil der Samen als neues Saatgut zurückbehalten. Die Samenhändler scheinen auch eine genetische Resistenz gegen bestimmte Landwirtschaftsgifte einbauen zu können. So können die Bauern munter alles Unliebsame kaputtspritzen, denn ihre Pflänzchen gedeihen ja weiter.« Der Ermittler hustet ein paar Mal kräftig in seine Faust und fährt fort: »Bisher ist wenig über die Langzeitfolgen bekannt. Angenommen, Ihre Felder würden verseucht, dann könnte es zum Beispiel passieren, dass Ihre Pflanzen unfruchtbar werden oder Ihre Ernte auf andere Art und Weise misslingt. Dann sind Sie die Dumme.«

»Sind diese Ängste berechtigt?«

Er zuckt mit den Schultern. »Wer weiß? Die meisten Leute stehen solchen Experimenten mit Erbgut nun einmal misstrauisch gegenüber. Vielleicht zu Recht. Weltweit beherrschen nur einige wenige Konzerne den Markt, auf dem unglaubliche Summen fließen. Die Gentechsaaten stammen größtenteils von demselben Konzern wie die Pestizide, gegen die sie resistent sind. Wem soll man also vertrauen?«

Es hat angefangen zu regnen. Regentropfen trommeln gegen die Fenster und rinnen an den schmutzigen Scheiben hinunter.

»Glauben Sie wirklich, dass das Ehepaar von einem seiner Nachbarn ermordet wurde?«

»Angst ist eine starke Triebfeder. Auch Neid kann ein Motiv sein: Die Familie Bonnet erfüllte in dieser Gegend eine Vorbildfunktion. Sie waren die reichsten Bauern weit und breit, mit dem größten Landbesitz und den besten Beziehungen. Hoch angesehen. Monsieur Bonnet war sogar Bürgermeister unseres Dorfes und mit Politikern und einflussreichen Personen bis auf Landesebene bekannt. In diesen Kreisen ermitteln die Kollegen auch gerade.« Er schweigt einen Moment. Als er fortfährt, klingt seine Stimme schneidender: »Außerdem hatten wir hier in der Gegend Probleme mit Umweltfanatikern, die sich gegen jede Form des Fortschritts stellten. Bauern mit Genmais-Testfeldern sind schon öfter zu Opfern ihrer Aktionen geworden. Genau wie die *Foie-gras*-Produzenten, die gehören auch zu den Lieblingszielen solcher Unruhestifter. Vor allem ausländischer Weltverbesserer, übrigens. Alles Träumer.« Er reckt das Kinn und starrt mich sekundenlang an. »Wie dem auch sei, es könnte sein, dass sie diesmal einen Schritt zu weit gegangen sind.« In seinem Blick liegt jetzt eine Kälte, die mich auf meinem Stuhl zurückweichen lässt.

Das klingt nach einer unverblümten Unterstellung. Dianne ist Vegetarierin und – wie sie noch bei unserer letzten Unterhaltung durchblicken ließ – eine strikte Gegnerin jeglicher Eingriffe des Menschen in die Natur. Ich bin ihre Freundin. Glaubt dieser Mann etwa…?

Plötzlich erkenne ich die Logik hinter all dem. Natürlich hofft dieser Fahnder, aus mir nützliche Informationen für seine Mordermittlungen herausholen zu können. Warum sollte er sonst in seiner kostbaren Dienstzeit mit einer wildfremden Ausländerin Kaffee trinken, bei der lediglich eine Scheibe zu Bruch gegangen ist?

Pascal Blondy ergreift erneut das Wort. »Wie auch immer… Dieser Fall wird uns noch eine Weile beschäftigen. Ist Ihre Freundin eigentlich inzwischen wieder aufgetaucht?«

Ich schüttele den Kopf. »Nein.« Das erinnert mich an Chevaliers gleichgültige Haltung von gestern, und ich sehe wieder den schlaffen, leblosen Katzenkörper auf dem Mülleimer vor mir. Ein Anblick, den ich nie mehr vergessen werde. »Übrigens: Gut, dass Sie gekommen sind, denn ich wollte gerade zu Ihnen fahren.«

»Warum?« Der Zahnstocher hängt reglos in seinem Mundwinkel.

»Die angeblichen Dummheiten haben ernsthafte Formen angenommen«, erkläre ich, lauter als beabsichtigt.

»Dummheiten? Was wollen Sie damit sagen?«

Ich zeige auf die vernagelte Fensteröffnung. »Ihr Kollege Chevalier hat gelangweilte Jugendliche für die Scheibe verantwortlich gemacht, die bei mir eingeschlagen wurde.«

»Könnte gut sein.«

Widerwillig hole ich das Handy aus der Tasche. »Dieses Foto habe ich vor anderthalb Stunden aufgenommen. Die Katze gehörte offenbar hierher, sie strich ständig um das Haus herum.«

Blondy sieht sich das Foto genauer an und pfeift zwischen den Zähnen hindurch. »Unschön.«

»Gilt das noch als Dummheit? Verübt von gelangweilten Jugendlichen?«

»Wer weiß.«

Die Wut steigt wieder in mir auf. »Dem Kater wurde der Bauch aufgeschlitzt. Welcher Unmensch tut denn so etwas

Krankes? Das können Sie doch unmöglich noch als *bêtise* bezeichnen?« Heftiger füge ich hinzu: »Das ist einfach … Mord. Jemand, der so etwas tut, ist gefährlich. Verrückt. Der gehört eingesperrt.«

Blondy räuspert sich und blickt mich mit gerunzelter Stirn an. »Wir reden hier von einer Katze, Mademoiselle.« Er spricht das Wort aus wie »Kakerlake« oder »Schmeißfliege«.

»Er war ein sehr liebes Tier«, erwidere ich, erschüttert von seiner Gefühllosigkeit.

»Kann schon sein. Aber es war nur eine Katze.« Mit einer weiträumigen Armbewegung fährt er fort: »Hier gibt es Tausende Katzen. Millionen, was weiß ich. Die vermehren sich wie Ungeziefer.«

»Es war ein Tier. Ein lebendes Wesen.«

»Essen Sie Fleisch?«

»Ja, aber …«

»Dann messen Sie mit zweierlei Maßstäben. Das findet man öfter bei Stadtmenschen. Eine Katze ist ein Tier, wie Sie ganz richtig bemerkt haben. Und Tiere sind zu unserem Nutzen da. So ist es nun einmal eingerichtet.«

Ich sage nichts mehr. Diese Mentalität ist derartig weit entfernt von meiner eigenen und von den Überzeugungen aller Leute, die ich kenne, dass mir schlichtweg die Worte fehlen. Das Wohl der Tiere scheint ihm nicht besonders am Herzen zu liegen. Ich muss einen anderen Ansatz wählen. »Aber das kann doch nichts anderes bedeuten als eine unmittelbare Drohung?« Ich deute auf mich. »An meine Adresse?«

»Das kann man so nicht sagen. Hören Sie, Ihre Freundin hat sich in unserem Dorf, um es mal ganz unumwunden auszudrücken, nicht gerade beliebt gemacht.«

»Hat es schon öfter solche Vorfälle gegeben?«

»Nicht, dass ich wüsste. Sie hat jedenfalls nie Anzeige erstattet. Aber es würde mich nicht wundern. Sticheleien wie diese sind ziemlich … gebräuchlich.«

»Sie hat behauptet, sie hätte Freundschaften geschlossen.«

Blondy drückt das Kinn auf die Brust und sieht mich ungläubig an. »Ach, wirklich?«

Ich nicke.

»Hat sie Namen genannt?«

»Nein.«

Stirnrunzelnd blickt der Ermittler hinüber zum Waldrand. Baumwipfel wiegen sich hin und her, Blätter fallen ab und wirbeln wie leuchtend goldenes Konfetti über das Feld.

»Es wundert mich wirklich, dass sie so etwas gesagt hat«, wiederholt er.

»In welcher Hinsicht?«

»Ihre Freundin lehnt die Lebensweise der Einheimischen hier strikt ab. Mir ist zu Ohren gekommen, dass sie sich mehrmals auf Diskussionen mit Jägern eingelassen hat.« Er sieht mich eindringlich an. »Das hinterlässt nicht gerade einen guten Eindruck, wie Sie sich vorstellen können. Einige Leute nehmen Anstoß daran.«

Ich muss an die feindselige Haltung der Jäger in der Jagdhütte, an die Nachbarn, den Einbruch und an Gruselchen denken … Hässliche Bilder und Gedanken steigen in mir auf.

Fast im Flüsterton frage ich: »Glauben Sie, dass die Jäger es auf meine Freundin abgesehen haben? Dass sie … ihr vielleicht etwas angetan haben?«

»Wie bitte?«, fragt er erstaunt. »Wie kommen Sie denn darauf? Ich wollte nur damit sagen, dass ich kaum glauben kann, dass Ihre Freundin hier Freunde gefunden hat.« Er dreht sich um und schiebt mir das Handy über den Küchentisch zu. »Und Sie wohl auch nicht, scheint mir. Aber nehmen Sie es nicht persönlich. Die Leute hier mögen einfach keine Fremden, die sich in ihrem Dorf niederlassen und sich in ihre Angelegenheiten einmischen. Verständlich, von unserem Standpunkt aus.«

Unserem. Nicht *ihrem.*

Auch Blondy, der Ordnungshüter, betrachtet mich als Außenseiterin.

Er steht auf, greift energisch meine Hand und schüttelt sie. »Wenn ich Ihnen einen Rat geben darf: Fahren Sie doch einfach wieder nach Hause.«

Meine Hand liegt reglos und feucht in seiner kräftigen Faust, aber meine Stimme klingt entschlossen. »Nicht, bevor ich mit meiner Freundin gesprochen habe. Wenn sie bis Samstag immer noch nicht zu Hause ist, werde ich sie als vermisst melden. Und wenn es so weit kommt, würde ich Sie bitten, die Anzeige ernst zu nehmen.«

»Warum sollte ich das nicht tun?«, fragt er pikiert, dreht sich um und geht. »Na dann, bis bald. Und alles Gute.«

Pascal Blondy findet selbst hinaus.

Mit verschränkten Armen beobachte ich, wie er in seinen Polizei-Peugeot steigt und davonfährt.

Erst als er außer Sicht ist, räume ich die Becher weg. Seiner ist noch voll – er hat seinen Kaffee nicht angerührt.

Nach seiner Abfahrt wandere ich unaufhörlich durch das Haus. Ich kann einfach nicht still sitzen. Ich bin von einer nervösen Energie erfüllt, die mich ständig in Bewegung hält. Ich räume meine Kleider auf und stapele sie in meinem aufgeklappten Koffer im Gästezimmer. Fege die Asche und die Holzsplitter vor dem Ofen auf ein Häufchen, spüle die Kaffeetassen und trockne sie ab.

Meine Gedanken drehen sich im Kreis. Ich weiß nicht, was ich tun soll. Soll ich bleiben oder fahren? Jemanden anrufen?

Ich gehe ins Wohnzimmer und starre aus dem Fenster, das Geschirrtuch in der Hand. Auf dem Hof haben sich Pfützen gebildet, in denen zusammengerollte Blätter treiben wie hauchdünne, steuerlose Miniaturschiffchen. Auch über die Felder weht Herbstlaub, das sich braun und gelb vor dem dunklen Waldrand und dem Himmel abhebt, der diesen desolaten Ort wie eine stahlgraue Kuppel überspannt.

Unwillkürlich habe ich angefangen zu weinen. Tränen laufen mir über das Gesicht und fallen auf den Fliesenboden. Die Felder werden unscharf.

Erwin hatte recht. Es nützt nichts, noch länger hierzubleiben. Am Samstag werde ich noch einmal versuchen, Dianne anzurufen, und wenn sie sich dann immer noch nicht meldet, kann ich mit dem Flugzeug zurückkehren – begleitet von Erwin. In diesem Moment bin ich mir jedoch gewiss, dass ich unmöglich noch bis Samstag warten kann. Die Aussicht, drei weitere Nächte hierzubleiben, empfinde ich als unerträglich.

Wer immer mich von hier vertreiben will, hat gewonnen.

Ich bleibe keinen Tag länger.

28

Ich will gerade die Treppe hinaufgehen und meinen Koffer packen, als draußen ein Motorgeräusch lauter wird. Wieder ein Besucher? Instinktiv greife ich nach dem Pfefferspray auf der Anrichte und stecke es in meine Gesäßtasche. Über den Teil der Sprühdose, der hinausragt, ziehe ich meine Strickjacke.

Ein Motorradfahrer biegt im Schritttempo auf den Hof ein. Er fährt eine schwere, leuchtend rote Maschine. In der Mitte des Hofs hält er an.

Der Motorradfahrer hat einen Rucksack um seine abgewetzte Lederkombi gegürtet. Er zieht den Helm ab und fährt sich mit den Händen durch seine dichten, dunklen lockigen Haare. Dann steigt er ab, zupft sich die Handschuhe von den Fingern und legt sie auf den Tank. Forschend blickt er sich um, betrachtet eingehend das Haus. Sein Atem kondensiert zu kleinen Wölkchen.

Ich reiße die Haustür auf und renne auf ihn zu. »Na, so was! Ich glaub's ja nicht!«

Sein Gesicht hellt sich auf. »Da bist du ja! Ich hatte schon Angst, ich hätte mich verfahren, weil ich dein Auto nirgendwo gesehen habe.«

»Es steht da hinten.« Ich zeige zum Hangar.

Erwin breitet grinsend die Arme aus, und ich stürze mich fast hinein.

Er küsst mich auf die Stirn und den Mund. »Was für eine Begrüßung!«

»Ich dachte, du müsstest arbeiten?«

»Ein Kollege hat mit mir getauscht.«

Erwin riecht nach einer Mischung aus Öl, Leder und frischer Luft. Gerüche, die ich nie zuvor an ihm gerochen oder auch nur mit ihm assoziiert habe.

»Ich wusste gar nicht, dass du ein Motorrad hast.«

»Habe ich auch nicht. Ich habe es mir von Remco geliehen, die Kombi übrigens auch.« Demonstrativ streckt er die Arme aus. »Sie stinkt und ist zwei Nummern zu groß. Aber wie auch immer, jetzt bin ich ja da.«

»Wie wahnsinnig lieb von dir, dass du den ganzen weiten Weg in Kauf genommen hast, um zu mir zu kommen.«

»Du hast dich angehört, als könntest du ein bisschen Gesellschaft gebrauchen.« Er lächelt und küsst mich noch einmal auf den Mund. »Mit dem Motorrad nach Südfrankreich zu fahren, ist auch keine echte Strafe. Obwohl…« Er legt den Kopf in den Nacken. »Ist schon die ganze Zeit so schlechtes Wetter?«

»Gestern ist mal kurz die Sonne rausgekommen.«

»Und Dianne?«

»Hat sich noch nicht gemeldet.«

Es fängt wieder an zu regnen. »Komm«, sage ich, »stell das Motorrad in den Hangar, da steht es im Trockenen.« Ich gehe ihm voraus und stoße die schwere Metallschiebetür auf, die knarrt und knirscht. Erst jetzt fällt mir auf, dass der untere Teil komplett durchgerostet ist.

»Beeindruckend«, murmelt er, während er das Wellblechdach des Hangars von innen begutachtet. »Hier werden doch nicht etwa Leichtflugzeuge untergestellt, oder?«

»Nicht, dass ich wüsste.«

Ich kann die Augen nicht von Erwin abwenden. Wie selbstverständlich er die Maschine aufbockt und abschließt, den Reißverschluss der Kombi öffnet, den Rucksack vom Rücken gleiten lässt. Er wirkt verändert. Selbstbewusster, männlicher.

Doch mir ist klar, dass er sich in der kurzen Zeit nicht verändert haben kann, sondern dass ich ihn nur mit anderen Augen sehe.

»Viel später hättest du nicht kommen dürfen. Ich wollte gerade deinen Rat befolgen und nach Hause fahren.«

»Wirklich? Du meinst, jetzt gerade?«

Ich nicke.

»Wie bitte? Um fünf Uhr nachmittags?«

»Ja, ich weiß. Aber ich hatte es einfach satt bis obenhin.« Am liebsten würde ich ihm sofort von Gruselchen und Pascal Blondy erzählen, beherrsche mich aber. Erwin muss müde sein – Motorradfahren ist so viel anstrengender als Autofahren. »Du musst doch total kaputt sein.«

»Geht so. Aber ich sehne mich nach einer Tasse Kaffee.«

Wir gehen ins Haus, und ich verriegele sorgfältig die Tür hinter uns.

»Mein Gott, ist das kalt hier drin! Ist die Heizung kaputt, oder was?«

Verschämt zeige ich auf den Holzofen. »Ich habe vergessen, Schnellanzünder zu kaufen, und das blöde Feuer geht immer wieder aus.«

»Gibt es keine Zentralheizung?«

»Nein.«

»Na schön.« Er grunzt verächtlich. »Zurück zur Natur. Ich habe schon so was befürchtet. Hast du Altpapier, eine Zeitung?«

Ich nickte. »Aber es geht ja doch immer wieder aus.«

»Nicht, wenn man es richtig macht.«

Ich gehe in die Küche und hole einen Stapel alter Zeitungen.

Erwin nimmt sie mir ab, hockt sich vor den Ofen und beginnt, fachmännisch mit dem Schüreisen darin herumzustochern. Asche wirbelt auf. Seine Bewegungen wirken routiniert und Vertrauen erweckend.

»Wie hast du mich eigentlich gefunden?«, frage ich.

»Du hast mir Diannes neuen Wohnort doch selbst neulich bei mir zu Hause gezeigt«, murmelt er, eifrig damit beschäftigt, die richtigen Holzscheite auszuwählen.

Mit hochgezogenen Augenbrauen frage ich: »Und daran kannst du dich noch erinnern? Von oben sieht die ganze Gegend aus wie ein riesiges Brokkolifeld.«

Er lächelt amüsiert, als das Feuer auflodert. »Die Adresse war noch in Google Earth gespeichert.«

Eine halbe Stunde später hat Erwin sein Gepäck nach oben gebracht, und wir haben beide zwei Tassen löslichen Kaffee getrunken. Der Holzofen tickt und summt, und das Wohnzimmer wird richtig gemütlich, nachdem Kälte und Feuchtigkeit vertrieben sind.

»Hattest du wirklich vor, heute noch nach Hause zu fahren? Du fährst doch nicht gerne im Dunkeln?«

»Ich wollte nur noch weg. Ich konnte es nicht mehr ertragen.«

»Wieso denn?«

Ich erzähle ihm von der Tür und der Katze, von dem Glaser, dessen Name mir entfallen ist, von meiner missglückten Anzeige auf dem Revier im Dorf. Schließlich gebe ich ihm eine Zusammenfassung meines Gesprächs mit Blondy.

»Ist ja richtig nett hier«, bemerkt Erwin sarkastisch. Dann schaut er auf sein Handy. Er trägt keine Armbanduhr, besitzt nicht mal eine. »Sechs Uhr. Hast du etwas zu essen im Haus?«

»Nur Brot und französischen Käse.«

Erwin verzieht das Gesicht. »Ist das alles?«

Ich zucke mit den Schultern.

Er steht vom Sofa auf und reckt sich. »Na, dann mal los.«

»Wo willst du denn hin?«

»In die Stadt zum Beispiel. Irgendwo etwas essen. Ich sterbe vor Hunger.«

Sie wollte heute eigentlich in die Stadt fahren, genau wie jeden letzten Donnerstag im Monat. Bernard hatte nur noch Arbeitssocken in der Schublade, sie konnte einen neuen Wintermantel gebrauchen, und Emily feierte am Donnerstag ihren dreißigsten Geburtstag und hatte sich Tagescreme und Badeöl gewünscht.

Wenn sie die Zeit hätte zurückdrehen können, wäre sie trotz allem ins Auto gestiegen. Dann hätte alles anders ausgesehen. Doch an diesem Morgen brachte sie es nicht fertig, aus dem Haus zu gehen. Dafür ging es ihr zu schlecht.

Kaffee vertrug sie nicht mehr, schon vom Geruch wurde ihr übel. Würgend beugte sie sich über die Anrichte. Während Bernard nichts ahnend beim Frühstück saß und seinen Espresso schlürfte, spie sie schaudernd Galle aus.

Sie fragte sich besorgt, wie lange sie ihre Schwangerschaft noch vor Bernard würde verbergen können. Wie lange sie noch den Schein wahren konnte, dass ihre Ehe glücklich sei und sie erfülle. Bald schon würde sie es ihm beichten müssen. Bald würde sie allen Mut zusammenraffen und ihm sagen, dass sie ihn liebte, aber ihr das allein nicht mehr genügte. Die Liebe, die sie für ihn empfand, glich eher der einer Schwester für den Bruder. Sie war vergleichbar mit einer engen Freundschaft. Aber sie war nicht stark genug, als dass sie ihr Leben weiterhin mit Bernard hätte teilen wollen. Denn sie wusste jetzt, wie Liebe auch sein konnte: überwältigend, umwerfend, wahnsinnig.

Ihr Körper wurde von Hormonen beherrscht, und sie hätte am liebsten geweint. Ihrem Bauch war noch immer nichts anzusehen, aber das würde sich schon bald ändern. In einem Monat würde sie sichtbar schwanger sein. Bernard würde sie vielleicht noch eine Weile vorspiegeln können, sie habe zugenommen, aber ihre Freundinnen würden sich nicht für dumm verkaufen lassen. Eine Schwangerschaft zeichnet sich nun einmal schneller ab, wenn man schon Kinder ausgetragen hat.

Christian und Noélie waren in der Schule. Der Schulbus würde sie gegen halb sechs zurückbringen. Die Angestellten und Tagelöhner arbeiteten auf dem Feld. Eine weiter entfernt gelegene Parzelle musste abgeerntet werden – die letzte Ernte dieser Saison.

Im Nachhinein betrachtet mussten die Eindringlinge alles sorgfältig geplant haben. Sie mussten gewusst haben, dass Bernard heute allein zu Hause sein und in dem kleinen, an das Wohnhaus angebauten Büro seine Buchhaltung erledigen würde. Die Tür zu diesem Büro war niemals verschlossen, weil sie sie als Hintereingang benutzten.

Die Eindringlinge waren haarklein über alle ihre Gewohnheiten informiert.

Jetzt wurde ihr klar, warum.

Sie hatten die beste Informantin gehabt, die man sich denken konnte, jemanden aus dem innersten Kreis.

Sie.

Sie hatte ihnen alle Informationen verschafft, die sie brauchten.

Ohne es zu ahnen.

29

Wir essen in einem auf amerikanisch getrimmten Restaurant in einem Industriegebiet. Die gemütliche Atmosphäre im Inneren macht die unpersönliche Umgebung wieder wett. Durch die Aufteilung in mehrere kleine Räume sowie die warmen Farben des Bodenbelags, der Tapete und der Holzelemente strahlt das Lokal Gemütlichkeit aus. Von den zahlreichen Lampen hängen goldfarbene Fransen, und die Bänke sind mit rotem Stoff bezogen. Die Rückenlehnen sind so hoch, dass die Sitzgruppen Nischen bilden wie in altmodischen luxuriösen Eisenbahnwaggons.

»So einen Laden müssten wir zu Hause auch haben«, bemerkt Erwin und tippt spielerisch gegen die Lampenfransen. »Lustig!«

Hinter uns sitzt eine Familie mit kleinen Kindern. Ich kann sie nicht sehen, nur hören. Bei den Flüchen, die die Eltern ausstoßen, um ihren Nachwuchs zur Räson zu bringen, zucke ich jedes Mal zusammen, doch Erwin reagiert nicht. Da er kein Französisch spricht, ist es für ihn nur unverständliches Kauderwelsch.

Wir haben beide einen Hamburger mit Pommes frites bestellt und trinken ein Bier dazu.

»Was will Dianne hier eigentlich?«, fragt Erwin.

Ich tunke mehrere Pommes mit den Enden in ein Schälchen Ketchup. »Eine bessere Art zu leben. Bewusster. Mehr im Einklang mit der Natur.«

»Hatte sie denn Erfahrung mit einer solchen Lebensweise? Wusste sie, worauf sie sich einließ?«

»Das nicht, aber sie lernt sehr schnell und hatte sich meiner Meinung nach ein solides Wissen angelesen.«

Er verzieht das Gesicht. »Das klingt nach einer Folge von *Mein neues Leben XXL*. Diese Leute glauben auch alle, dass sie es irgendwie schaffen.«

»Nein, so war es nicht.«

»Wie denn dann?« Er trinkt einen Schluck von seinem Bier.

»Das ist schwer zu erklären. Du kennst Dianne ja nur von Fotos und von dem, was ich dir von ihr erzählt habe. Wenn du sie kennenlernst, wirst du verstehen, dass sie keine Frau ist, die unnötige Risiken eingeht.« Unbewusst wiederhole ich, was Diannes Mutter gesagt hat. »Sie ist nicht naiv. Im Gegenteil, sie ist ziemlich intelligent.«

Eines Abends kamen Dianne und ich vom Ausgehen nach Hause und tranken noch eine Bacardi-Cola auf meinem Bett. Sie hatte schon zu viel getrunken, um noch nach Hause fahren zu können. Weil wir noch nicht schlafen konnten, hatten wir MTV eingeschaltet.

Drei Wochen vorher hatte sie mit dem Orakel Schluss gemacht, was ihr sehr gutgetan hatte. Wir machten es uns gemütlich, fast wie früher, als wir andauernd beieinander übernachteten. Wir hatten jede Menge Spaß, redeten über Männer, kommentierten die Sendungen im Fernsehen – wie Teenager. Bis durch ein Interview mit einem Rapper – ich weiß nicht mehr, wer es war –, bei dem es ausschließlich um Autos und teure Designerkleidung ging, die Stimmung plötzlich umschlug.

»Ich kann das nicht mehr mit ansehen!«, rief sie. »Guck dir das an! Guck dir an, was der Kerl da macht!«

Ich guckte.

»Und, was siehst du?«, fragte sie drängend.

»Jemanden, der stolz ist auf sein Haus und auf das, was er erreicht hat?«

Sie verdrehte die Augen. »Was du da siehst, ist ein Werbeblock. Begreifst du das nicht? Du kannst Gift drauf nehmen, dass dieser Rapper einen Haufen Kohle dafür bekommt, dass er die ganze Zeit seine Pepsi in der Hand hält.« Sie tippte sich mit dem Zeigefinger an die Schläfe. »In deinem Oberstübchen hat sich schon festgesetzt: Pepsi gleich reich gleich cool. Alle beneiden den Typen. Jeder will auch so ein Haus und genauso viel Geld wie er. Also …«

Aber ich wollte gar nicht so werden wie der Rapper. Plötzlich überkam mich eine tiefe Müdigkeit. Dabei war das erst der Anfang, sie lief sich gerade erst warm.

»Das ist die Quintessenz«, fuhr sie fort und strich sich eine gebleichte Locke aus der Stirn. »Darum dreht sich alles: Du glaubst, du würdest deine eigenen Entscheidungen treffen und selbst entscheiden, was dir schmeckt und was dir gefällt, während du in Wirklichkeit von deinem Unterbewusstsein und deinen Gefühlen gesteuert wirst. Die ganze Wirtschaft lebt von unserem massenhaften, stumpfsinnigen Herdenverhalten.«

Ich trank einen Schluck von meiner Bacardi-Cola. Keine Markencola oder Pepsi, nein, ein No-Name-Produkt vom Discounter, aus Vernunftgründen, weil ich wenig Geld hatte. Aber ganz unrecht hatte sie trotzdem nicht. In ihren Argumentationen steckte immer ein Quäntchen Wahrheit. Bacardi war im Grunde genommen auch nur Rum.

Wütend deutete Dianne auf den Fernseher, wo inzwischen ein anderer Rapper seinen Swimmingpool und den Inhalt seines Ankleidezimmers zeigte. »Je mehr teure Dinge man besitzt, desto besser. Das ist die Botschaft, stimmt's? Kaufen, kaufen. Also, was tun wir? Wir schicken unsere kleinen Kinder in die Krippe, damit beide Partner arbeiten gehen und neue Sachen kaufen können. Wir arbeiten uns halb tot, um uns neben dem neuen Auto und der Sofagarnitur auch noch ein paar Wochen Frankreich oder Türkei leisten zu können –

weil man schließlich ›auftanken‹ muss. Wie krank ist das denn? Arbeiten, um Urlaub machen zu können, bei dem man sich von der Arbeit erholt? Da muss man schon eine ordentliche Gehirnwäsche abbekommen haben!«

Das ließ ich einen Moment sacken. Ich nickte nur.

»Willst du dir mal ansehen, wie es um uns bestellt ist?«, fragte sie und blitzte mich zornig an. »Dann geh mal an einem verkaufsoffenen Sonntag in ein Möbelhaus. Da laufen wir dann alle schön im Gänsemarsch hintereinander her, weil wir nicht mehr wissen, was wir sonst tun sollen.«

Ich fing an zu lachen. Ich konnte nicht anders. »Jetzt hör aber auf! Du lebst doch nicht so, oder? Und ich auch nicht.«

Sie war geladen, auf dem Kriegspfad. »Und wie viele Leute kennst du, die in etwa so leben? Oder die so denken?«

»Keine Ahnung«, antwortete ich. Und fügte dann nach kurzem Nachdenken hinzu: »Ziemlich viele, befürchte ich.«

»Weißt du, was das Traurige ist? Genau das verstehen wir unter einem guten Leben. Und bilden uns ein, wir seien frei. In Wirklichkeit sind wir in einem effizienten, nimmermüden Mechanismus gefangen, der von unser aller Blindheit, Habgier, Angst und Dummheit angetrieben wird.«

Diese flammende Rede hatte ich schon öfter von ihr gehört, wenn auch mit leichten Variationen in der Wortwahl. Es war eines ihrer Lieblingsthemen aus einem gut sortierten Angebot. Dabei wurden ihre Argumente immer schlagkräftiger. Ich beneidete Dianne um ihre Energie, die Tatkraft und Leidenschaft, die sich hinter jedem Wort verbargen, wehrte mich aber dagegen, dass sie so über mich herzog. Zu oft vermittelte sie mir das Gefühl, dass auch ich zur Herde der folgsamen Schafe gehörte.

»…wir haben uns einfach daran gewöhnt«, fuhr sie fort. »Unsere Kultur hat sich in diese Richtung entwickelt. Aber stell dir mal vor, wir wären an etwas ganz anderes gewöhnt? Wir wären in einer Welt ohne mächtige Konzerne und ohne

Propaganda aufgewachsen?« Sie erwartete keine Antwort und redete weiter. »Was wir als Urlaub betrachten – so könnte jeder Tag im Leben aussehen. Man muss nur den Schalter hier oben umlegen.«

Im Fernsehen kam jetzt ein Reklameblock. Ein echter, mit unverblümten Werbebotschaften.

Etwas ruhiger fuhr sie fort: »Ich denke immer öfter darüber nach zu emigrieren, Eef. Ich möchte irgendwo wohnen, wo man noch in der Natur aufgehen und über sein Leben frei bestimmen kann.« Mit abwesendem Blick drehte sie sich auf die Seite. »Ich glaube, so sollte das Leben aussehen. Nicht so wie das, was wir daraus gemacht haben, mit Autoschlangen zwischen künstlichen Grünanlagen und Gebäuden, deren Fenster sich nicht einmal mehr öffnen lassen.«

Zwei Wochen später verkündete Dianne, sie habe ein Haus in Frankreich gefunden und für mehrere Jahre gemietet. Auf Probe, um herauszufinden, ob sie wirklich für ein solches Leben geeignet sei. Mit ihren Übersetzungen könne sie sich prima über Wasser halten, die liefen ja sowieso größtenteils per E-Mail. Viel Geld würde sie eh nicht mehr brauchen: Die Miete war günstig, sie würde ihr eigenes Gemüse anbauen, Wasser aus dem Brunnen holen und mit Holz heizen.

Wir würden uns weiterhin sehen, wenn auch bei Weitem nicht mehr so regelmäßig, aber wir könnten miteinander reden, so oft wir nur wollten.

Ich hatte immer befürchtet, dass ein Mann sie mir wegnehmen würde, jetzt war es eine Ideologie, die sie von mir entfernte.

»Dianne hatte es satt, weiterhin in der Konsumgesellschaft mitzuschwimmen«, erklärte ich Erwin.

»Klingt ziemlich überkandidelt.«

Ich schneide ein Stück Hamburger ab. »Kann sein. Aber in manchem hat sie nicht unrecht. Andersherum würde es niemand überkandidelt finden.«

»Andersherum?«

»Ja, wenn jemand sagen würde: Ich habe es satt, auf einem abgelegenen Hof ohne Fernseher zu wohnen und nur das auf den Tisch zu bekommen, was ich in meinem eigenen Gemüsegarten anbaue. Darüber würde sich niemand wundern. Wenn man aber das einfache Leben sucht, erntet man mitleidige Blicke und wird als überkandidelt abgetan. Das ist doch nicht richtig, oder?«

»Ich wusste gar nicht, dass du so alternativ bist.«

»Wenn man ernsthaft darüber nachdenkt, muss man zugeben, dass Dianne in vieler Hinsicht recht hat. Aber inzwischen finde ich sie auch ziemlich extrem. Sie lebt hier mutterseelenallein!«

Hinter uns stößt die Mutter abscheuliche Flüche aus. Eines der Kinder fängt an zu weinen.

»Quatsch«, wirft Erwin ein. »Dass du ihrem Exfreund begegnet bist, ist doch kein Zufall.«

»Meinst du nicht?«

»Nein, garantiert nicht. Die sind noch zusammen.«

Ich sehe ihn eindringlich an. »Noch weigere ich mich, das zu glauben.«

»Warum?«

»Weil es bedeuten würde, dass Dianne mich angelogen hat. Das hat sie noch nie getan. Dianne hätte es mir erzählt, wenn sie wieder zusammen wären.«

»Jeder lügt ab und zu.«

»Nicht Dianne. Nicht mir gegenüber.«

»Hm … In diesem Fall offenbar doch.«

»Könnte er ihr nicht gefolgt sein? Ich habe ihn schon immer für einen Psychopathen gehalten, vielleicht ist er ein Stalker?«

»Und wenn ja, warum hat sie es dir dann nicht erzählt?«

»Vielleicht, um mich nicht zu beunruhigen?«

Kopfschüttelnd sieht er mich an. »Glaubst du das im Ernst?«

30

Der Wind heult ums Haus, aber drinnen ist es behaglich warm. Leise knistert das Holz hinter den Ofenfenstern. Wir lümmeln bequem auf einem der Schlafsofas, ich mit dem Rücken an Erwins Brust geschmiegt. Seine Daumen kreisen über den glatten Stoff meines BHs. Dann wandert eine Hand nach unten, über meinen zitternden Bauch und noch weiter bis unter den Bund meiner Boxershorts. Dort bleibt sie liegen und streichelt mich sanft.

Bisher hatten alle meine Freunde zwei linke Hände; Erwin ist eine Ausnahme. Ihm gelingt es nicht nur, das Feuer im Ofen anzuzünden.

Ich verlagere mein Gewicht und hebe das Becken ein wenig an. Mit den Fingerspitzen tastet er sich weiter vor und findet weiches, nachgiebiges Fleisch, das glatt und feucht geworden ist.

Mein Unterleib zuckt unter seinen Liebkosungen, die so beiläufig wirken und doch so zielstrebig sind. Ich wende ihm das Gesicht zu und schmiege mich enger an seinen warmen Körper.

»Geil«, murmelt er. »Du bist schon ganz feucht.«

Er dringt mit den Fingern in mich ein und bewegt sie rein und raus. Ich stöhne und dränge mich fester an ihn. Dabei spüre ich seine harte Erektion im Rücken.

»Dreh dich mal um.«

Das Sofa quietscht und knarrt. Ich knie mich vor Erwin hin, den Po zum Ofen gewandt.

Erwin hält mir seine Finger hin, streicht die Feuchtigkeit

über meine Lippen und steckt mir einen Finger in den Mund. Ich schmecke mich und lecke, bis seine Finger sauber sind und nur noch nach Haut schmecken.

Ich bin verliebt. Wahnsinnig, überwältigend, bis über beide Ohren verliebt. Ich wünsche mir nichts sehnlicher, als für immer hierzubleiben, auf diesem klapprigen Schlafsofa vor dem Ofen und stundenlang Sex mit Erwin zu haben, während der Regen gegen die Scheiben peitscht und der Wind unablässig an den Holzfensterläden rüttelt.

Doch etwas hemmt mich. »Und wenn Dianne plötzlich nach Hause kommt?«

»Ist sie hübsch? Dann darf sie gerne mitmachen«, scherzt er.

»Du bist übermütig.«

»Ich hatte eine Woche lang keinen Sex.«

»Das ist nicht lange.«

»Das ist verdammt noch mal eine Ewigkeit!« Erwin hat den Reißverschluss seiner Jeans geöffnet und führt meinen Kopf in seinen Schritt. Nicht drängend oder ungeduldig, sondern vorsichtig, langsam, fragend.

Doch ich brauche keine Aufforderung und umschließe ihn mit den Lippen, gebrauche meine Zunge, versuche, immer tiefer zu gehen, immer weiter. Mit einer Hand wühlt er mir durch die Haare, mit der anderen umfängt er mein Kinn und meine Wange. »Weiter«, flüstert er, »weiter, weiter. Verdammt, mach weiter!« Er verstummt und schnappt nach Luft.

Dann hält er mich plötzlich zurück, rutscht vom Sofa, zieht mir Jeans und Unterhose aus und spreizt meine Beine.

Ich spüre die Hitze des Ofens auf meiner unbedeckten Scham. Er bleibt still sitzen, vor dem Sofa kniend, und betrachtet mich. Als er sich endlich nach vorne beugt und seine Zunge im weichen Fleisch zwischen meinen Beinen vergräbt, stoße ich einen Schrei aus. Ich fasse ihn an den verschwitzten Haaren und stammele unzusammenhängende Wörter.

Er macht immer weiter, langsam, rhythmisch, fasst jetzt auch mit der Hand zwischen meine Beine, knetend, herausfordernd, fährt mit den Fingern rein und raus, erhöht den Druck.

Ich lege den Kopf in den Nacken, und die Decke über mir dreht sich. Mir schwindelt, ich werde verrückt, komplett wahnsinnig. »Ich will dich spüren«, stöhne ich.

»Meine Kondome liegen oben«, erwidert er erstickt. »In meinem Rucksack.«

»Scheiß auf die Kondome, Erwin.«

»Verdammt.«

Im nächsten Moment ist er in mir.

Das Schlafsofa kracht und quietscht und schabt über die Bodenfliesen. Im Inneren fühle ich Metallfedern brechen.

Erwin leckt meine Lippen, meine Zunge, ich schmecke mich und seinen frischen Schweiß.

Plötzlich hält er mitten in der Bewegung inne. »Du bist mir wichtig, Eva«, murmelt er ernst und streicht mir durch die Haare. »Ich bin hergekommen, weil ich mir Sorgen um dich gemacht habe. Ich glaube, ich liebe dich.«

»Ich liebe dich auch«, antworte ich aus tiefstem Herzen.

»Wirklich?« Erwin zieht einen Mundwinkel hoch und sieht mich ehrlich erstaunt an. »Das hast du ja noch nie gesagt.«

»Ich habe es auch noch nie zuvor gefühlt.«

»Ich auch nicht«, flüstert er. »Verrückt, was?«

Ich küsse ihn auf den Mund. Und noch mal. Dann schlinge ich die Beine um ihn und drücke ihn an mich. »Mach weiter.«

»Dann halte ich es aber nicht mehr aus.«

»Egal«, flüstere ich. »Komm schon.«

31

Um acht Uhr stand der Glaser vor der Tür und torpedierte unser Vorhaben, einen langen, faulen Vormittag im Bett zu verbringen. Aber die Hintertür sieht wieder wie neu aus.

Durch die funkelnagelneue Scheibe sehe ich zwei Kaninchen zu, die am Holzstapel miteinander spielen. Sie rennen und springen übermütig hintereinander her. Eines von ihnen trägt triumphierend ein Stückchen Holz im Maul. Gerade, als ich Erwin rufen und ihm die Tiere zeigen will, erschrecken sie vor irgendetwas und jagen davon, ins Unterholz hinein.

Ich gehe hinaus, um nachzusehen, was sie so erschreckt hat. Der Morgen ist überraschend mild und freundlich, gar nicht kalt. Eine bleiche Sonne lässt die Flickendecke der Herbstfarben umso intensiver leuchten. Aus den umliegenden Wäldern steigen Rauchschwaden auf.

Ich drehe mich um und sehe, dass auch aus unserem Schornstein eine dicke graue Wolke quillt, die sich auf ihrem Weg nach oben allmählich verbreitert und ausdünnt. Seit der Ankunft von Erwin, der sich als waschechter Pyromane entpuppt hat, ist das Feuer im Ofen nicht mehr ausgegangen.

Bizarr, wenn ich so darüber nachdenke: Die Häuser in dieser Gegend werden vorwiegend mit Holz beheizt, und die meisten Familien sind nicht an die Kanalisation angeschlossen. Das und noch vieles mehr mutet fast mittelalterlich an, und doch wächst auf den Feldern ultramoderner, genmanipulierter Mais. Der Gegensatz könnte nicht größer sein.

Ich lege den Kopf in den Nacken. Über dem Haus schweben Greifvögel. Lautlos ziehen sie ihre Kreise, die riesigen Flügel weit ausgebreitet. Atemlos beobachte ich, die Hand über die Augen gelegt, ihren Segelflug, bis sie ihre Flugbahn erweitern, höher aufsteigen und schließlich nicht mehr zu sehen sind. Die Kaninchen können sich wieder hervorwagen.

»Hast du dich inzwischen entschieden, was du tun willst?«, höre ich Erwin fragen, als ich die Türe hinter mir zuziehe.

Er steht an der Spüle und rasiert sich. Sein gestreiftes Hemd hängt offen über einem Green-Day-T-Shirt.

Ich lege die Wange an seinen Rücken, schiebe beide Händen unter sein T-Shirt und streichle seinen Bauch. »Ja. Ich möchte hierbleiben.«

»Wahrscheinlich gibt es gar keinen Grund zur Sorge.«

»Vielleicht. Ich hoffe es. Aber durch das, was inzwischen alles passiert ist, denkt man natürlich gleich an das Schlimmste.«

»Klar.« Er klopft seinen Rasierer in der Spüle aus und fährt sich mit der flachen Hand über das Kinn. »Im Prinzip wollte ich am Sonntag zurückfahren. Aber wenn Dianne bis dahin noch nicht aufgetaucht ist, bleibe ich bei dir.«

»Musst du denn nicht arbeiten?«

»Da kann ich bestimmt etwas organisieren. Du bist wichtiger. Ich lasse dich nicht allein hier sitzen.« Er dreht sich um, küsst mich auf die Stirn und sagt dann, den Blick zum Hof gewandt: »Wir haben Besuch.«

Durch das Fenster sehe ich Daniel daherschlendern, die Schultern hochgezogen, gehemmt. Heute ohne Hund.

»Das ist Daniel. Ich vermute, dass er der Sohn der Nachbarn ist.«

»Von denen, die dich vom Hof gejagt haben?«

»Genau. Seine Eltern haben Daniel eigentlich verboten, hierherzukommen, aber er setzt sich darüber hinweg. Er hilft Dianne im Gemüsegarten. Von Gemüseanbau scheint sie übrigens nicht viel zu verstehen.«

»Soviel zur gründlichen Vorbereitung«, bemerkt Erwin sarkastisch.

Ich überhöre seinen Spott und gehe zur Vordertür. »Bleib lieber drinnen«, bitte ich ihn mit einem Blick über die Schulter. »Er ist ziemlich schüchtern.«

Daniel erschrickt sichtlich, als ich die Tür öffne. Seine braunen Augen hinter den Brillengläsern weiten sich, und die Hände hält er leicht erhoben, wie gelähmte Pfötchen.

»Hallo, Daniel«, grüße ich so freundlich wie möglich.

Sein Gesicht hellt sich auf. »Mademoiselle Eva«, erinnert er sich, wobei er meinen Namen französisch ausspricht, bis zur Unkenntlichkeit verzerrt, mit betontem langen a. Klingt ein bisschen wie Eee-bah.

Unbeholfen bleibt er vor mir stehen, den Hals nach vorne gereckt.

Es dauert einen Moment, ehe ich mich an die französischen Umgangsformen erinnere und mich zu ihm hinunterbeuge, um den obligatorischen Wangenkuss in Empfang zu nehmen. »*Ça va, mon ami?*«

»Ist Mademoiselle Dianne wieder da?«

»Nein. Ich hatte gehofft, du hättest sie vielleicht gesehen.«

Er schüttelt den Kopf, den Blick zu Boden gerichtet.

»Hast du etwas?«

»Ja. Gestern waren ein paar Freunde bei meinem Vater. Sie haben über Sie geredet.«

»Ach ja? Was haben sie denn gesagt?«

»Dass sie Sie ganz schön erschreckt hätten. Und dass Sie die Polizei gerufen hätten.«

Mit gerunzelter Stirn hocke ich mich vor ihn hin. Ich versuche, ihm in die Augen zu sehen, aber das lässt er nicht zu. Ganz leise und sanft frage ich: »Haben sie auch gesagt, wie sie mich erschreckt haben?«

Er nickt. »Mit einer Katze. Und mit noch etwas, was ich nicht richtig verstanden habe. Ich glaube, sie haben eine Scheibe eingeschlagen.«

»Wer hat das getan?«

Er drückt das Kinn auf die Brust und schlägt die Augen nieder. »Mein Vater und ein Freund von meinem Vater.«

»Seid ihr die nächsten Nachbarn?« Wie hießen die Leute gleich noch? Krampfhaft denke ich nach. »Ihr heißt Beau, oder? Ist Régis Beau dein Vater?«

Erschrocken sieht er mich an. Wahrscheinlich dämmert ihm erst jetzt, dass sein Vater eine Straftat begangen hat und er deswegen Schwierigkeiten bekommen könnte. Alarmiert blickt er sich nach allen Seiten um. »Haben Sie wirklich die Polizei gerufen?«

»Nein. Aber ich war sehr traurig. Ich hatte der Katze einen Namen gegeben, einen niederländischen Namen, so ähnlich wie *Fantôme*. Der Kater sah nämlich ein bisschen gruselig aus, aber gerade dadurch irgendwie niedlich.«

»Ist er tot?«

Ich nicke. »Ja«, antworte ich leise. »Er ist tot.«

Der Junge presst die Lippen aufeinander. Sein Blick ist wieder in sich gekehrt. Ein selten introvertiertes Kind. Dennoch sucht er Gesellschaft, wenn auch nur bei einer Fremden, einer Ausländerin, von der er nur Schlechtes gehört haben kann.

Er muss wirklich sehr einsam sein.

»Du kannst nichts dafür«, sage ich.

Hinter dem Jungen sehe ich Erwin am Fenster stehen, einen Kaffeebecher in der Hand.

»Weißt du auch, warum sie mich so ablehnen, dass sie solche Sachen machen? Am Montag war ich bei euch und wollte mit deinem Vater reden, aber er hat mich weggeschickt.«

Jetzt leuchten seine Augen auf. »Ja, die können euch Ausländer einfach nicht leiden. Mein Vater sagt, ihr würdet hier auftauchen, um alles kaputtzumachen und uns zu bevormunden. Sie sagen, dass Dianne und ihre Freunde schlechte, dumme Leute sind, die nur Schwierigkeiten machen.«

Freunde? Zahllose Fragen schießen mir durch den Kopf. »Kennst du Freunde von Dianne?«

»Ab und zu kommt ein Mann hierher. Ich weiß nicht, wie er heißt, aber er ist nicht nett zu mir.«

»Ein Mann mit kleinen, hellen Augen und ganz kurz geschorenen Haaren?«

»Ja. Er sieht gemein aus. Er kommt auch aus Holland.«

Das Herz klopft mir bis zum Hals. »Und wer sonst noch? Welche Freunde kennst du außer ihm?«

Er zuckt mit den Schultern. »Ich weiß nicht, wer sie sind. Wenn hier fremde Autos stehen, gehe ich meistens weiter. Ich darf ja eigentlich gar nicht herkommen.«

»Haben die Autos französische oder niederländische Nummernschilder?«

Die Haustür wird geöffnet, und Erwin erscheint auf der Schwelle, die Kaffeetasse noch in der Hand. Wie er so dasteht, gleicht er aufs Haar einem alten Römer, mit seinen dicken Haaren und der langen, kräftigen Nase, die fast ohne Einbuchtung an der Wurzel in seine Stirn übergeht.

Wie konnte ich ihn nur als »ziemlich attraktiv« beschreiben?

Er ist einfach unwiderstehlich!

»Das ist mein Freund«, erkläre ich und stehe auf. »Er ist sehr nett.«

Daniel reagiert nicht. Zerstreut blicke ich auf die Stelle, wo er gerade noch gestanden hat.

Er ist weg.

»Daniel? Du brauchst keine Angst zu haben!«

Diesmal antwortet er nicht. Mit hochgezogenen Schultern trabt er in Richtung Wald davon. Betreten schaue ich ihm hinterher.

Erwin gesellt sich zu mir. »Das ist schon nicht mehr schüchtern, das ist menschenscheu.«

Ich sage nichts.

»Tut mir leid, Eef. Ich konnte ja nicht ahnen, dass es so schlimm ist.«

»Der Nachbar hat die Katze umgebracht«, sage ich, während Daniel immer kleiner wird, ein grüner Fleck auf dem graubraunen Feld. »Daniel hat gehört, wie er mit seinen Freunden darüber geredet hat. Die waren das auch mit der Tür.«

»Der Nachbar ist doch sein Vater?«

»Ja. Régis Beau heißt er. Dieser dreckige Tiermörder! Das muss ich der Polizei melden.«

»Warum?«

»Weil der Kerl für das bestraft werden muss, was er getan hat!«

»Die Polizei verlangt Beweise. Hast du welche?«

»Wozu brauche ich Beweise? Der Junge hat es doch mit eigenen Ohren gehört?«

»Aber du kannst doch von dem Jungen nicht verlangen, dass er gegen seinen eigenen Vater aussagt. Überleg doch mal. Wenn der wirklich ein so brutaler Kerl ist …«

Erwin hat recht. Meine Anzeige könnte Daniel in große Schwierigkeiten bringen. Ich presse die Lippen aufeinander.

»Und noch etwas«, fährt Erwin fort. »Meinst du, Dianne wäre glücklich darüber, wenn du in ihrer Abwesenheit ihren Nachbarn anzeigen würdest? Das geht zu weit!«

In hilflosem Zorn stampfe ich auf den Boden. »Verdammt. Verdammt!«

»Sieh es doch mal von der positiven Seite: Zumindest weißt du jetzt, woher der Wind weht.«

»Ich finde trotzdem, dass er nicht straflos davonkommen sollte.«

»Ganz deiner Meinung. Aber es ist nicht an dir oder mir, darüber zu entscheiden, sondern an Dianne.«

»Weißt du, was Daniel noch gesagt hat? Dass er Hugo regelmäßig hier gesehen hat.«

»Also war es tatsächlich nicht so abwegig, dass du ihm in der Stadt begegnet bist. Die beiden sind garantiert gemeinsam unterwegs, vielleicht zu Besuch bei Freunden. Jetzt ist schon

Donnerstag. Du wirst sehen, dass sie am Samstag ganz normal nach Hause kommt und du dir die ganze Zeit umsonst Sorgen gemacht hast.«

Ich würde Erwin gerne glauben, aber es gelingt mir nicht. Noch immer habe ich das Gefühl, dass hier irgendetwas ganz und gar nicht stimmt. Warum hat Hugo so merkwürdig reagiert? Er hat nämlich keineswegs den Eindruck gemacht, dass er weiß, wo Dianne steckt.

»Weißt du was?«, höre ich Erwin hinter mir sagen. »Hier in der Nähe soll es ein malerisches Dorf mit einer sehr guten Pizzeria geben. Sollen wir dort zu Mittag essen? Wie findest du die Idee?« Er zieht mich in seine Arme und küsst mich ausgiebig auf den Mund. »Und wenn wir nach Hause kommen, machen wir da weiter, wo wir heute Morgen aufgehört haben. Was hältst du davon?«

32

Der Weg zu dem Dorf führt an ausgedehnten Herbstwäldern, Weiden und kahlen Äckern vorbei. Auf den letzten Kilometern schlängelt sich die Straße durch ein lang gezogenes Tal. Selten zuvor habe ich etwas so Schönes gesehen. Vor langer Zeit ist hier ein gewaltiger, über achtzig Meter tiefer Strom geflossen. Die unterschiedlichen Wasserstände sind bis heute an den tiefen Furchen in den Felsen erkennbar, die sich Schwindel erregend hoch über dem Boden entlangziehen. Hier und da wölben sich Ausbuchtungen hervor, felsige Geschwüre, die gefährlich tief über dem Asphalt hängen. Manche Leute haben es gewagt, Häuser unter ihnen zu errichten und dadurch die Kosten für ein Dach gespart.

Tief unter uns, jenseits der Leitplanke, fließt der heutige Fluss sanft plätschernd dahin. Angesichts der zahllosen Kanuvermietungen, an denen wir vorbeikommen, muss es hier im Sommer vor Kanuten nur so wimmeln. Doch jetzt ist niemand auf dem Wasser; die Ufer der Verleihstationen liegen trostlos und verlassen da.

Den Reklameschildern an der Straße entnehmen wir, dass die Höhlen in diesem Tal bereits vor 35 000 Jahren von den ersten Hominiden Westeuropas, den Cro-Magnon-Menschen bewohnt wurden. Der Homo sapiens des einundzwanzigsten Jahrhunderts hat einige dieser Höhlen zur Besichtigung freigegeben. Die übrigen werden von den Einheimischen dazu benutzt, Wein und Kartoffeln zu lagern.

Unser Ziel, das malerische Dorf, hat zu dieser Jahreszeit wenig zu bieten. Die Flohmärkte und Konzerte, die auf den

Plakaten angekündigt werden, haben schon vor ein, zwei Monaten stattgefunden. Die Cafés werden von mürrischen Wirtsleuten betrieben, die schweigend, einen Arm auf die Theke gestützt, fernsehen und uns die meiste Zeit ignorieren.

Mir macht das nichts aus. Wir trinken Espresso und ein Bier, spazieren Hand in Hand am Wasser entlang und unterhalten uns über Gott und die Welt.

Die Dämmerung bricht schon herein. Erwin steht oben unter der Dusche, und ich räume die Einkäufe weg. Entweder esse ich hier mehr als in den Niederlanden, oder ich kaufe zu viel ein, weil der Supermarkt nicht gleich nebenan liegt. Ich schalte das Licht im Wohnzimmer und in der Küche ein und gehe zum Gasherd, um Kaffeewasser aufzusetzen.

Da klopft jemand an die Hintertür. In der blitzsauberen neuen Glasscheibe sehe ich nur mein eigenes Spiegelbild, von Kopf bis Fuß, die brennende Glühbirne über dem Kopf. Dann erst entdecke ich Beine in blauer Uniform. In einem Lederholster steckt eine Pistole.

Ich drehe den Schlüssel um und öffne die Tür.

Chevalier wirkt um einiges fitter und ausgeschlafener als bei unserer letzten Begegnung. Sie liegt erst zwei Tage zurück, obwohl es mir viel länger vorkommt. Am Dienstag habe ich den hiesigen Arm des Gesetzes noch auf Anfang vierzig geschätzt, dabei ist er vermutlich nicht viel älter als fünfunddreißig.

Wir schütteln uns die Hand, aber ich bleibe absichtlich in der Tür stehen und bitte ihn nicht herein.

Doch Chevalier stört sich nicht daran, drängt sich an mir vorbei und nickt mir dabei gespielt freundlich zu, als danke er mir für meine Gastfreundlichkeit. Seine Größe wirkt imponierend. Er ist noch größer als Erwin, bestimmt einen Meter neunzig.

Etwas eingeschüchtert trete ich beiseite.

»Mein Kollege hat mir von der Katze erzählt. Es tut mir leid für Sie.«

»Danke.«

Er geht ein paar Schritte in die Küche hinein und dreht sich zu mir um. »Es überrascht mich, dass Sie diese Sache nicht zur Anzeige gebracht haben. Sie müssen sich doch gehörig erschreckt haben.«

»Das ist nicht mein Haus«, antworte ich bedächtig. »Ich halte es für besser, wenn meine Freundin entscheidet, was unternommen werden soll, sobald sie wieder da ist.«

»Ah. Natürlich. Gut, gut.« Chevalier fasst einen Stuhl an der Lehne und dreht ihn herum. Die Beine schrammen über den Fliesenboden. Er setzt sich und stapelt das Wochenblatt und die Zeitschriften, die auf dem Tisch verteilt liegen, ordentlich übereinander.

»Wollen Sie sich nicht setzen?«, fragt er. Es klingt wie ein Vorwurf.

Zögernd nehme ich ihm gegenüber Platz. Aufrecht, die Knie beisammen. Meine Hände zittern ein wenig. Ich fühle mich unbehaglich in der Gegenwart dieses Mannes. Genauso erging es mir schon bei Blondy. Polizisten machen mich nervös. Auch wenn ich nichts falsch gemacht habe, erschrecke ich immer, wenn ich einen sehe und frage mich fieberhaft, ob ich zu schnell gefahren bin, ob ich meinen Führerschein dabeihabe und die Autopapiere in Ordnung sind. Wahrscheinlich liegt das an den Uniformen oder an der mächtigen Institution, die sie repräsentieren. Oder an beidem.

Was will dieser Mann hier? Wo er doch so von diesem Mordfall beansprucht wird?

»Sie wohnen immer noch hier?«, fragt er überflüssigerweise.

»Ja. Ich hoffe, dass …« Ich schlucke das nervöse Zittern in meiner Stimme hinunter. »Dass meine Freundin morgen oder spätestens am Samstag nach Hause kommt.«

Er sieht mich unverwandt an. Seine Augen haben eine ungewöhnliche Farbe, zwischen braun und gelb, wie ein Herbstblatt. »Sie haben Kontakt zu ihr gehabt?«

»Nein.«

»Woher wissen Sie dann, dass sie morgen oder am Samstag nach Hause kommt?«

»Ich weiß es nicht, hoffe es aber.«

Chevalier schnüffelt und wischt sich mit dem Handrücken über die Nase. Er hat heute etwas Grobes an sich. Seine Bewegungen sind kräftig und roh zugleich. Ungehobelt.

Er schaut an mir vorbei zur Anrichte. »Wie ich sehe, haben Sie meinen Rat befolgt.«

Zögernd werfe ich einen Blick über die Schulter. Die Augen auf die Pfefferspraydosen geheftet, antworte ich: »Ja. Danke für den Tipp. Ich fühle mich dadurch schon wesentlich sicherer.«

»Gut.« Er trommelt mit seinen dicken Fingerkuppen auf dem Küchentisch herum. Die Nägel sind abgekaut. »Finden Sie das eigentlich nicht ein bisschen merkwürdig?«

»Was meinen Sie?«

»Nun, dass Sie hier wohnen, obwohl Ihre Freundin nichts davon weiß? Finden Sie das nicht ungewöhnlich?«

Verwirrt runzele ich die Stirn. Ich werde immer nervöser. »Ich verstehe nicht, warum Sie… Sie ist meine beste Freundin.«

Er zeigt auf seine Brust. »Ich würde mich nicht einfach im Haus meines Freundes einnisten, wenn er nicht da wäre. Das erschiene mir unpassend.«

»Sie würde nicht wollen, dass ich in einem Hotel wohne.«

»Wie weit ist Ihre Heimat von hier entfernt?«

»Tausendvierhundert Kilometer. Ungefähr.«

»Vierzehn Stunden Fahrt.«

Ich nicke.

»Tja. Alles in allem finde ich Ihre Geschichte nach wie vor

seltsam, Mademoiselle. Sie nehmen die weite Fahrt hier herunter auf sich, eine Reise von gut vierzehn Stunden, obwohl Sie nicht einmal wissen, ob Ihre Freundin hier ist, um Sie zu empfangen?«

»Aber genauso ist es.«

Die Art, wie er mich ansieht, gefällt mir keineswegs. Sein Kollege hat mich mit genau demselben Blick gemustert, als wollte er sagen: Ich glaub dir kein Wort, verlogenes Weib.

Ich werde aufsässig, denke aber daran, was meine Mutter zu sagen pflegt: Wer sich verteidigt, bekennt sich schuldig.

»Im Hangar steht ein Motorrad mit niederländischem Kennzeichen.«

Ich nicke nur.

»Wie kommt das dorthin?«

»Was sollen diese ganzen Fragen?«

»Das ist meine Arbeit. Fragen zu stellen. Und die Antworten zu analysieren. Eins und eins zusammenzuzählen. Mademoiselle Lambrèk, es fällt mir schwer zu glauben, dass Sie keinen Kontakt zu Ihrer Freundin gehabt haben. Ich möchte Ihnen dringend raten, mich nicht anzulügen.«

»Entschuldigen Sie mal, ich…«

»Ich glaube, Sie haben etwas zu verbergen.«

Ich ziehe die Augenbrauen hoch. »Wie bitte?«

»Du hast doch gehört, was ich gesagt habe!«

Er duzt mich. Einfach so. In den Niederlanden würde sich niemand darüber wundern, sogar mein Hausarzt spricht mich mit »du« an und umgekehrt. In Frankreich bedeutet es jedoch eine grobe Beleidigung.

Chevalier steht von seinem Stuhl auf und geht ein paar Schritte ins Wohnzimmer.

Ich springe auf, eile an ihm vorbei und baue mich mit verschränkten Armen vor ihm auf. Meine Nervosität schlägt allmählich in Zorn um. Ich bin stinksauer. Was bildet dieser Kerl sich eigentlich ein, einfach so hier herumzuschnüffeln?

Erwins Motorradkombi liegt zusammengefaltet auf einer Treppenstufe, sein Helm zwei Stufen tiefer.

»Sieh mal einer an«, höre ich Chevalier sagen.

Über unseren Köpfen hört man gedämpfte Schritte auf den Dielen. Erwin kommt aus der Dusche.

»Wer ist das da oben?«

»Das geht Sie gar nichts an. Sie haben nicht das Recht …«

Mit ein paar Schritten ist Chevalier bei mir. Drohend beugt er sich über mich. Seine bernsteinfarbenen Augen blitzen mich an. Er drückt mir den Zeigefinger auf die Brust. »Ich brauche deine Zustimmung nicht, Mademoiselle Lambrèk, um dieses Haus vom Keller bis zum Dach zu durchsuchen. Genau genommen kann ich dich wegen Einbruchs verhaften.«

Perplex weiche ich zurück.

Er zeigt auf die Treppe wie ein Vater, der sein Kind zurechtweist. »Ist sie da oben?«

Mir fehlen die Worte. In der Abgeschlossenheit des Wohnzimmers mit dem tickenden Ofen starren wir einander an und lauschen den scharrenden Schritten auf dem Dielenboden im oberen Stockwerk.

»Nein. Das ist mein Freund«, bringe ich schließlich hervor.

»Ihr Freund?«

»Ja. Das Motorrad gehört ihm.«

Als hätten wir es so abgesprochen, kommt in dem Moment Erwin die Treppe hinunter. Seine Haare sind noch feucht, und sein T-Shirt ist zerknittert, weil es zusammengepresst im Rucksack gelegen hat.

»Das ist Monsieur Chevalier von der Kripo«, sage ich auf Niederländisch. Dann, auf Französisch: »Mein Freund, Erwin Veltkamp aus den Niederlanden.«

Erwin nickt Chevalier zu und schüttelt ihm die Hand. Er ist ein paar Zentimeter kleiner als der Polizist.

»Sie sind der Freund von Mademoiselle Lambrèk?«

Erwin schüttelt entschuldigend den Kopf und lächelt. »*Sorry,*

I don't speak French.« Er sieht mich an. »Was will der denn von dir?«

»Er glaubt, dass ich weiß, wo Dianne ist.«

»Wie bitte? Das ist doch lächerlich!« Erwin räuspert sich. »*Listen, Sir. She doesn't…*«

Mit einer ärgerlichen Geste schneidet Chevalier Erwin das Wort ab und wendet sich an mich. »Ihr Freund spricht kein Französisch?«

»*Pas du tout* – kein Wort.«

»*Bon.*« Er strafft den Rücken, lässt den Blick misstrauisch durchs Zimmer schweifen und sieht dann wieder mich an. »Ich behalte dich im Auge.« Bevor ich antworten kann, dreht er sich um und geht.

Ich höre die Hintertür zuschlagen.

»Was sollte das denn?«, fragt Erwin.

»Offenbar glaubt die Polizei, dass ich weiß, wo Dianne sich aufhält. Die Leute jagen mir richtig Angst ein. Der Polizist, der gestern hier war, hat sich auch schon so merkwürdig verhalten.« Ich sehe Erwin ins Gesicht. »Um ehrlich zu sein: Die ganze Situation beunruhigt mich. Angenommen, Dianne taucht nicht wieder auf und die Polizei denkt, ich hätte etwas mit ihrem Verschwinden zu tun?«

Erwin nimmt mich in die Arme und drückt mich an sich. Er riecht nach Chlorwasser und Shampoo. »Beruhig dich.«

Jetzt erst merke ich, dass ich am ganzen Körper zittere.

»Ist er deswegen gekommen?«, fragt Erwin. »Um dir Fragen über Dianne zu stellen?«

Ich nicke.

»Du hast sie nicht einmal als vermisst gemeldet. Warum interessieren die sich plötzlich für sie?«

»Vielleicht hängt es mit den Morden zusammen, von denen ich dir erzählt habe. Der andere Polizist, dieser Blondy, hat durchblicken lassen, dass sie möglicherweise von Ausländern mit extremistischen Überzeugungen verübt wurden.«

»Du meinst Umweltaktivisten?«

»Ja. Ich werde das Gefühl nicht los, dass Blondy einen Köder ausgeworfen hat, um meine Reaktion zu testen. Und der Kerl von eben hat angedeutet, er fände es seltsam, dass ich einfach so in Diannes Haus wohne. Offenbar macht mich das verdächtig.«

»Es ist ja auch ein bisschen komisch.«

Ich werfe ihm einen vernichtenden Blick zu. »Ach, findest du?«

»Ich glaube nicht, dass ich einfach so in das Haus eines Freundes einziehen würde, wenn er nicht da wäre.«

Dasselbe hat dieser Chevalier gesagt. »Dianne ist nicht irgendeine Freundin. Sie ist wie meine Schwester.«

»Auch bei meiner Schwester würde ich mich nicht ohne Weiteres einnisten, wenn sie nicht vorher zugestimmt hätte.«

Ich stoße einen tiefen Seufzer aus. Es hat keinen Sinn, weiter über dieses Thema zu diskutieren. »Ich hoffe nur, dass sie wiederkommt«, sage ich leise und lege meinen Kopf an seine Brust.

»Bestimmt taucht sie heute Abend oder morgen wieder auf. Gesund und munter, sich keiner Schuld bewusst. Wetten?«

»Meinst du?«

Er nickt entschieden.

»Trotzdem werde ich dieses ungute Gefühl nicht los!«

Erwin fasst mich an den Schultern und küsst mich auf die Stirn. »Du bist ein lieber Schatz, Eef, aber du machst dir zu viele Gedanken.«

33

Vögel fliegen zwitschernd vom Hof auf und lassen sich im sumpfigen Maisfeld nebenan nieder. Ich stehe vor dem Haus und recke mich in der Sonne. Sie scheint bemerkenswert intensiv für diese Jahreszeit, besonders zu dieser frühen Stunde – es ist erst halb elf. Warm ist es nicht, aber zumindest trocken, und zum ersten Mal seit meiner Ankunft wölbt sich der Himmel strahlend blau so weit das Auge reicht. In der Ferne leuchten gelbe Baumkronen auf wie glänzendes Blattgold.

Erwin hat es geschafft, mich durch seine Fröhlichkeit und seine nüchterne Sichtweise wieder aus der gedrückten Stimmung herauszureißen, in der Chevalier mich gestern zurückließ. Er vermittelt mir das Gefühl, nicht mehr alles selbst erledigen zu müssen, sondern auch auf seine Überlegungen und seine Hilfe bauen zu können. Es tut gefährlich gut, nicht mehr so allein dazustehen.

In den Niederlanden dümpelte unsere Beziehung an der Oberfläche herum, ruhig und nicht unangenehm. Hier, mitten in Frankreich, steigen wir dagegen allmählich zu unentdeckten Höhen hinauf, und was ich entdecke, gefällt mir ausnehmend gut.

Ich kann mich nicht erinnern, so richtig in ihn verliebt gewesen zu sein. Aber ich bin es jetzt.

»Scheiße!« Erwins Schrei hallt im Tal wider und scheucht die Stare auf.

Binnen zwei Sekunden bin ich bei ihm im Hangar. Erwin steht neben dem Motorrad. Er hält es am Lenker fest und blickt sich suchend auf dem Boden um.

»Was ist los?«

»Der Ständer ist abgebrochen.«

»Wie kann das denn passiert sein?«

»Keine Ahnung. Ich wollte die Kiste umsetzen, und dabei ist ein Stück abgefallen.«

Mit meiner Schuhspitze zeige ich auf ein Metallteil im Sand. »Das da?«

»Ja.«

»Und jetzt?«

»Jetzt muss ich ihn reparieren lassen. So kann ich nicht mal tanken gehen. Mist, verdammter!« Schimpfend schiebt er die schwere Maschine vorwärts und lehnt sie gegen ein verrostetes Landwirtschaftsgerät. Als er sie loslässt, gerät sie durch ihr Gewicht ins Rutschen, fängt sich dann aber.

»Musst du einen neuen Ständer bestellen?«, frage ich.

»Wahrscheinlich schon. Die Werkstätten werden sicher keinen für diesen Fahrzeugtyp auf Lager haben. Die Kiste ist mindestens fünfzehn Jahre alt.« Er geht in die Hocke, hebt das abgebrochene Metallteil vom Boden auf und hält es gegen den u-förmigen Ständer. »Ob es hier in der Nähe einen Schweißer gibt?«

»Ganz bestimmt. Wir sind hier auf dem Land. Praktisch jeder ist in irgendeiner Form von irgendwelchen großen Maschinen abhängig. Ich geh mal rein und schaue in den Gelben Seiten nach.«

Nach fünf Telefonaten habe ich Glück. Eine Werkstatt am Stadtrand hat einen Schweißer, der meint, das Problem heute noch lösen zu können.

Erwin sitzt am Küchentisch und kneift die Augen gegen das grelle Sonnenlicht zusammen. »Und?«

»Sie schieben dich dazwischen, wenn du dich vor zwölf Uhr bei ihnen meldest. Die Werkstatt liegt in demselben Gewerbegebiet wie das Restaurant, in dem wir am Mittwoch essen waren.«

Er steht auf, geht ins Wohnzimmer und zieht die Motorradkombi an. »Ich hätte einen zweiten Helm mitnehmen sollen, dann hätten wir zusammen fahren können. Motorradfahren macht wirklich Spaß, Eef, vor allem an einem Tag wie diesem.«

»Soll ich dir mit dem Auto hinterherfahren?«, frage ich, während ich ihm Telefonnummer und Adresse der Werkstatt auf einen Zettel kritzele.

»Ach was. Du hast doch gesagt, die Werkstatt sei in der Nähe des Buffalo Grills?«

»Stimmt, sie soll direkt dahinter liegen.«

»Dann finde ich es schon.« Erwin schiebt den Zettel in eine Reißverschlusstasche am Ärmel, die er sorgfältig zuzieht. Dann setzt er den Helm auf, schnallt ihn fest und zieht die Handschuhe an. »Bis gleich.«

Kaum ist er weg, bereue ich meine Entscheidung hierzubleiben. Die sorglose Energie, die Erwin mitgebracht hat, ist zusammen mit ihm verschwunden. Das Haus fühlt sich wieder ebenso feindselig und verlassen an wie vor seiner Ankunft. Ich wäre doch besser hinter ihm hergefahren. Wer weiß, wie lange das Schweißen dauert. Wir hätten die Zeit nutzen können, um etwas essen oder einkaufen zu gehen oder im McDonald's meine Mails durchzusehen. Ich hätte Erwin die Altstadt zeigen können und das Waffengeschäft, in dem ich Hugo begegnet bin.

Zu spät.

Ich sehe mich im Wohnzimmer um. Die Sonne, die durch die Fenster scheint, wirft lang gezogene, helle Rechtecke auf den braunen Fliesenboden. Die Sofas stehen nicht mehr gerade an den Wänden wie bei meiner Ankunft, sondern sind schräg dem Ofen zugewandt. Über der Rückenlehne des vorderen hängt meine Jacke. Erwins Turnschuhe und schmutzige Socken liegen unter dem Wohnzimmertisch, und obendrauf haben sich zerknüllte Kassenbons, eine leere Chipstüte und Gläser angesammelt, die ich noch nicht weggeräumt habe. Sie hinterlassen Feuchtigkeitsringe. Verpackungsschnipsel und Papierchen sind auf den Boden gefallen.

Wenn Dianne jetzt zurückkäme, würde sie ein schmutziges, unordentliches Haus vorfinden. Putzen gehört nicht zu meinen Hobbys, aber was für eine Freundin bin ich eigentlich, wenn ich ihr Heim so wenig respektiere?

Ich nehme meine Jacke von der Sofalehne und hänge sie in der Küche an einen Haken. Die Sofas schiebe ich an ihren alten Platz an der Wand. Erwins Schuhe und Socken bringe ich nach oben.

Im Bad und im Gästezimmer sieht es auch nicht besser aus. Der Badezimmerspiegel ist mit Zahnpastaspritzern übersät. Ich lasse Wasser in das Waschbecken ein und mache mich auf die Suche nach Allesreiniger.

Den Lieferwagen, der im Schritttempo auf den Hof einbiegt, höre ich nicht.

34

Das Aufräumen und Saubermachen des oberen Stockwerks hat mich keine Viertelstunde gekostet. Doch inzwischen hat sich das Wohnzimmer abgekühlt. Ich öffne den Ofen und lege zwei dicke Holzscheite auf die Schicht aus Asche und glimmenden Holzresten. Erwin hat mir gezeigt, was ich falsch gemacht habe: Das Feuer hat immer zu wenig Sauerstoff bekommen. Ich stochere im Rost herum, ziehe die Ascheschublade ein Stück heraus und schließe dann die Tür wieder. Sofort lodert das Feuer auf; durch die verrußten Scheiben sehe ich die Flammen am Holz lecken.

Zu gleicher Zeit höre ich jemanden an der Hintertür rütteln, ungeduldig und heftig, als habe der Besucher nicht mit einer abgeschlossenen Tür gerechnet. Erwin?

Dianne?

Erwartungsvoll springe ich auf und eile in die Küche, aber noch bevor ich die Treppe erreicht habe, ertönt ein ohrenbetäubender Knall. Glasscherben fliegen durch die Luft und rutschen klirrend über den Fliesenboden bis weit ins Wohnzimmer hinein.

Instinktiv lasse ich mich flach auf den Boden fallen. Zwei Männer kommen hereingerannt. Das Erste, was mir auffällt, sind ihre Masken: glänzende, rosa Schweinemasken mit dicken Wangen, einem Plastiklächeln und zwei starren Gucklöchern in gemalten Augen wie aus einem Comic-Heft. Die hochgezogenen Augenbrauen bewirken einen permanent erstaunten Gesichtsausdruck. Die Eindringlinge tragen schmuddelige Jeans und Armeekleidung.

»Sie ist es!«, höre ich einen von ihnen auf Französisch rufen.

»Mitnehmen!«, ruft der andere, ebenfalls auf Französisch, aber mit ausländischem Akzent. Er packt mich an den Haaren, als sei ich eine Puppe, und zieht mich hoch auf die Füße.

Seltsamerweise muss ich an das Pfefferspray denken. Es steht auf der Anrichte. Das billige Ersatzdöschen liegt in der Besteckschublade.

Gerade, wenn ich es am nötigsten bräuchte, trage ich es nicht bei mir.

»Vorwärts! Raus hier!«

Der Ausländer hält etwas Dunkles in der Hand, einen Knüppel oder eine Taschenlampe. Ich kann es nicht richtig erkennen, es geht sowieso alles zu schnell. Er holt mit dem Gegenstand aus und schlägt mir damit auf den Kopf.

Durch den Schlag beiße ich mir auf die Zunge. Tränen schießen mir in die Augen. Noch nie habe ich solche Schmerzen verspürt, es fühlt sich an, als ob mir der Schädel platzt. Das war's, geht es mir durch den Kopf, etwas ganz Schlimmes wird mit mir passieren. Unwillkürlich öffne ich den Mund, bringe aber keinen Laut hervor.

»*Bouger* – beweg dich!«

Meine Beine wollen nicht. Es ist, als gehörten sie nicht mehr zu mir – vollkommen schlaffe, nutzlose Gliedmaßen.

Gelähmt vor Angst.

»Wird's bald, blöde Kuh!«, ruft der Ausländer und tritt mir mit voller Wucht gegen das Schienbein.

Der Mann mit der Waffe öffnet die Vordertür. »Pack sie an den Schultern!«, blafft er.

Im nächsten Moment schwebe ich über dem Boden. Vier Hände heben mich hoch und tragen mich hinaus, die kleine Eingangstreppe hinunter, über den Hof.

Draußen steht ein geschlossener Lieferwagen. Grün, alt, dreckig.

Mir bleibt vor Angst fast das Herz stehen. Ich werde hysterisch, trete wild um mich, krümme den Körper und strecke ihn wieder, versuche, meine Schultern loszumachen.

Aber sie verlangsamen nicht einmal ihre Schritte. Im Gegenteil: Mein Gezappel spornt sie noch an. Ich werde in den Laderaum geworfen.

Sofort springen sie hinterher. Einer von ihnen hält mich unter Kontrolle, indem er mir den Fuß zwischen die Schulterblätter stemmt. Der andere packt mich trotz meiner heftigen Gegenwehr an den Handgelenken und zieht mir die Arme auf den Rücken. Dann fesselt er mich in Höhe der Ellenbogen so stramm mit einer Schnur, dass mir beinahe die Schultern ausgekugelt werden. Anschließend fesselt mich der Erste grob an Knien und Fußgelenken.

Die Männer arbeiten hastig, werfen regelmäßig Blicke nach draußen und fahren dann wieder mit der Arbeit fort. Ihr Atem hinter den vorgeformten Plastikmasken klingt gespenstisch hohl. Ihre Augen kann ich nicht erkennen; durch die dunklen Gucklöcher sieht man nur ein Funkeln.

Mein Kopf wird in den Nacken gezogen und mein Mund mit Klebeband verschlossen, von einer Wange zur anderen. Ich versuche, ihn zu öffnen – unmöglich.

Meine Entführer springen hinaus, knallen die Türen zu und schließen ab. Von draußen dringt kein Lichtstrahl herein. Jetzt ist es dunkel. Stockdunkel.

Ich winde mich über den Boden und schürfe mir das Gesicht an dem Dreck und an dem Sand auf, der den hölzernen Untergrund bedeckt. Mein Kopf hämmert, irgendetwas brennt mir in einem Auge. Ich glaube, es ist mein eigenes Blut.

Das Auto wird angelassen und setzt sich in Bewegung. Gleichzeitig fängt ein Radio an zu dudeln. Hektisches Geschnatter eines DJs dringt gedämpft durch die Verkleidung. Der Kleinbus stinkt nach Öl und Benzin.

Erneut versuche ich, den Mund zu öffnen, aber es hat keinen Sinn. Das Klebeband haftet unerbittlich an meinen Lippen und gibt keinen Millimeter nach, egal wie sehr ich mich auch abmühe. Schnaufend atme ich durch die Nase. Ich habe Angst zu ersticken. Meine Lungen platzen fast.

Schmerzstiche durchzucken meinen Kopf, meine Arme und Schultern. Ich beuge und strecke meine Finger, greife ins Leere, versuche, den Strick um meine Knie zu erreichen, aber es gelingt mir nicht.

Trotzdem versuche ich es immer weiter. Ich muss mich irgendwie befreien – *ich muss!*

Minuten vergehen. Vielleicht auch Stunden. Ich verliere mein Zeit- und Orientierungsgefühl. Bei jeder Unebenheit und jeder Lenkbewegung werde ich durchgerüttelt. Ich rutsche immer weiter, bis ich an einer der Wände liege, wahrscheinlich zur Fahrerkabine hin. Ich höre eine gedämpfte Unterhaltung, kann aber nichts verstehen. Der DJ plappert ununterbrochen und spielt dann ein Stück von einer französischen Band. Meine Entführer drehen das Radio lauter.

Vergeblich verdrehe ich in dem Versuch, den Strick zu erreichen, meine Hände in alle Richtungen, bis die brennenden Schmerzen in meinen Schultern unerträglich werden und ich meine Versuche aufgeben muss. Mir ist, als würde ich ersticken. Als sei zu wenig Luft im Raum. Als hätte ich allen Sauerstoff verbraucht. Mit weit aufgerissenen Augen starre ich in die Dunkelheit.

Ich sterbe. Ich habe wirklich Angst zu sterben.

Das werde ich nicht überleben.

Der Lieferwagen wird langsamer und holpert schließlich im Schritttempo über unebenes Gelände. Ich habe das Gefühl, dass wir bergauf fahren. Ich gerate wieder ins Rutschen, bis ich an einer anderen Wand liege.

Draußen höre ich Stimmen. Noch mehr Leute. Männer. Der

Wagen beschleunigt wieder und fährt langsam über ebenes Gelände, bis er schließlich anhält und der Motor ausgeschaltet wird.

35

Dianne ist mir durch und durch vertraut, weshalb ihr Verhalten für mich vorhersehbar ist. Auf andere dagegen, die sie weniger gut kennen, wirkt sie manchmal launisch. Gelegentlich hat man sie sogar als unberechenbar beschrieben, was ich maßlos übertrieben finde. Im Gegenteil: Ihre Dynamik fasziniert mich, und ich bewundere ihre Tatkraft. Sie wagt wenigstens auszusprechen, was sie denkt, Stellung zu beziehen und ihre Überzeugung mit Feuereifer zu verteidigen. Ich nicht. Ich gehe Konfrontationen lieber aus dem Weg. Schon mein ganzes Leben lang. Aus lauter Angst vor den Folgen, aber auch, weil ich mir meiner Sache niemals so sicher bin wie Dianne, halte ich meistens den Mund.

Dianne ist von uns beiden der Motor, die treibende Kraft. Ich fungiere als Stabilisator und Bremse. Wenn wir ein Team bilden, funktioniert das ausgezeichnet.

Doch einmal musste ich die Notbremse ziehen.

Es war im letzten Jahr, in der ersten Hälfte des Sommers. Wir waren im Auto unterwegs zur Uniklinik, wo Diannes Stiefvater am Blinddarm operiert worden war. In der Nähe des Krankenhauses liegt ein Wohnviertel mit Teichen, die über flache Gräben miteinander in Verbindung stehen.

Die Mutterente muss aus einem der Gräben gekommen sein. Plötzlich überquerte sie die Straße, gefolgt von einem Pulk Küken. Dianne machte eine Vollbremsung. Ich wurde mit voller Wucht in den Gurt gepresst, mein Kopf schlug nach vorn.

Ein VW-Golf überholte uns hupend. Der Fahrer zeigte uns

den gestreckten Mittelfinger, ich sah seinen Mund wütend auf- und zugehen, er schrie uns etwas zu. Voller Grausen mussten wir mit ansehen, wie er mit Vollgas an uns vorbeizog und genau auf die Entenfamilie zuraste. Wie durch ein Wunder schafften es nur zwei der Jungen nicht auf die andere Straßenseite.

Ein Stück weiter bog der Golf auf den Parkplatz des Krankenhauses ein. Dianne nahm sofort die Verfolgung auf. In diskretem Abstand fuhr sie hinter ihm her. Wir sahen, wie ein Mann in den Vierzigern ausstieg und, ohne sich umzusehen, auf den Besuchereingang zuging.

Dianne parkte ihren Wagen dem Golf schräg gegenüber. Die beiden Autos wurden nur durch einen Fußweg und einen Grünstreifen voneinander getrennt. Wir warteten, bis die Besuchszeit begonnen hatte und es auf dem Parkplatz ruhiger geworden war. Dann holte Dianne ein Taschenmesser aus dem Handschuhfach und stieg aus.

Während sie den glänzenden, mit teuren Felgen ausgestatteten Golf zerkratzte und die Reifen einen nach dem anderen zerstach, traten mir die Tränen in die Augen. Natürlich hatte so ein Kerl eine Strafe verdient. Das verstand sich von selbst. Doch die Art, wie Dianne wütete, hatte wenig mit einer kaltblütigen Racheaktion gemein, sondern nahm sich ganz anders aus.

Nie werde ich den aufgeregten Blick in ihren Augen vergessen, als sie zum Auto zurückkehrte. Ihre Wangen waren von der Anstrengung gerötet, und ein erhabenes Lächeln lag auf ihrem Gesicht.

Zufrieden betrachtete sie ihr Zerstörungswerk. Der Golf war übel zugerichtet.

»Sollen wir jetzt fahren?«, fragte ich.

»Nein. Wir warten.« Dianne war noch immer außer Atem.

»Worauf?«

»Dass das Arschloch zurückkommt.«

»Und dann?«

Schweigend legte sie die Hände aufs Lenkrad. Ihr Lächeln wurde grimmig. Der Fanatismus, der in ihren Augen flackerte, ließ mich zurückschrecken.

»Du willst ihn überfahren?« Ich schrie fast. »Verdammt noch mal, Dianne, lass den Quatsch! Bist du denn völlig verrückt geworden?«

»Er hätte bremsen können«, stieß sie wütend hervor. »Der Scheißkerl hätte einfach nur zu bremsen brauchen. Aber er hat es nicht getan.« Sie sah mich an. »Ich finde solche Leute zum Kotzen. Die machen mich krank!«

Mir fehlten die Worte. Ich starrte den zerstörten Golf an. Endlich sagte ich so ruhig und eindringlich wie möglich: »Dianne, der Mann hat einen Schaden von ein paar tausend Euro an seinem Auto. Er ist genug gestraft. Hörst du?«

»Solche halbherzigen Aktionen bewirken gar nichts.« Beleidigt drehte sie den Kopf weg.

»Dianne?« Ich legte eine Hand auf ihren Arm und drückte ihn. »Jetzt ist Schluss. Du hast dich da in etwas verrannt.«

Ganz kurz nur, für den Bruchteil einer Sekunde, glaubte ich, Unsicherheit in ihrem Blick zu erkennen. »Meinst du wirklich?«

Ich nickte nachdrücklich. »Ja. Das geht zu weit.«

Lange Zeit blieben wir sitzen und starrten mit leerem Blick vor uns hin. Sie hatte ihre Hand auf meine gelegt. Wir sagten kein Wort, beide in unsere eigenen Gedanken vertieft.

Dann ließ sie meine Hand los, startete den Wagen und verließ den Parkplatz.

Wir haben den Vorfall nie mehr erwähnt.

Sie sind Raucher, die Männer mit den Schweinemasken. Ihre Kleider stinken nach Selbstgedrehten. Sie haben die Heckklappen aufgerissen und sind in den Laderaum gesprungen. Was sich draußen befindet, kann ich nicht erkennen, weil mich nach der langen Fahrt in tiefer Dunkelheit das Tageslicht zu sehr blendet.

Ich werde an den Schultern gepackt und gezwungen, mich auf die Seite zu rollen. Jemand stülpt mir mit einer fließenden Bewegung einen Jutesack über den Kopf und bindet ihn um meinen Hals fest. Meine Taschen werden durchsucht, das Handy konfisziert.

Eine seltsame Gelassenheit überkommt mich. Ich unternehme keinen Versuch mehr, mich loszuwinden. Widerstand ist zwecklos. Sie haben die Oberhand, was immer ich auch versuche. Ich brauche meine ganze Energie, um Sauerstoff durch die Nasenlöcher in die Lunge zu saugen, um mich am Leben zu erhalten.

Ich werde über den Boden der Ladefläche hinweg nach draußen geschoben. Männer heben mich an den Schultern und Knien hoch und setzen sich in Bewegung. Der Jutesack raubt mir die Sicht, ich kann keine Einzelheiten erkennen, nur Hell und Dunkel und verschwommene Konturen. Durch den rauen Stoff fühle ich den Wind in meinem Gesicht. Ich höre Kies unter ihren Schuhen knirschen und Erdklumpen zerbersten.

Es wird dunkler. Wir gehen irgendwo hinein. Ich höre Schritte, den keuchenden Atem weiterer Leute, die uns schweigend begleiten. Mein Kopf baumelt nach hinten herunter und streicht bei jedem Schritt am Schienbein eines der Entführer entlang.

Wir steigen eine Treppe hinunter. Ein Geruch nach Feuchtigkeit, ein kalter Luftzug. Alle Geräusche klingen gedämpft.

Ich höre Poltern hinter mir, hastige Schritte auf knarrendem Holz. Meine Entführer haben zwei oder drei Helfer.

Niemand sagt etwas. Warum reden sie nicht? Wer sind diese Leute?

Was wollen sie in Gottes Namen von mir?

Eine Tür wird geöffnet. Sie quietscht laut in den Angeln.

Ich spüre den Luftwiderstand, als wir hindurchgehen. Wir betreten einen abgeschlossenen Raum.

Sechs, sieben Schritte weiter werde ich auf den Boden gelegt, flach auf den Bauch. Jemand pult an dem Strick um meinen Hals und zieht mir den Jutesack vom Kopf. Ein anderer packt mich an den Haaren und dreht mein Gesicht zu sich hin. Ungeduldig zupft er am Ende des Klebebandes und reißt mir den Streifen mit einem Ruck vom Mund. Dankbar sauge ich die feuchte Kellerluft gleich literweise in meine Lungen. Und noch einmal. Tränen fließen mir über die Wangen. Ich muss husten.

»Hier kann dich niemand hören«, sagt jemand auf Französisch. »Da kannst du schreien, wie du willst.«

Dann gehen sie.

Ich hebe den Kopf, wacklig wie ein wenige Monate altes Baby, und drehe das Gesicht in Richtung ihrer Schritte. Ich sehe gerade noch die Tür hinter den Männern zuklappen.

Dann bin ich allein.

Blinde Panik überfällt mich. Ich habe das Gefühl zu ersticken, als läge der Strick des Jutesacks noch immer um meinen Hals und schnüre mir die Luft ab. Dann wieder kommt es mir vor, als schwebte ich, als verschwände der Boden unter mir, als täte sich eine Fallgrube auf und als vollführte ich Rückwärtssalti.

Mir schwindelt, und ich verliere jedes Zeitgefühl.

Langsam, ganz allmählich ebbt der Eindruck des Unwirklichen ab.

Denn die Schmerzen sind sehr real. Ein dröhnendes, hämmerndes, durchdringendes Stechen peinigt mich auf der rechten Seite meines Kopfes. Dort klafft eine blutende Wunde. Mein rechtes Augenlid und die Schläfe fühlen sich klebrig an.

Aber so schlimm ist es nicht. Die Verletzung ist nicht

ernsthaft. Die Schmerzen sind nicht das Schlimmste. Das Schlimmste kommt erst noch. Die haben mich hier nicht grundlos hergebracht.

36

Meine Zelle gleicht einer Art Hundezwinger: ein quadratischer Raum nicht größer als meine Küche zu Hause, vergittert mit Metallstäben vom Boden bis zur Decke, in der Mitte eine Gittertür, die mit einer Kette und einem Vorhängeschloss gesichert ist. Der Käfig ist in den rückwärtigen Teil des schmalen Kellerraumes eingebaut. Auf der anderen Seite befindet sich eine Tür, und in der Mitte des Raumes hängt eine Glühbirne von der Decke. Sehr hell ist sie nicht, aber ich kann erkennen, dass die Tür den einzigen Ausgang darstellt. Es gibt weder Fenster noch Luken, nichts als felsige Wände.

Was werden sie mit mir machen? Ich kämpfe gegen eine neue Welle der Angst an. Jedoch versuche ich, ruhig zu bleiben und mich auf meine Atmung zu konzentrieren. *Ich will nicht sterben.* Es muss einen Weg geben zu flüchten. *Es muss!*

Ich liege auf dem Bauch. Meine Arme sind immer noch an den Ellenbogen auf meinem Rücken gefesselt. Ich muss versuchen, mich aufzurichten, mich hinzusetzen oder sogar hinzustellen, wenn irgend möglich.

Mühsam ziehe ich die Knie an, verfrachte die Beine unter meinen Körper, verliere aber das Gleichgewicht und falle auf die Seite. Stöhnend vor Anstrengung ziehe ich erneut die Beine an und drücke mich mit Schulter und Kopf ab. Ich schaukle auf dem kalten Boden hin und her, drücke mich wieder ab, und noch einmal. Ich spüre, wie die Sehnen in meiner Schulter überdehnt werden, und verziehe das Gesicht zu einer schmerzlichen Grimasse. Als ich es fast geschafft habe, geht es wieder schief. Mit den aneinandergefesselten Knien kann ich die Balance einfach nicht halten und rolle zurück auf die linke Seite. Keuchend bleibe ich liegen, mit geschlossenen Augen. Tränen bitterer Frustration laufen mir über die Wangen und brennen auf meinen wunden Lippen.

Eine Flucht ist ausgeschlossen.

Sie haben mich zu geschickt gefesselt, und mir bleibt nicht einmal mehr genug Kraft, um aufzustehen.

Die Sekunden verrinnen, ohne dass etwas geschieht. Vielleicht vergehen Minuten oder sogar Stunden. Ich höre nur das leise Summen der Lampe. Sonst nichts.

Mein Denken wird von Angst und Schmerz beherrscht, aber ich weiß, dass ich nicht den Mut verlieren darf. Fällt mir denn gar nichts ein, wie ich hier herauskommen kann? Ich muss versuchen, wach zu bleiben, ich muss nachdenken, eine List ersinnen. Irgendetwas. Solange ich meinen Geist damit beschäftige, kann er sich keine Schreckensszenarien ausmalen, eines grausiger und abscheulicher als das andere.

Während ich dort auf dem kalten Boden liege, stelle ich mir eine Reihe von Fragen. Wer sind diese Männer? Einer von ihnen war Franzose, aber der andere sprach Französisch mit ausländischem Akzent – skandinavisch, deutsch? Was treibt diese Leute um? Was wollen sie von mir?

Das Haus? Hat es etwas mit Diannes Haus zu tun? Oder geht es um Dianne selbst? »Sie ist es!«, hat einer der Entführer gerufen, als sie ins Haus eindrangen. Was hatte das zu bedeuten?

Wo ist Dianne?

Dianne.

Mir bricht der Schweiß aus. Mein Atem geht schneller, und mein Blick wird glasig, als ich die Situation einmal nüchtern betrachte: Dianne ist spurlos verschwunden, ohne ersichtlichen Grund. Ein Bauernehepaar wurde ermordet.

Zu ungefähr derselben Zeit, im selben Weiler.

Und sie wurde zwei Tage später gefunden. Im Wald.

Die Wälder hier sind kaum mit denen in den Niederlanden vergleichbar. Sie erstrecken sich über große Flächen, unzählige Quadratkilometer ursprüngliche Natur, die man stunden-, ja tagelang durchwandern kann, ohne einer Menschenseele zu begegnen. Angenommen, die arme schwangere Frau wäre nicht gefunden worden? Angenommen, ihre Leiche hätte anderswo in diesen tiefen, dunklen Wäldern gelegen, wo niemand sie entdeckt hätte?

Würde sie jetzt auch als »vermisst« gelten?

Vermisst, wie Dianne?

Warum habe ich das nicht schon früher erkannt? Wie konnte ich diesen Zusammenhang bloß übersehen? Seit meiner Ankunft hier habe ich in großer Gefahr geschwebt, indem ich hiergeblieben bin, und dann auch noch in Diannes Haus. Darüber war ich mir nicht im Klaren gewesen – jedenfalls nicht in vollem Umfang.

Erwin müsste inzwischen von der Werkstatt zurück sein. Sucht er mich? Wann wird er begreifen, dass mir etwas zugestoßen ist, und die Polizei alarmieren? Doch nehmen die Gendarmen seine Meldung ernst? Wahrscheinlich verstehen sie nicht einmal richtig, was Erwin von ihnen will. Werden sie eine Suchaktion starten?

Wo bin ich eigentlich?

Können sie mich hier finden?

Der lang gezogene tierische Schrei, der von den Kellerwänden widerhallt, stammt aus meiner eigenen Kehle.

37

Sie sind wieder da. Wie zwei Gestalten aus einem Horrorfilm stehen sie nebeneinander in der Tür, in ausrangierter Militärkleidung und mit glänzenden Schweinemasken vor den Gesichtern.

Ich kauere mich zusammen, versuche, von ihnen wegzukriechen, mich an die Wand zu drängen.

Sie schließen die Tür hinter sich und kommen ruhigen Schrittes auf mich zu. Die Kette rasselt, als das Vorhängeschloss abgenommen wird. Ein Mann betritt den Käfig, der andere hängt die Kette an einen Gitterstab und blockiert den Ausgang mit seiner hochgewachsenen Gestalt.

»Was wollt ihr?«, frage ich auf Französisch. Meine Stimme klingt piepsig und rau.

Keine Antwort. Zwei funkelnde Augenpaare blicken hinter den Masken hervor auf mich herab. Als sich der Kleinere über mich beugt und ein Messer zückt, fange ich an zu schreien. Ich zappele, versuche, mich loszureißen, und wälze mich wild hin und her.

Doch er lässt sich nicht irritieren, hält mich am Oberarm fest, schiebt das Messer zwischen meine Ellenbogen und schneidet die Stricke durch. Der zweite Mann zerrt an den Stricken um meine Knie und Knöchel, um zu kontrollieren, ob sie noch fest genug sitzen. Er löst sie nicht.

»Was wollt ihr?«, wiederhole ich. Tränen fließen mir über die Wangen.

Meine Entführer ziehen mich hoch, stellen mich auf die Füße und zerren mich aus dem Käfig hinaus.

Meine Arme sind so lange unnatürlich auf den Rücken gezogen gewesen, dass ich bei der groben Behandlung vor Schmerzen wimmere.

Mitten im Raum bleiben wir stehen. Einer der Männer stellt sich vor mich. Der andere packt meinen Oberarm fest wie in einem Schraubstock und zieht mein Handgelenk mit einem Ruck nach hinten und nach oben.

Höllische Nervenschmerzen schießen mir durch Arm und Schulter. Unwillkürlich beuge ich mich nach vorn, um den Druck zu mindern. Ich kann mich kaum aufrecht halten. Mir bricht der Schweiß aus, ich spüre, wie mir die Tropfen über die Schläfen rinnen. Stockend schnappe ich nach Luft.

Der Mann vor mir blickt zu Boden, als warte er auf irgendetwas oder überlege, was er sagen soll. Ich sehe, dass er unter seiner Maske eine Sturmhaube trägt und dünne schwarze Handschuhe seine Hände bedecken. Dadurch kann ich weder seine Haar- noch seine Hautfarbe erkennen.

Sekundenlang geschieht nichts, und ich höre nur ihren Atem hinter den Plastikmasken. Dann tritt der Mann vor mir näher an mich heran, ganz dicht.

Ich weiche zurück, werde aber von meinem Bewacher grob aufgehalten. Sein Geruch steigt mir in die Nase – er ist kein Raucher.

Der Mann vor mir stinkt jedoch nach Tabak. Wieder rieche ich die billigen Selbstgedrehten und den Muff seiner Kleidung, als hätte sie zu lange in einem feuchten Raum gelegen.

Er ist einer meiner Entführer.

Die Maske berührt nun fast mein Gesicht. Ich erkenne undeutlich das Funkeln seiner Augen. Blitzschnell schießt seine Hand hoch und umklammert so brutal meinen Unterkiefer, dass ein Auge zugedrückt wird und mein Mund ein »O« formt. Mit dem Daumen presst er die Wange gegen meine Zähne. Ich schmecke Blut.

»*Gut*, Eva. Ich werde dich jetzt einmal höflich fragen…«

Eine harte, unangenehme Stimme, aber der Akzent klingt nicht skandinavisch, sondern deutsch. Er ist Deutscher. »Wo ist Dianne?«

Dianne.

Er hält mein Gesicht so fest, dass meine Worte verzerrt klingen. »I-ich weiß es n-nicht.«

Den Schlag in den Magen habe ich nicht kommen sehen. Ich klappe zusammen, aber der Mann hinter mir hält mein Handgelenk fest. Ich spüre, wie mein Schultergelenk ausgekugelt wird. Ich stoße einen Schrei aus.

»Los, sag schon, verdammt noch mal!«

Der Mann hinter mir packt mich an den Haaren und reißt meinen Kopf zurück, sodass ich meinen Peiniger ansehen muss.

Zähneklappernd antworte ich: »I-ich w-weiß es wirklich n-nicht.«

»*Quatsch!*«

»Ich …« Ich muss schlucken, habe einen Kloß im Hals. Und Blut.

»Und?«, bedrängt er mich auf Französisch. »Hast du die Sprache verloren?«

»Ich … Ich w-weiß nicht, wo sie ist. Glaub mir. B-bitte.«

Ich rechne mit einem zweiten Schlag und wappne mich dagegen, mit fest geschlossenen Augen.

Nichts passiert.

Der Mann hat sich umgedreht und ist weggegangen, den Gang entlang. Die Tür fällt mit einem Schlag hinter ihm zu.

Ich bleibe allein mit meinem Bewacher zurück. Ich höre ihn gegen die Innenseite der Maske atmen. Er lockert seinen Griff ein wenig, sodass ich aufrechter stehen kann. Langsam lässt er meine Haare los, und ich kann mich freier bewegen.

Ich glaube, er hat Mitleid mit mir. Er will mir nicht mehr wehtun als unbedingt nötig. Dass ich mit einem von ihnen allein gelassen wurde, der möglicherweise Mitleid mit mir empfindet, verleiht mir Hoffnung.

»Ich kann euch nicht helfen«, flüstere ich. »Ich weiß nicht, wo Dianne steckt… Ich weiß es nicht, wirklich nicht. Ich bin hergekommen, um sie zu suchen. Bitte. Lass mich gehen.«

Bevor der Mann reagieren kann, geht die Tür wieder auf. Der Befrager kehrt in Begleitung eines dritten und vierten Mannes zurück. Sie schließen die Tür hinter sich ab.

Der kleinere der beiden Neuen ist schmal gebaut, aber vielleicht wirkt er auch nur so, weil sein Begleiter so überaus imposant aussieht – er ist er größte der vier. Im Gegensatz zu den anderen trägt er eine Wildschweinmaske aus grobem, dunklem Gummi mit langer Schnauze und gebogenen Hauern. Diese Maske soll nicht komisch oder spielerisch wirken, sondern lebensecht. Furcht einflößend.

Der schmale Mann kommt auf mich zu. »Du bist eine Freundin von Dianne?«, fragt er in akzentfreiem Französisch.

Ich nicke hölzern.

»Weißt du, warum du hier bist?«

Ich schüttele den Kopf. »Nein.«

»Was willst du hier? Hat Dianne dich gebeten, ihr zu helfen?«

Wieder schüttele ich den Kopf.

Hinter der Maske ertönt ein verärgerter Seufzer. »Meine Freunde haben nicht so viel Geduld wie ich, Eva, sie teilen gerne eine Tracht Prügel aus. Und ich habe sie schon Schlimmeres tun sehen. Du bist eine hübsche, gesunde junge Frau. Noch jedenfalls. Und du scheinst nicht dumm zu sein. Also solltest du uns lieber schnell alles erzählen, was du weißt.«

Ich versuche zu schlucken. Stotternd bringe ich hervor: »Ich mache hier Urlaub. Ich weiß nicht, was ihr…«

»Wann hast du sie zum letzten Mal gesehen?«

»Gesehen?« Angst und Panik bilden eine dicke, neblige Barriere zwischen mir und den Karteikästen meines Gedächtnisses.

»Wann, Eva?«

»Vor einem … Vor einem halben Jahr.«

»Einem halben Jahr?« Er stößt mich gegen die Schulter. »Du lügst wie gedruckt!«

»Nein, ich …«

»Was machst du in ihrem Haus? Was machst du hier in Frankreich?«

»Ich bin bei Dianne zu Besuch.«

»Zu Besuch bei jemandem, der nicht zu Hause ist?«, höhnt er. »Du hast sie seit einem halben Jahr nicht gesehen und machst mal eben einen Ausflug von weit über tausend Kilometern, um auf eine Tasse Tee bei ihr vorbeizuschauen? *Bien sûr* – na klar!«

Auch in meinen Ohren klingt meine Aussage inzwischen dünn und verlogen. Unsicher, meine Stimme nur mehr ein Flüstern, füge ich hinzu: »Ich dachte, sie würde bald nach Hause kommen. Ich wollte sie überraschen.«

»Und das sollen wir glauben?«

»Ich weiß nicht, wo Dianne ist. Wirklich nicht. Bitte, lasst mich frei.« Ich weine, und mein Herz fühlt sich an wie auf zehnfache Größe angeschwollen. Es scheint meinen Brustkorb vollständig auszufüllen und hämmert unregelmäßig gegen meine Rippen.

»Ich kann nichts mehr für dich tun.« Mit einer Wegwerfgebärde zu den beiden Männern an der Wand dreht sich der Franzose um, entfernt sich den Flur hinunter und schließt die Tür hinter sich.

Die Männer in der Ecke beraten sich flüsternd.

Der Deutsche löst sich aus der Gruppe und marschiert auf mich zu. Dicht vor mir bleibt er stehen und fasst mich an der Kehle. Mit dem Daumen reibt er über meinen Kehlkopf.

»Du solltest besser anfangen zu reden«, sagt er bedrohlich leise. »Das ist deine letzte Chance.« Er betont jedes Wort: »Wo … ist … sie …?«

»Ich weiß es nicht.« Meine Stimme klingt heiser, meine Gesichtsmuskeln beginnen zu zucken. »Wirklich nicht.«

Dieser Mann könnte mit Leichtigkeit meinen Kehlkopf eindrücken, mit einer kleinen Bewegung, einer beiläufigen Geste, die ihn kaum Kraft kosten würde, gleichsam als zerdrücke er eine Ameise – und er will, dass ich das weiß. Er will, dass ich weiß, dass er mich ermorden kann – und ermorden *wird*, wenn ich nichts sage. Und dass ihm das nicht das Geringste ausmacht.

Er legt den Kopf schief. »Bist du bereit zu sterben, Eva?«

Wild schüttele ich den Kopf, die Augen weit aufgerissen. »Nein!« Warme Flüssigkeit sickert durch den Stoff meiner Boxershorts und der Jeans.

Er muss es bemerken, riechen auf jeden Fall, aber er reagiert nicht darauf.

Langsam, sehr nachdrücklich, befühlt er die Rillen an meiner Kehle. Tastet sie ab. Macht sich bereit, spannt die Armmuskeln an. »*Tut mir leid*«, sagt er leise.

»*Arrêtez!*«, ruft der Mann mit der Wildschweinmaske und kommt auf uns zu. »Das reicht jetzt.«

»Ja, aber …«

»Das reicht, habe ich gesagt.«

Sofort werde ich rückwärts weggezogen. Mein Bewacher schleift mich in den Käfig und versetzt mir einen gemeinen Stoß, sodass ich mit den Knien hart auf dem Boden aufschlage. Mein Schrei geht im Rasseln der Kette unter.

Innerhalb weniger Sekunden ist der Keller leer. Das Licht brennt noch, ich kann den Strom summen hören. Sonst nichts. Keine Stimmen, kein Verkehr draußen, keine Schritte. Nichts als Stille.

Auf dem kalten Untergrund beiße ich die Zähne zusammen, damit sie nicht klappern. Aber ich kann mich nicht beherrschen. Die Tränen brennen hinter meinen Augenlidern.

Ich glaube nicht mehr an ein gutes Ende.

Der Mann mit der Wildschweinmaske – ich meine, ihn erkannt zu haben. Als er auf mich zukam, hatte ich ein regelrechtes Déjà-vu. Seine Art zu gehen, diese Kopfbewegung … Dieses Bild habe ich schon einmal gesehen. Ganz genau so.

Seine Verkleidung kann seine Identität nicht verbergen.

Ich weiß, wer er ist.

38

Die Birne brennt noch immer, als ich von einem Geräusch aus dem Schlaf schrecke. Klappern, Scharren. Ich habe keine Ahnung, wie viel Zeit vergangen ist. Es könnte mitten in der Nacht sein oder helllichter Tag.

Ängstlich nach streunenden Ratten Ausschau haltend, setze ich mich auf und suche den Boden ab. Nichts zu sehen, außer den Stricken, mit denen ich gefesselt war. Die Entführer haben vergessen, mir die Arme wieder hinter dem Rücken zusammenzubinden. Oder sie haben sich nicht darum geschert, weil sie wissen, dass ich sowieso nirgendwohin kann.

Gleich nach ihrem Verschwinden habe ich begonnen, die Knoten der übrigen Fesseln zu lösen. Meine Beine hatte ich schnell befreit, aber das Schloss des Käfigs kann ich unter keinen Umständen öffnen. Die Gitterstäbe sind mit rostigen Schrauben im Boden und an den Wänden verankert. Sie lassen sich keinen Millimeter bewegen.

Wieder werde ich von Müdigkeit übermannt. Mein ganzer Körper ist zerschunden, und jedes meiner Glieder scheint hundert Kilo zu wiegen. Meine Zunge liegt wie ein ledriger Lappen in meinem ausgetrockneten Mund. Und ich stinke: Ein säuerlicher Geruch steigt mir aus meiner Kleidung in die Nase.

Allmählich schlafe ich wieder ein. Mit geschlossenen Augen lehne ich an der Wand.

Ein Knirschen.

Alarmiert öffne ich die Augen und blicke zur Tür. Das Geräusch kommt von dort.

Es scheint, als mache sich jemand am Schloss zu schaffen.

Nichts hält mich mehr auf dem Boden. Ich rappele mich hoch, trete ans Gitter und halte mich an den Stäben fest. Mit angehaltenem Atem starre ich das dunkle Rechteck am Ende des Kellerraumes an.

Erst glaube ich, mir nur einzubilden, dass die Klinke nach unten geht. Doch dann sehe ich, dass es keine Illusion ist. Der Metallgriff senkt sich immer weiter, ganz langsam und vorsichtig.

So geräuschlos wie möglich.

Dort ist jemand. Jemand, der das Schloss mit einem Dietrich geöffnet hat. Jemand, der die Tür lautlos öffnet, hineinkommt, jemand, der …

Ich umklammere die Gitterstäbe, öffne vor Anspannung den Mund und recke den schmerzenden Hals.

Der gelbe, ovale Strahl einer Taschenlampe huscht durch den Raum, von rechts nach links über den grauen Boden und die Wände, erhellt Spinnweben und Setzrisse in dem alten Beton.

Der Strahl scheint mir genau in die Augen und blendet mich.

»Eva?«, höre ich ein Flüstern. »Verdammte Scheiße! Also doch!«

Schnelle Schritte. Das Licht kommt näher, huscht hin und her über den Boden. Die schlanke Gestalt mit der Taschenlampe in der Hand ist schwarz gekleidet und trägt eine Sturmhaube, die nur ihre Augen freilässt.

Wir stehen einander gegenüber, zwischen uns das Gitter. Sie schaltet die Taschenlampe aus. Legt ihre Hände über meine. Kalte, schmale Hände.

Durch die Gitterstäbe sehen wir einander an. »Ich bin schuld. Ich habe dir das eingebrockt. Aber ich hol dich hier raus«, flüstert sie.

»Sie suchen dich«, ist alles, was ich hervorbringen kann.

Meine Stimme klingt heiser und brüchig. »Ich war in deinem Haus und …«

»Scht, ich weiß. Still jetzt.« Mit einem ängstlichen Blick zur Decke flüstert sie: »Sie sind direkt über uns.«

Dianne schaltet die Taschenlampe ein und klemmt sie zwischen die Zähne. Dann greift sie nach dem Vorhängeschloss und stochert mit einem geriffelten Draht im Schlüsselloch herum. Tiefe Falten bilden sich über ihrer Nasenwurzel. Sie arbeitet äußerst konzentriert. Schließlich springt das Schloss mit einem metallischen Klicken auf.

»*Voilà*«, flüstert sie.

Obwohl wir beide die Kette festhalten und uns bemühen, kein Geräusch zu verursachen, können wir nicht verhindern, dass einige Kettenglieder über die Gitterstäbe rasseln. Wir erstarren gleichzeitig, aber Dianne erholt sich schnell wieder. Sie legt die Kette auf den Boden wie einen verletzten Hund.

»Kannst du laufen?«, flüstert sie.

Ich nicke.

»Bleib dicht hinter mir.«

Als sie sich umdreht, sehe ich, dass eine Jagdbüchse an einem Band auf ihrem Rücken hängt. Sie ist so groß, dass der Lauf fast ihren Kopf überragt.

Immer auf der Hut laufe ich hinter ihr her den Gang entlang. Diannes Taschenlampe erhellt eine Gewölbedecke aus dicken alten Backsteinen. Sie scheint jahrhundertealt zu sein und erinnert mich an ein Kloster. Der Gang mündet in einen quadratischen Raum mit einer ähnlichen Decke. Am Ende führt eine Steintreppe nach oben zu einer dicken Holztür mit auffällig schweren Beschlägen.

Ich halte mich so dicht wie möglich an Dianne und folge ihr die Treppe hinauf. Mein Herz pocht so heftig, dass ich es am ganzen Körper fühle, aber ich bin lange nicht mehr so ängstlich und verschreckt wie noch vor einer Stunde. Mein Durst ist weg, ich habe keine Schmerzen mehr. Dianne ist hier. Sie lebt!

Ich bin fest entschlossen, mich nicht noch einmal gefangen nehmen zu lassen. Das ist meine Chance, meine einzige Chance, hier herauszukommen, und ich werde sie nutzen.

Oben an der Treppe bleibt Dianne stehen und dreht sich zu mir um. »Alles okay?«

»Ja.«

»Hör gut zu«, flüstert sie. »Dieses Haus grenzt an eine Schlucht. Es gibt nur einen Weg, von hier wegzukommen. Auf mein Zeichen läufst du nach rechts um das Haus herum. Wenn du die Vorderseite erreichst, überquerst du so schnell du kannst den Hof in Richtung der Laterne auf der anderen Seite. Aber halte dich, so gut es geht, im Schatten, sodass du vom Haus aus nicht gesehen wirst. Du musst auf die andere Seite der kleinen Mauer gelangen. Kannst du mir folgen?«

Wieder nicke ich.

Sie fasst meine Hand. »Hinter der Mauer führt ein schmaler Weg an einer Felswand entlang nach unten. Folge ihm, bis du zu einer Umgrenzung kommst, einem hohen Zaun. Dort wendest du dich nach rechts und folgst dem Zaun bis zum Eingangstor. Verstanden?«

»Ja.«

»Das Tor ist abgeschlossen, aber eine kleine Durchgangstür daneben ist offen. Geh hindurch, dann nach links und immer weiter am Zaun entlang, bis du dein Auto erreichst. Kannst du dir das merken?«

»Mein Auto?«

»Wiederhole, was ich dir gesagt habe.«

Ich fasse ihre Anweisungen zusammen. »Kommst du nicht mit?«

»Später. Ich muss erst noch etwas erledigen.« Sie drückt die Klinke nach unten und versetzt der Tür einen Stoß mit der Schulter.

Frische Nachtluft weht uns ins Gesicht.

Ich fasse sie am Arm. »Wer sind diese Kerle, Dianne?«

Sie schüttelt den Kopf. »Nachher. Sieh zu, dass du mit heiler Haut zu Erwin kommst, er ist schon ganz außer sich.«

»Erwin?«

»Ja, er macht sich Sorgen um dich.« Plötzlich nimmt sie mich in die Arme, küsst mich auf die Wange und drückt mich an sich. »Viel Glück, Schwesterchen«, flüstert sie und verschwindet in der Dunkelheit.

39

Langsam und vorsichtig schleiche ich in der von Dianne angegebenen Richtung an der Hauswand entlang. Meine Augen brauchen ein wenig Zeit, um sich an die Dunkelheit zu gewöhnen, doch allmählich werden die Konturen der Umgebung deutlicher. Ich hätte schwören können, dass ich im Keller einer Scheune oder eines Bauernhofs gefangen gehalten wurde, doch ich habe mich gründlich geirrt. Ich erkenne einen vornehm aussehenden, dreistöckigen Landsitz mit Freitreppe und zahlreichen Sprossenfenstern mit Klappläden. Das flache Gelände ringsum ist mit feinem hellem Kies bestreut. Eine niedrige Mauer trennt das Grundstück vom Wald.

Mein Atem kondensiert, als ich auf die einzige Laterne zurenne, die ich entdecken kann. Dann springe ich über die Mauer und kämpfe mich einige Meter durch dichtes Gebüsch, bis ich auf die Felswand stoße, die mir Dianne beschrieben hat.

Erst dann bleibe ich stehen, außer Atem, die Handflächen gegen den kalten Stein gelegt.

Ängstlich blicke ich mich zu dem Haus um. Die imposante Fassade wird von Scheinwerfern erleuchtet, die ein weiches Licht auf die Freitreppe, die Steinmauern und eine Kletterpflanze werfen, die auf der rechten Seite fast bis zum Dach reicht. Hinter einigen Fenstern brennt Licht, aber ich kann nicht erkennen, was drinnen vor sich geht. Die Gardinen sind zugezogen.

Ich sehe Dianne nirgends. Ist sie dort irgendwo?

Ich drehe mich um und beginne mit dem Abstieg den Pfad hinunter. Man kann den Boden kaum erkennen; außerhalb des Laternenlichtkreises erhellt nur der Mond die Umgebung und wirft bizarre Schatten auf die Stämme und Zweige der Bäume.

Je weiter hinunter ich gelange, desto dunkler wird es. Die Kronen der Bäume am Hang bilden eine Kuppel, die das Licht vollständig abschirmt. Hätte ich doch nur eine Taschenlampe! Der Untergrund ist trügerisch; zähe Dornenranken, vermutlich Ausläufer der Brombeersträucher, überwuchern den Pfad und zerren an meinen Hosenbeinen. Ich muss achtgeben, dass ich nicht stolpere.

Schritt für Schritt taste ich mich weiter. Die Baumwipfel schließen sich über meinem Kopf. Das Mondlicht dringt nicht mehr bis nach unten durch, und ringsum herrscht Finsternis. Ich werde immer langsamer, bis ich etwas rascheln höre und stocksteif stehen bleibe. Ich starre in das dunkle Loch vor mir. Das Herz klopft mir bis zum Hals.

Ich wage mich keinen Schritt weiter.

Ich spreche mir selbst Mut zu. Es könnte ein Hirsch sein. Ein Kaninchen. Ein Fuchs. *Ein Wildschwein.* Ich denke an die Zelle, den Keller und die maskierten Kerle und setze mich steifbeinig wieder in Bewegung. Beschleunige meine Schritte, soweit der Untergrund es zulässt. Weg von dem Haus, hinaus in die Freiheit. Doch sosehr es mich auch zur Flucht drängt: Es fühlt sich unnatürlich an, einem erleuchteten Haus den Rücken zuzukehren und einen pechschwarzen Hang hinunter in eine unbekannte Finsternis zu stolpern. Außerdem mache ich mir Sorgen.

Ich kann nur hoffen, dass Dianne weiß, was sie tut, und dass ich sie bald wiedersehen werde. Unversehrt. Was immer auch die Ursache für ihre Schwierigkeiten sein mag, es muss eine plausible Erklärung dafür geben. Und eine Lösung. Sie ist meine beste Freundin, meine Schwester, ich werde sie unterstützen, wo immer ich kann.

Nach zehn, zwölf Schritten halte ich erneut inne und blicke

mich um. Ich kann das Haus nicht mehr erkennen, nur ein gespenstisches Leuchten deutet an, wo es liegt.

Peng!

Ein Gewehrschuss. Der Knall hallt von der Felswand wider.

Ich erstarre. Der Schuss klang gedämpft. Ich bin mir so gut wie sicher, dass er aus dem Haus kam.

Dianne!

Ich lege die Hand auf die Brust. Lausche angestrengt. Kostbare Zeit verstreicht, während ich dem Rascheln dürrer Blätter und dem Knarren der Zweige im Wind zuhöre. Soll ich umkehren? Kann ich Dianne helfen?

Unsicher bleibe ich stehen.

Weitergehen?

Warten?

Zurückkehren?

Mein Entschluss wird mir nicht von der Vernunft diktiert. Es ist, als würde ich wie magisch von dem Haus angezogen. Ich kehre um und steige wieder bergauf. Meine Brust hebt und senkt sich in schnellem Rhythmus, meine Augen sind weit aufgerissen. In Sichtweite des Hauses hocke ich mich ins Gebüsch und suche die Fenster ab. Im ersten Stock brennt immer noch Licht, die Gardinen sind zugezogen. Es scheint sich nichts verändert zu haben.

Als ich auf die nahenden Schritte aufmerksam werde, ist es schon zu spät. Jemand kommt den Weg heraufgerannt. Schwere, hastige Schritte, gefährlich nah.

Instinktiv hechte ich von dem schmalen Pfad hinunter und schmiege mich an die Felswand. Den Kopf in den Nacken gelegt, warte ich ab. Halte die Luft an.

Plötzlich packt mich jemand an den Armen. Ich fange an zu schreien.

»Sei still, um Gottes willen!« Erwin legt mir die Hand auf den Mund, nimmt mich in den Arm und drückt mich so fest an seine Lederjacke, dass ich fast ersticke. Eine kalte Nase, warmer Atem. Finger, die mein Gesicht abtasten, ungeschickt, aber liebevoll. »Bist du verletzt? Wie geht es dir?«

»G-gut.«

Er erdrückt mich fast. »Unfassbar!«

Peng!

Wir erstarren gleichzeitig. Blicken zum Haus hinüber, reglos und ängstlich, wie Kaninchen im Scheinwerferlicht.

Dann kommt Erwin zur Besinnung, fasst mich an der Hand und zieht leicht daran. »Komm. Weg hier. Los, zum Auto.«

»Aber Dianne …«

Erwins Griff wird fester; er schleift mich fast zurück auf den Pfad. »Du kannst Dianne nicht helfen, Eva.«

»Sie hat mich gerettet.«

»Komm, nichts wie weg hier.«

Die Durchgangspforte steht offen. Erwin hat mich fest im Griff, und ich muss mich anstrengen, um mit ihm Schritt zu halten. Nicht weit von der Pforte glänzt mein Auto im Mondlicht. Es steht in einer Einbuchtung neben einem schmalen asphaltierten Waldweg.

Erwin öffnet die Beifahrertür und drängt mich geradezu in den Wagen. Nach dem Weg durch die Finsternis wirkt die Innenbeleuchtung so grell, dass meine Netzhaut zu explodieren scheint.

Sofort springe ich wieder hinaus und schlage die Tür zu. Die Innenbeleuchtung brennt noch eine Sekunde, dann stehen wir im Dunkeln, rechts und links von meinem Citroën.

»Was machst du denn da? Steig ein!«, zischt Erwin.

»Ich fahre nicht ohne Dianne los.«

»Du kannst auch im Auto warten.«

Warten? Schweigend starre ich ihn an. Ich glaube ihm nicht, er will gar nicht warten. Ich bin nicht die Einzige, der vor lauter Angst die Knie zittern. Sobald ich wieder im Auto sitze, gibt es für Erwin keinen Grund mehr, noch länger zu warten. Dann wird er neben mir auf den Fahrersitz springen, den Motor starten und sehen, dass er wegkommt.

»Ich warte hier«, beharre ich leise, stütze mich mit den Ellenbogen auf das Dach meines Autos und blicke mich um. »Wo sind wir?«

»Mitten in der gottverdammten Walachei.«

»Weit weg von Diannes Haus?«

»Fünfzehn, zwanzig Kilometer.«

Wir bleiben stehen, Erwin auf der Fahrerseite, ich gegenüber. Wir lauschen dem Wind in den Zweigen. Nur der Mond erhellt die Umgebung. Ansonsten ist es dunkel, nichts als drohende, über uns aufragende Bäume, pechschwarz und in den dunkelsten Grautönen. Ich eile hinüber zu Erwin.

Er nimmt mich in die Arme, sodass ich mit dem Rücken zu seiner Brust stehe, und hält mich schützend an sich gedrückt. Starr beobachten wir den Waldrand. Ich fühle seinen Herzschlag durch die Lederjacke hindurch an meinem Rücken.

»Wie bist du eigentlich hierhergekommen?«, frage ich.

»Als ich zurückkam und du spurlos verschwunden warst, bin ich schier verrückt geworden«, flüstert er mir ins Ohr. »Die Hintertür war völlig demoliert. Ich war schon fast auf dem Weg zur Polizei, da stand plötzlich Dianne vor mir.«

»Hast du die Polizei informiert?«

»Nein, ich konnte nicht. Dianne ist fast hysterisch geworden.«

»Warum?«

»Sie sagte irgendetwas von Beweismaterial, das sie erst abholen müsse.«

»Beweismaterial?«

Erwin zuckt mit den Schultern. »Irgendeine Waffe. Dieses Chaos wächst mir allmählich über den Kopf, Eva. Deine Freundin tickt nicht richtig, sie ist gefährlich.«

Die Antwort: Ach, das ist halb so wild, liegt mir auf der Zunge, aber ich sage nichts. Denn nichts ist halb so wild.

»So, mir reicht es«, höre ich ihn sagen. »Ich glaub, ich spinne, dass ich hier immer noch rumstehe. Wir fahren.«

»Nein.«

»Ich will hier weg!«, erwidert er. »Deine Freundin kann mir gestohlen bleiben, ich habe weder etwas mit ihr noch mit diesem ganzen Schlamassel hier zu schaffen.«

»Nur noch einen Augenblick! Dianne hat mich gerettet, ich kann sie doch nicht ...«

Peng!

Entsetzt sehen wir uns an.

Erwin spricht aus, was ich denke: »Das kommt aus dem Wald.«

»Ganz in der Nähe«, flüstere ich.

Im nächsten Moment löst sich ein schwarzer Schatten aus der Dunkelheit rund um die Pforte. Ich höre lautes Keuchen, sehe, wie die Gestalt sich nähert.

»Dianne!« Ich reiße mich aus Erwins Griff los und renne auf sie zu. Sie kann sich kaum auf den Beinen halten. Ich überlege keinen Augenblick und ziehe ihren Arm um meine Schultern, um sie zu unterstützen.

Erwin nimmt sie mir ab, hebt sie hoch und trägt sie im Laufschritt zum Auto. »Mach die Tür auf!«

Ich reiße die hintere Tür auf, lasse mich auf den Rücksitz fallen und rutsche durch, um für Dianne Platz zu machen. Erwin wirft sie fast zu mir herein. Ich ziehe ihre Füße nach, und Erwin knallt die Tür zu.

Peng!

»Au! Verdammt!« Fluchend springt Erwin hinter das Steuer. Er startet den Motor und lenkt das Auto über den holprigen Waldboden auf den Asphalt.

Peng! Peng!

Dzeng!

»Duckt euch!«, ruft Erwin in panischer Angst. »Haltet die Köpfe unten!«

Ich werfe mich nach vorn über Dianne, die Augen fest geschlossen, während Erwin den Motor aufheulen lässt und wir tüchtig durchgeschüttelt werden. Ein letzter Satz, die Räder greifen, und Erwin gibt richtig Gas.

Er schreit die Angst aus sich heraus und flucht ununterbrochen.

Ich richte mich auf, halte mich an der Rückenlehne des Beifahrersitzes fest und werfe einen Blick durch die Heckscheibe. Wir rasen Schwindel erregend schnell dahin, der Asphalt und die Bäume glühen rot im Licht der Rückscheinwerfer.

Die Straße hinter uns ist verlassen.

»Bist du verletzt?«, frage ich, helfe Dianne auf und stütze sie gegen die Rückenlehne.

Stöhnend sinkt sie wieder nach vorn. Ihr Rucksack ist im Weg.

Ich löse die Gurte. Ihre Waffe, die Jagdflinte, die sie eben bei sich trug, hat sie nicht mehr. Ich ziehe ihr den Rucksack vom Rücken und lege ihn auf den Wagenboden. Er enthält etwas Schweres.

Wieder helfe ich Dianne auf. Sie sinkt seitlich gegen die Tür. Ihre Augen sind halb geschlossen, und ihr Kopf schlägt in jeder Kurve der gewundenen Straße hin und her.

Ich nehme ihr Gesicht in beide Hände. Dann erst rieche ich den süßlich-metallischen Geruch, der sie umgibt, und sehe den dunklen Fleck auf ihrem Bauch. Vorsichtig berühre ich die Stelle. Sie ist nass und klebrig.

Dianne stöhnt. »Er hat mich getroffen«, flüstert sie. »Ich dachte, er wäre tot. Ich dachte wirklich …« Sie hustet und atmet einmal tief durch. »… ich hätte das Schwein erwischt.«

»Wen?«

Keine Antwort.

»Wer hat dich angeschossen, Dianne?«, wiederhole ich. »Wer hat dir das angetan?«

»Hugo. Hugo Sanders.«

40

»Wir müssen sie ins Krankenhaus bringen«, rufe ich Erwin zu. »Sie ist verletzt!«

»Aber ich habe keine Ahnung, wo wir sind!«

Ich zwänge mich mit den Knien auf die Mittelkonsole, reiße das Handschuhfach auf, hole das Navigationsgerät heraus und ramme den Anschluss in den Zigarettenanzünder. Quälend langsam werden die Funktionen gestartet. Mit zitternden Fingern wähle ich »Wichtige Einrichtungen« und dann »Krankenhäuser« aus. Das Gerät findet nur eines. Ich bestätige.

»Gib her.« Erwin nimmt mir das Navi ab und heftet es an die Windschutzscheibe, ohne dabei vom Gas zu gehen. Wie gebannt starrt er auf die Straße, mit gerunzelter Stirn, als könne er das Auto allein durch seine Willenskraft beschleunigen.

Ich lasse mich wieder auf den Rücksitz fallen, nehme Diannes Hand und streichle ihr nervös über die Haare. »Dianne? Hörst du mich? Halte durch. Wir bringen dich ins Krankenhaus.«

Diannes Haare, die sie in einem lockeren Pferdeschwanz im Nacken trägt, sind gewachsen, seitdem wir uns zum letzten Mal gesehen haben. Sogar im weichen Licht der Straßenlaternen erkennt man den starken Kontrast zwischen den herausgewachsenen, weiß blondierten Locken und ihrem dunkelblonden Naturton.

Das Navigationsgerät schweigt. Mit einem raschen Blick auf das Display stelle ich fest, dass es noch kein GPS-Signal empfangen hat.

Die gewundene Straße schlängelt sich durch eine gottverlassene Gegend. Ich sehe nirgendwo Häuser und keinerlei Hinweisschilder, die uns anzeigen, ob wir auf dem richtigen Weg sind.

Vielleicht fahren wir in die Irre und verlieren wertvolle Minuten.

Im schwachen Licht des Fonds kann ich nicht erkennen, wie schwer Dianne verletzt ist. Ich sehe nur ihre Umrisse und rieche den süßlich-metallischen Gestank, der den ganzen Innenraum erfüllt.

»Halte durch!«, flehe ich noch einmal, mehr, um mir selbst Mut zuzusprechen.

»Danke, dass du auf mich gewartet hast«, flüstert sie leise.

Als der Mondschein ins Auto fällt, sehe ich, dass sie mich anschaut.

»Mein Gott, Dianne.« Ich reibe über ihre Hand. Sie fühlt sich kalt und feucht an. »Was ist passiert? Wer sind diese Männer?«

Sie verzieht vor Schmerzen das Gesicht und atmet zischend zwischen den Zähnen hindurch aus.

»Tut mir leid«, sage ich rasch, als ich erkenne, wie sehr sie leidet. »Das hat Zeit.«

Après trois cents mètres, tournez à droite.

Das Navi ist erwacht. Es ist noch immer auf Französisch eingestellt.

Ich rutsche nach vorn, zwänge mich zwischen den Vordersitzen hindurch und strecke den Arm aus, um auf Niederländisch umzuschalten.

»Lass nur«, brummt Erwin. »Es geht auch so.«

Beide schauen wir auf das Display. Wir haben vier Minuten nach eins. Das Krankenhaus liegt fünfunddreißig Kilometer entfernt. Planmäßige Ankunftszeit: achtzehn Minuten vor zwei. Falls wir uns nicht vorher totfahren. Erwin rast mit hoher Geschwindigkeit dahin. Der ganze Wagen bebt, und die

Räder rattern über die unebene Straßendecke. Wir sausen dicht an einer Felswand vorbei.

Ich lasse mich wieder auf die Rückbank sinken und konzentriere mich auf Dianne. Sie ist seitlich gegen die Tür gerutscht. Ihr Kopf liegt zwischen Kopfstütze und Türrahmen.

Ich hebe ihren Rucksack vom Boden auf, lege ihn auf den Schoß und öffne den Reißverschluss. Der schwere Gegenstand, den ich eben gefühlt habe, erweist sich als Pistole. Erschrocken ziehe ich den Reißverschluss wieder zu und verstaue den Rucksack äußerst vorsichtig unter dem Vordersitz, sodass er nicht verrutschen kann.

Dianne hat mich beobachtet. Sie schluckt mühsam und sagt dann: »Hast du von dem Ehepaar Bonnet gehört?«

Alarmiert blicke ich sie an. »Bonnet? Die Leute, die ermordet wurden?«

»Ja. Er hat mit Genmais herumgepfuscht. Deswegen sind wir zu ihm hin.«

»*Wir?*«

Sie spricht so leise, dass ich mich anstrengen muss, um sie zu verstehen. »Ich war schrecklich nervös. Hugo nicht, dem war alles egal. Wir trugen beide Masken. Der Bauer war starr vor Schreck, als er uns entdeckt hat.« Ein bedauerndes Grinsen huscht über ihr Gesicht, und sie schweigt für einen Moment. Sie scheint zu überlegen, aber vielleicht sammelt sie auch nur Kraft zum Weiterreden. »Ich dachte, wir wollten ihm nur Angst einjagen …« Als unsere Augen sich treffen, gerät sie erneut ins Stocken. Dann huscht ihr Blick nach unten, an mir vorbei zu dem Rucksack.

Ich habe genug gehört. Mein Herz klopft wieder genauso schnell wie auf dem Weg den Abhang hinunter. »Hast du … Habt ihr …?«

Er wurde in seinem eigenen Haus abgeschlachtet.
Sie wurde zwei Tage später gefunden.
Abgeknallt wie ein wildes Tier.
Im vierten Monat schwanger.

Sie muss das Entsetzen in meinem Gesicht wahrgenommen haben. Beschämt wendet sie den Blick ab und gibt vor hinauszuschauen.

Nach langem, bedrücktem Schweigen flüstert sie: »Hugo hat mir die Pistole in die Hand gelegt und abgedrückt. Er hat den Mann mit meiner Hand erschossen. Ich konnte nichts dagegen tun. Nichts.« Wieder hält sie inne. »Glaubst du mir? Ich möchte, dass du mir glaubst.«

Nervös fasse ich mir in die Haare. Ich fühle eine Beule, getrocknetes Blut und etwas Klebriges. Noch nicht ganz eingetrocknetes Blut aus meiner Kopfwunde.

Dianne schließt die Augen und schluckt ein paar Mal. »Später hat er mir erzählt, dass es für ihn nicht das erste Mal war.«

Bestürzt sehe ich sie an. Hugo, das Orakel von Haren, ist nicht bloß ein Aktivist, sondern ein Mörder. Ein gefährlicher Irrer. Ich habe ihn nie leiden können, mit seinem fanatischen Blick, seiner Arroganz und seinen drastischen Lösungen für alle möglichen Probleme dieser Welt.

Allmählich dämmert es mir, wie es sich in Wirklichkeit verhält. Warum habe ich es nicht kommen sehen? Warum habe ich nicht früher erkannt, wie gefährlich dieser Mann ist und welchen unglaublich starken Einfluss er auf Dianne ausübte?

Die Puzzleteile dieser unheilvollen Liebesgeschichte fügen sich jetzt rasch zu einem Bild zusammen.

»Den ersten Mord hat er an einem Nerzzüchter in Dänemark verübt«, fährt Dianne fort. Ihre Stimme klingt noch immer sehr leise, aber erstaunlich klar. »Danach hat er einen flämischen Hundehändler umgebracht. Kurt hat ihm dabei geholfen.«

Ich denke an den Entführer mit dem deutschen Akzent. »Kurt?«

»Kurt Wesemann. Ein Psychopath. Hugos bester Freund.«

»Wo ist er jetzt?«

»In der Hölle.« Ein bitteres Lächeln erscheint auf ihrem schmerzverzerrten Gesicht. »Kurt ist tot.«

»Hast du …?« Ich muss blinzeln, weil plötzlich von draußen helles Licht hereinfällt.

Wir durchqueren ein Dorf. Rechts und links stehen parkende Autos und Straßenlaternen, die das Innere des Autos mit ihrem orange-rosafarbenen Schein erhellen. Fassaden von Häusern und Geschäften huschen vorbei.

»Die Hälfte haben wir hinter uns«, höre ich Erwin sagen. Eine Stimme aus einer anderen Welt. »Wie geht es euch dahinten?«

Ich betrachte Dianne, die noch immer schwer atmet und tief auf dem Sitz hinuntergerutscht ist. Die Wunde klafft in ihrem Unterleib. Ich sehe das Loch in der dunklen Jacke, genau neben dem Reißverschluss. Ringsherum ist alles blutdurchtränkt bis hinunter auf ihre Jeans. Ihre Hände sind voller rostbrauner Flecken.

»Sie verliert viel Blut«, antworte ich.

»Kannst du die Blutung nicht stillen? Die Wunde abbinden?«

Ich traue mich nicht. »Ich wüsste nicht wie, Erwin.« Verzweifelt starre ich das Loch in der Jacke an.

»Drück doch drauf, unternimm irgendwas, verdammt noch mal!«

»Nein. Am Ende mache ich irgendetwas falsch und verschlimmere ihren Zustand noch.«

Er brummt etwas Unverständliches und rast mit hundertvierzig Sachen wieder aus dem Dorf hinaus.

Diannes Hand liegt klamm und feucht in meiner. Leise, aber immer noch deutlich, fährt sie fort: »Hugo sagt, Angst und Schrecken zu verbreiten sei die einzige Möglichkeit, etwas zu verändern. Er setzt auf den Schockeffekt. Keine Veränderung ohne Revolution.« Sie schließt die Augen und flüstert: »Und ich habe ihm geglaubt.«

In beängstigendem Tempo jagen wir an einer Felswand entlang.

Ich lege meinen Kopf gegen den von Dianne und starre auf die Straße vor uns. Sie verschwimmt hinter einem Tränenschleier.

Ich würde Dianne am liebsten fragen, warum sie mir – und allen anderen auch – weisgemacht hat, dass es aus sei zwischen Hugo und ihr.

Warum sie gelogen hat.

Warum sie *mich* angelogen hat.

Monatelang.

Aber ich glaube, ich kenne die Antwort bereits.

Sie war bis über beide Ohren verliebt, tief beeindruckt von Hugos Weltbild und seiner Energie. Ich konnte diesen Mann nicht ausstehen und habe nie einen Hehl daraus gemacht. Sie muss mich als Hemmschuh betrachtet haben. Als Hindernis.

Unwillkürlich denke ich an den Nachmittag auf dem Krankenhausparkplatz zurück, an die Intensität, mit der Dianne mich ansah. Sie warf mir im Stillen meine Halbherzigkeit vor, in dem Glauben, dass man mit einer solchen Haltung niemals die Welt verbessern könne. Kurz darauf lernte sie Hugo kennen.

Sie hat mich nicht ins Vertrauen gezogen, weil sie wusste, dass ich ihre Ansichten ablehnen würde. Sie hat sich für ihn entschieden.

À la fin de la route tournez à gauche.

»Und jetzt? Glaubst du immer noch an ihn?«

»Nein.« Dianne transpiriert. Schweißtropfen stehen ihr auf der Stirn, ihre Haare sind verklebt. »Hugo ist vollkommen verrückt. Macht und Abenteuer törnen ihn an. Das Morden an sich. Deswegen haben sie ihn hierhergeholt, weil sie wussten, dass er und Kurt weitergingen als alle anderen.« Dianne schweigt einen Moment. Dann holt sie ein paar Mal Luft, mit schmerzverzerrtem Gesicht. »Wir wollten ein Jahr bleiben. Wir wollten die Gen-Bauern angreifen, die Gänseleber-Produzenten, Zirkusse und Jäger.« Sie zuckt kurz zusammen, schließt die Augen. Dann sagt sie: »Die ganze Gegend ist das reinste Walhalla für sie.«

»Wer hat euch hierhergeholt?«

»Eine Gruppe französischer Aktivisten. Laurent ist ihr Anführer.«

»Laurent, und wie weiter?«

»Weiß ich nicht.« Sie schüttelt den Kopf, die Augen halb geschlossen. Ich sehe sie ein- und ausatmen, jeder Atemzug ein Kampf. »Sie sitzen überall, sogar in Spanien und England.«

»Wer?«

»Diese Gruppen. Zellen, die Kurts und Hugos Hilfe anfordern.«

Au rond-point, tournez à droite, première sortie.

Ich blicke auf. Wir sind nicht mehr allein auf der Straße. Sie hat sich verbreitert, wird hell erleuchtet und führt nicht mehr an Felsen und Bäumen entlang und durch verschlafene Dörfer, sondern an Bürogebäuden und Lagerhäusern vorbei. Wir nähern uns der Stadt.

»Habt ihr zusammen in Le Paradis gewohnt? Du und Hugo?«

»Nein. Es war besser, dass wir nicht miteinander gesehen wurden.«

Ich setze mich anders hin und stoße versehentlich mit dem Fuß gegen den kleinen Rucksack. Vorsichtig schiebe ich ihn weiter unter den Beifahrersitz. »Was hast du in dem großen Haus gemacht, Dianne? Was hattest du dort zu erledigen?«

»Hugo hatte die Pistole behalten. Mit meinen Fingerabdrücken darauf. Solange er sie hatte, hatte er mich in der Hand.« Dianne sucht meinen Blick. Sekundenlang schweigt sie, ihre Brust hebt und senkt sich. »Sie werden nicht aufhören. Sie werden weitermachen. Ich habe die Listen.«

»Listen?«

»Ja, mit ihren Plänen. Namen und Adressen von Zielpersonen. Und Namen der französischen Gruppe. Auch von Kontaktpersonen in Deutschland und Spanien. Ich habe fast alles, um ihnen das Handwerk zu legen.« Zitternd atmet sie ein und dann durch die Nase wieder aus. Erneut schließt sie die Augen, als sei das Reden so weniger anstrengend. »Mir fehlt nur ein Name. Ich komme einfach nicht dahinter, wer er ist.«

»Einer der Aktivisten?«

Sie schüttelt den Kopf. »Er ist sehr vorsichtig, trägt immer eine Maske. Bernard Bonnet war meine Feuertaufe. Danach sollte ich dazugehören.«

»Meinst du zur französischen Gruppe?«

»Nein. Zu Hugo und Kurt.«

Wir nähern uns der Stadt. Erwin fährt langsamer, weil dichterer Verkehr herrscht.

»Warum hat Hugo dich mit einbezogen?«

»Weil er geglaubt hat, ich wäre genau wie er oder könne so werden. Vielleicht hatte er sogar recht. Vielleicht wollte ich endlich einen Schritt weitergehen.« Sie atmet durch die Nase ein und als sie ausatmet, klingt es wie ein lang gezogenes Stöhnen. »Durch die Frau hat sich alles verändert. Sie hätte nicht sterben müssen.«

»Welche Frau?«

»Patricia. Sie hatte uns gesehen. Aber was machte das schon? Wir hätten flüchten können … Wir hätten …« Sie verzieht merkwürdig den Mund, mehrmals, krampfhaft. Es ist kein normaler Tick, sondern ein Zeichen dafür, dass ihr Zustand allmählich kritisch wird. »Diese arme Frau hatte nichts mit alldem zu tun. Das war Mord. Eine Exekution.« Sie hustet, fasst sich an den Bauch und verzieht das Gesicht zu einer furchtbaren Grimasse. »Ich hasste sie. Ich hasste sie dafür. Ich musste … ich musste etwas unternehmen.«

»Jetzt sag lieber nichts mehr«, flüstere ich mit einem Blick auf das Navi-Display. »Wir sind fast da.«

Ringsum ragen hohe Sandsteingebäude auf. Beleuchtete Fassaden. Geschäfte und Zebrastreifen, Ampeln mit orangefarbenen Blinklichtern. Das Navigationssystem sagt, unser Ziel liege nur noch siebenhundert Meter entfernt.

»Wir sind fast da«, wiederhole ich. »Halte durch!«

Dianne gleitet weg in die Bewusstlosigkeit. Ihre Haut ist kühl und feucht, die Augen starren blicklos durch die Scheibe nach draußen. »Wenn ich sterbe, Eef …«

»Du stirbst nicht.«

»… geh in meine Hotmail: Dianne1977, Passwort Eva1980.«

»Halte durch!«, dränge ich. »Bitte halte durch. Wir sind fast da!«

»E und D in Großbuchstaben«, flüstert sie.

Unruhig reibe ich über die Narbe in meiner Handfläche. Ich weine lautlos. Tränen rinnen mir über das Gesicht.

Die wichtigste Frage habe ich noch nicht gestellt. Eine Frage, die zwischen uns steht, die unablässig an mir nagt: *Wie konntest du mich anlügen?* Trotz all der Schmerzen und der Anspannung tut mir das am meisten weh. Dass Dianne offenbar in der Lage war, mich knallhart, ja mühelos anzulügen. Und dass ich sie nicht durchschaut habe. Mit einem Schlag trifft mich die Erkenntnis, dass wir nicht die guten Freundinnen, die Seelenverwandten sind, für die ich uns immer gehalten habe.

Sie ist sie.

Ich bin ich.

Das ist mir nun schmerzlich bewusst geworden.

Ich werfe einen Blick auf ihr bleiches Gesicht. Sie hat über wesentliche Dinge in ihrem Leben gelogen, Gefühle, Entscheidungen und Geschehnisse, von denen sie ganz erfüllt gewesen sein muss: ihre Beziehung zu Hugo, die Emigration, die sie angeblich ganz allein in Angriff genommen hat… Selbst jetzt weiß ich nicht, was ich von all den Dingen glauben soll, die sie mir erzählt hat. Ich habe das deutliche Gefühl, dass ich noch nicht die ganze Geschichte erfahren habe.

Sie liegt blutend auf dem Rücksitz, wird vielleicht nicht überleben, und dennoch hält sie manches vor mir verborgen. Sie schließt mich aus.

Vous êtes arrivé.

Wütend wische ich mir die Tränen aus den Augen.

Vermutlich haben sich unsere Wege schon letztes Jahr im Sommer getrennt, auf dem Parkplatz vor dem Krankenhaus.

Und jetzt biegen wir wieder auf den Parkplatz eines Krankenhauses ein und sind weiter voneinander entfernt denn je.

Sie hatten nicht mit ihr gerechnet. Sie waren davon ausgegangen, dass Bernard allein zu Hause sein würde, wie immer donnerstags, wenn er in seinem Büro die Buchhaltung erledigte. Die Kinder waren in der Schule und würden erst um halb sechs zurückkommen. Die Angestellten waren bei der Arbeit auf dem Feld, fünf Kilometer vom Haus entfernt.

Normalerweise wäre sie in der Stadt gewesen. Wie jeden letzten Donnerstag im Monat wäre sie über den überdachten Markt geschlendert, hätte in der *Pataterie* zu Mittag gegessen und sich in den Regalen des Monoprix umgesehen. An solchen Tagen kochte sie nicht, sondern brachte *nems* und *nougat Chinois* vom Vietnamesen mit. Vor allem Christian war ganz verrückt danach.

An ihrer Planung hatte es nicht gelegen. Die war perfekt. Sie hätten Bernard tatsächlich allein zu Hause angetroffen, wenn sie sich am Morgen nicht so krank gefühlt hätte.

Sie war in der Scheune beschäftigt, als sie sie auf den Hof kommen sah. Einen Mann und eine Frau in Jeans und Armeejacke. Sie sahen aus wie Aktivisten, diesen Eindruck machten sie: alternative Typen, von denen Bernard und sie schon mehrfach wegen Bernards moderner Anbaumethoden belästigt worden waren.

Der Mann war groß und fast kahl geschoren – sie trugen ihre Haare oft entweder so oder in Dreadlocks. Das wirre, an den Spitzen hellblond gefärbte Haar der Frau war unordentlich im Nacken zusammengebunden.

Sie wollte gerade hinausgehen und die beiden fragen, was sie auf ihrem Hof zu suchen hatten, als sie sah, wie sie Schweinemasken aus einem Rucksack holten und sie vor ihre Gesichter banden. Der Mann hielt eine Pistole in der Hand.

Sie sah, wie er sie durchlud, und wurde kreideweiß.

Ein Überfall.

Auf dem Büfett in Bernards Büro stand ein kleiner Tresor mit etwa sechstausend Euro in bar. Einige Hilfsarbeiter wurden gelegentlich schwarz bezahlt. War Bernard so unvorsichtig gewesen, das Geld in Anwesenheit der Arbeiter herauszuholen? In der Kneipe wurde so viel geredet.

Sie musste etwas unternehmen. Die Polizei anrufen, sofort. Doch sie wühlte vergeblich in der Tasche ihrer Strickjacke. Das Handy lag noch zum Aufladen in der Küche.

Das Festnetztelefon stand im Wohnzimmer. Keines der Telefone konnte sie ungesehen erreichen. Auch durch ein Fenster konnte sie nicht klettern: Wegen der zunehmenden Belästigungen durch die Aktivisten hatten sie an allen Fenstern und Türen zusätzliche Schlösser angebracht, weil Bernard und sie Angst vor einem nächtlichen Überfall gehabt hatten. Die einzige Möglichkeit, ins Haus zu gelangen, war über die Veranda – also durch Bernards Büro.

Sie beobachtete, wie die beiden zur Veranda hinaufstiegen, und erkannte, dass sie nichts mehr tun konnte.

Der Boden unter ihr schlug Wellen. Ihre Ohren sausten.

Sie sah, wie der Eindringling mit der Pistole Bernard dazu zwang, sich hinzuknien. Wie ihr Mann die Hände hob und den Kopf senkte, während auf ihn gezielt wurde.

Sie erwartete, dass die Frau zum Büfett eilen würde, um den Tresor auszuräumen – aber das tat sie nicht.

Sie blieb stehen.

Der Mann stellte sich hinter seine Freundin in Position, legte die Pistole in ihre Hand und schloss eine Hand um ihre.

Die Frau blickte zu ihm auf, zog eine Schulter hoch und schmiegte sich an ihn. Sie verhielt sich, als stünden sie zusammen auf einem Sportplatz, wo sie Unterricht von einem attraktiven Tennis- oder Golflehrer erhielt.

Doch der Lauf der Pistole war noch immer auf Bernard gerichtet, der vor ihnen auf dem Boden kniete. Bernard, der die Hände hinter dem Kopf gefaltet hatte und nicht weglaufen konnte.

Der Mann löste sich von seiner Freundin, ging einen Schritt zur Seite und nickte ihr zu, wie ein Vater, der sein Kind ermuntert: Mach schon.

Du kannst es.

Der Rückschlag der Pistole riss ihre Hände hoch.

41

Ich habe mich in der Toilette des Krankenhauses ein wenig frisch gemacht, stinke aber immer noch drei Meilen gegen den Wind.

Niemand setzt sich neben mich; lieber lehnen sich die Leute an die Wand, mehrere Meter von der Bank im Wartezimmer entfernt. Unauffällig werfen sie einander vielsagende Blicke zu. Ich ignoriere sie. Ich habe wahrhaftig Wichtigeres im Kopf.

Dianne wurde abtransportiert. Unmittelbar nach unserer Ankunft wurde sie von zwei Krankenschwestern auf einem Krankenhausbett zwischen zwei Schwingtüren hindurchgeschoben.

Erwin wird von einem jungen Arzt behandelt, der ihm jetzt gerade den Unterarm verbindet. Ich sehe Erwin durch die offen stehende Tür dort sitzen, ein wenig betreten, sein dunkles Haar stumpf im Licht der Neonröhre. Ich wollte helfen, für ihn dolmetschen und ihm die Hand halten, wurde aber von einer schnippischen Schwester auf den Flur gescheucht.

Ganz am Ende der Bank sitzt eine schweigsame dunkelhäutige Frau mit einem Kind auf dem Schoß. Auf der anderen Seite des Raumes lehnt ein älterer Mann mit geröteten Augen und einem auffälligen Feuermal am Hals an der Wand. Eben wurden zwei Jugendliche hereingebracht, beide sturzbetrunken. Einer von ihnen war durch eine Schaufensterscheibe gefallen und hatte sich eine Arterie an der Hand aufgeschnitten. Er sitzt neben Erwin im Behandlungszimmer. Sein Freund wartet an der Tür und versucht, vor einer Gruppe junger Mädchen seine Unsicherheit zu überspielen. Es ist die

Nacht von Freitag auf Samstag, das Wochenende hat gerade begonnen, und die Ambulanz ist hauptsächlich die Domäne der jungen Leute.

Ich sehe, wie sich Erwin und der Arzt die Hand schütteln. Bleich tritt er hinaus auf den Flur und kommt ins Wartezimmer. Er setzt sich neben mich auf die Bank. »Schon etwas Neues von Dianne?«

»Nein.« Ich weise mit dem Kinn auf seinen verbundenen Arm. »Tut's noch weh?«

»Ist auszuhalten. Und wie geht es dir?«

Ich bin erschöpft. Körperlich und seelisch. »Ich habe das Gefühl, eine Woche lang schlafen zu können«, antworte ich.

»Kein Wunder.«

Erwin sieht sich meinen Kopf an und befühlt vorsichtig die Beule und die verkrustete Wunde. »Wenn man es nicht weiß, sieht man gar nichts. Tut das noch weh?«

»Geht so.« Ich starre ausdruckslos vor mich hin und trinke einen großen Schluck von meinem Wasser. Weiter hinten im Flur steht ein großer Behälter; ich habe schon fünf Becher getrunken.

»Bestimmt kommt gleich die Polizei«, bemerkt Erwin.

»Glaube ich auch.«

Schweigend sitzen wir nebeneinander, zu erschöpft, um eine Unterhaltung in Gang zu halten. Ich betrachte Erwins Arm mit dem frischen Verband. Eine von Hugos Kugeln hat ihn getroffen. Kurz bevor er ins Auto gesprungen ist, hat sie eine sieben Zentimeter lange Furche in das Muskelgewebe seines Unterarms gezogen. Unfassbar, dass Erwin die Wunde hat verbergen können. Dass er weder etwas gesagt hat noch sich etwas anmerken ließ und uns einfach ins Krankenhaus gebracht hat.

Ich blicke ihn von der Seite an. »Hat Dianne dir erzählt, wo sie in den letzten Wochen gewesen ist?«

»Ja, in einem leerstehenden Haus.«

»Was soll das alles, Erwin?«

»Sie hat von Informationen geredet, Hintergrundinformationen, nach denen sie auf der Suche war. Und sie war dabei, sich zu bewaffnen. Sie hatte von einer Gruppe Jäger eine Büchse gestohlen.«

Ich denke an die Jäger in der armseligen Hütte im Wald zurück. »Willst du uns wieder beklauen?«, hatte mich einer von ihnen gefragt – so etwas in der Art. Damals konnte ich mit seiner Bemerkung nichts anfangen, sondern tat sie als Misstrauen, Triezerei oder Feindseligkeit ab. Doch jetzt erhalten die Worte eine ganz andere Bedeutung.

Das einsame Irrlicht, das ich in der Nacht zuvor im Wald gesehen hatte, war das Dianne gewesen?

»Deine Freundin ist mir unheimlich, Eva«, fährt Erwin fort. »Tut mir leid, aber sie ist wirklich total durchgeknallt.«

Ich widerspreche ihm nicht mehr. Es weiterhin zu leugnen hat keinen Sinn. Diannes Fanatismus, dieser Eifer, den ich immer so sehr beneidet habe, hat eine fatale Wendung genommen. Es schmerzt mich, sie so sehen zu müssen, wie sie geworden ist: als eine Person, die die Orientierung verloren hat. Eine Frau, die Gut und Böse nicht mehr voneinander unterscheiden kann. Ich hätte eher begreifen müssen, dass es mit Dianne bergab ging.

Habe ich zu lange vor ihren Fehlern die Augen verschlossen? Kann sein. Hätte ich ihr helfen können? Nein. Ich glaube nicht, dass sie sich von mir hätte helfen lassen. Das widersprach unserer Rollenaufteilung. Sie war mein Vorbild. Nicht umgekehrt. Sie hätte niemals auf mich gehört.

Ich fühle mich wie eine Versagerin, weil ich jetzt erst erkenne, dass Dianne – genau wie ich – das Bedürfnis hatte, sich weiterzuentwickeln, mit Hilfe eines anderen, der sie inspirierte und ihr als Vorbild dienen konnte. Und alles, was sie suchte, fand sie offenbar in Hugo Sanders.

Erwins Stimme reißt mich aus meiner Trance. »Sie war furchtbar besorgt wegen irgendeiner Pistole mit ihren Fingerabdrücken darauf. Und sie war auf der Suche nach einem Kerl, der eine Frau ermordet haben soll.«

»Einem Kerl? Meinst du Hugo?«

Er sieht mich nachdenklich an. »Nein… ich glaube, sie meinte einen anderen. Sie sagte: ›dieser Kerl‹. Sie sagte, sie müsse mit ihm abrechnen, wisse aber seinen Namen nicht.«

Ein Pfleger kommt auf uns zu. Schütteres Haar, randlose Brille. »*Excusez?* Hier soll jemand warten, der zu Madame Dianne van den Berg gehört.«

Ich springe so abrupt auf, dass ich mir beinahe den Knöchel verstauche. Alle Köpfe drehen sich in unsere Richtung.

Der Pfleger kommt näher und senkt die Stimme. »Sind Sie eine Verwandte von Madame van den Berg?«

»Ich bin ihre Schwester«, lüge ich, ohne zu zögern.

Er schüttelt mir die Hand und murmelt seinen Namen, den ich nicht verstehe. »Sie wird gerade operiert. Es ist eine komplizierte Verletzung, die Kugel hat ihre inneren Organe getroffen, Dünn- und Dickdarm durchschlagen und sehr wahrscheinlich auch die Leber verletzt. Das macht ihren Zustand noch Besorgnis erregender, als er ohnehin schon ist.«

»Schafft sie es?«

Er zögert. »Wir tun unser Bestes, mehr geht nicht. Aber es ist ein komplizierter Fall. Ich möchte keine falschen Hoffnungen wecken, Madame.« Forschend sieht er mich an. »War es ein Unfall?«

»Nein. Meine Schwester…« Krampfhaft suche ich nach Worten. Was soll ich sagen? Ich will Dianne nicht in noch größere Schwierigkeiten bringen. »Äh…«

Er hebt die Hand. »Es geht mich nichts an. Das können Sie später der Polizei erzählen. Ich wollte Ihnen nur Bescheid sagen, dass die Ärzte noch mindestens fünf Stunden brauchen werden.«

»Fünf Stunden?« Meine Augen wandern von dem Pfleger zu Erwin und wieder zurück.

»Die Därme sind an mehreren Stellen perforiert. Wir müssen sie Zentimeter für Zentimeter untersuchen, alles vernähen, die Bauchhöhle ausspülen… Aber wenn wirklich die Leber verletzt ist, können wir nur die Symptome bekämpfen, nicht die wirkliche Ursache.« Plötzlich sieht er mich erschrocken an, als hätte er geglaubt, mit einem Kollegen zu reden, und würde sich jetzt erst bewusst, dass eine Außenstehende ihm zuhört. Offenbar war es auch in diesem Krankenhaus für einige ein langer Tag gewesen.

Der Mann strafft die Schultern. »Wenn Sie möchten, können Sie mich auf die Station begleiten. Wir haben ein Familienzimmer mit einem Bett, das gerade frei ist. Möchten Sie sich vielleicht ein wenig frisch machen oder schlafen?«

»Ja, gern«, antworte ich.

42

Das Zimmer riecht nach Desinfektionsmittel und ist nicht gerade gemütlich. Ein Bett und vier Stühle mit Skai-Bezug, Linoleumboden. Das Fenster zeichnet sich als schwarzes Viereck ab, in dem sich die Neonleuchten in der abgehängten Decke widerspiegeln.

Ich bin zu Tode erschöpft, mir brummt der Schädel, aber ich gebe mich meiner Müdigkeit nicht hin. Ich kann nicht schlafen, während Dianne um ihr Leben ringt. Ich weiß, dass das nur ein Gefühl ist, ein irrationales Gefühl, denn die Operation wird nicht besser verlaufen, wenn ich die ganze Nacht stocksteif auf diesem Stuhl sitzen bleibe. Trotzdem will ich mich wach halten.

Erwin hat schon seit einer ganzen Weile nichts mehr gesagt. Er ist offensichtlich nicht einverstanden mit meiner sturen Haltung, lehnt die ganze Zeit mit verschränkten Armen an der Wand und starrt das leere Bett an. Schon mindestens sechsmal hat er mir geraten, mich hinzulegen und ein wenig zu schlafen. Schließlich ist er selbst unter die hellgelbe Decke geschlüpft, hat sich auf die Seite gedreht und ist ganz an den Rand gerückt, um mir demonstrativ Platz zu lassen für den Fall, dass mein Verstand über mein naives Verantwortungsgefühl siegt.

Ich setze mich im Schneidersitz auf einen Stuhl und fahre mir mit den Fingern durch die Haare. Sie sind immer noch nicht trocken, riechen aber wenigstens wieder angenehm. Meine Jeans dagegen stinkt immer noch, und mein T-Shirt riecht nicht viel besser. Wie schlimm es war, habe ich erst bemerkt, als ich sauber geschrubbt und nach »Wilde Orchidee« duftend aus der Dusche auf dem Flur kam.

Den Geruch, der aus dem Kleiderhaufen aufstieg, werde ich für immer mit Todesangst assoziieren. Ich glaube nicht, dass ich je wieder auf die Toilette gehen kann, ohne an diese Nacht zurückzudenken. Aber darüber mache ich mir jetzt noch keine Gedanken.

Ich starre die Wand an. Hellgelbe Fischgrättapete. Über der Tür hängt eine Uhr, die jedes Mal leise summt, wenn der Minutenzeiger weiter vorrückt. Ansonsten ist es still im Zimmer. Auf dem Flur höre ich weder Schritte noch Stimmen. Erwin atmet geräuschlos.

Eine kleine Stimme in meinem Kopf flüstert mir zu, dass ich etwas unternehmen müsste. Ich könnte zum Beispiel Diannes Mutter anrufen, ja, das wäre sogar meine Pflicht. Aber was soll ich ihr erzählen? Ich habe nur schlechte Nachrichten für sie, und sie kann mitten in der Nacht von den Niederlanden aus doch nichts an der Situation ändern. Ich halte es für sinnvoller abzuwarten, bis wir mehr über Diannes Zustand erfahren haben. Deshalb rufe ich sie erst an, wenn die Operation überstanden ist – frühestens in vier, fünf Stunden.

Doch auch danach heißt es erst einmal: abwarten. Eine gelungene Operation heißt noch nichts. Ich habe mir oft genug Krankenhausserien im Fernsehen angesehen, um zu wissen, dass eine Schusswunde in den Unterleib zu den gefährlichsten Verletzungen überhaupt gehört, weil sich der Inhalt der Därme in der ganzen Bauchhöhle verteilt. Alle möglichen Bereiche werden mit Kolibakterien infiziert, was fast immer zu schweren Infektionen wie zum Beispiel Bauchfellentzündung führt – oft mit tödlichem Ausgang.

Nein. Noch will ich ihre Mutter nicht anrufen. Das bringe ich nicht übers Herz. Außerdem weiß ich Gerdas Telefonnummer nicht auswendig, und mein Handy bin ich los.

Ich stehe von dem Stuhl auf und beuge mich über Erwin.

Sein Mund ist leicht geöffnet, er atmet gleichmäßig ein und aus. Als ich die Decke über ihn ziehe, zucken seine Augenlider, und ich befürchte einen Moment lang, ich hätte ihn geweckt. Reglos bleibe ich neben dem Bett stehen und beobachte, wie sich sein rechter Mundwinkel zu einem schlaftrunkenen Lächeln verzieht, bis die Muskelspannung wieder nachlässt und sein Atem erneut regelmäßig geht.

Ich wünschte, ich könnte schlafen, aber mir spukt zu viel im Kopf herum. Bilder, Geräusche. Und Fragen. Sehr, sehr viele Fragen.

In einem Impuls gehe ich zur Tür, öffne sie so leise wie möglich und schleiche hinaus auf den Flur.

Niemand zu sehen. Das Licht ist gedimmt, die Türen einiger Krankenzimmer stehen einen Spalt offen. Dahinter ist es dunkel. Hier und da höre ich jemanden husten, und aus einigen Räumen ertönen elektronische Pieptöne.

Auf halbem Wege den Flur hinunter befindet sich ein größtenteils verglaster, quadratischer Raum, in dem bei einer Tasse Tee eine Krankenschwester sitzt. Mit leerem Blick starrt sie mehrere Computerbildschirme an, die einen bläulichen Schein auf ihr Gesicht werfen.

Sobald sie mich entdeckt, hebt sie den Kopf und sieht mich abwartend an.

»*Bonsoir Madame, excusez-moi de vous déranger* – tut mir leid, wenn ich Sie störe«, beginne ich. »Meine Schwester, Dianne van den Berg, wird gerade operiert. Ich würde gerne unserer Mutter in den Niederlanden Bescheid sagen, aber …«

Die Nachtschwester deutet auf ein Telefon, das auf einem kleinen Schreibtisch in der Ecke steht. »Wenn Sie möchten, können Sie dieses Telefon benutzen.«

»Danke, sehr freundlich. Aber ich weiß die Telefonnummer nicht auswendig. Gibt es im Krankenhaus vielleicht einen Computer mit Internetanschluss?«

Darauf reagiert sie weniger entgegenkommend. Stirnrunzelnd erwidert sie: »Schon, aber der Anschluss ist normalerweise nur für Mitarbeiter zugänglich.« Etwas freundlicher fährt sie fort: »Wissen Sie was? Sie geben mir den Namen, und ich suche die Telefonnummer für Sie heraus.«

Mein Lächeln gefriert. Das Gespräch verläuft ganz und gar nicht nach Wunsch. Die Schwester steht auf, nimmt einen Schlüsselbund von einem Haken und bedeutet mir, ihr zu folgen.

Wir eilen durch mehrere Flure und bleiben vor einer breiten Tür stehen. Sie schließt auf, öffnet und schaltet das Licht ein.

Der kleine Raum wird offenbar nur selten benutzt. Hier ist es mindestens fünf Grad kälter als auf der übrigen Station. Auf einem Tischchen steht ein uralter beigegrauer Computer.

Die Schwester schaltet den Rechner ein, und als er summend zum Leben erwacht, sagt sie lächelnd: »Es dauert einen Moment.«

Nervös verschränke ich die Arme und wandere ziellos hin und her, während die Schwester auf dem einzigen Stuhl im Raum Platz nimmt und nach mehreren quälend langen Minuten zweimal hintereinander ein Passwort eingibt. Auf dem gewölbtem Bildschirm erscheint eine Startseite.

Zugleich ertönt ein Alarmsignal auf dem Flur.

Sofort springt die Schwester auf. »Entschuldigung. Ich bin gleich wieder zurück. Würden Sie bitte hier warten?«

Kaum hat sie den Raum verlassen, setze ich mich an den PC.

Die Telefonnummer von Diannes Mutter kann ich sie gleich heraussuchen lassen. Aber nicht das, was ich brauche. Eine innere Stimme sagt mir, dass ich keine Zeit zu verlieren habe. Ich muss es wissen.

Schnell rufe ich die Hotmail-Seite auf und logge mich mit Diannes E-Mail-Adresse und dem Passwort ein, das sie mir im Auto gegeben hat.

Meine Augen huschen über den Bildschirm. Im Posteingang befinden sich ausschließlich Mails von ein und demselben Absender. Dianne hat diesen Account nur für ihre Aufzeichnungen benutzt. Ein digitales Tagebuch im Internet. Es sind nicht viele Mails, keine zwanzig.

Ich scrolle zur ältesten, die vor gut einem Monat eingegangen ist. Damals muss Dianne zum ersten Mal Verdacht geschöpft oder jedenfalls das Bedürfnis verspürt haben, ihre Erkenntnisse aufzuschreiben.

Hastig beginne ich, eine Mail mit dem Betreff »Informant« zu lesen.

LETZTEN MONAT HABEN WIR ZUCHTENTEN AUS IHREN KÄFIGEN BEFREIT UND DIE SCHEUNE IN BRAND GESTECKT, GESTERN EINEM GENBAUERN DIE SCHEIBEN EINGEWORFEN, UND LAURENT HAT LETZTE NACHT EIN FELD UMGEPFLÜGT. DREI AKTIONEN, UND JEDES MAL WAR KEINER ZU HAUSE. ICH GLAUBE, DASS HUGO UND KURT INFORMATIONEN VON JEMANDEM ERHALTEN, DER HIER WOHNT ODER ARBEITET (ODER BEIDES).

HABE HUGO DARAUF ANGESPROCHEN, ABER ER VERRÄT MIR NICHTS.

Ich gehe wieder auf »Posteingang« und sehe die Nachrichten durch, bis ich eine mit dem Betreff »Informant/2« finde.

HABE DEN INFORMANTEN GESEHEN – EIN MANN, DER HIER AUS DER GEGEND STAMMT. GENAU, WIE ICH VERMUTET HABE. WEISS ABER IMMER NOCH NICHT, WER ER IST. NICHT MAL, WIE ER AUSSIEHT. ER IGNORIERT MICH VOLLKOMMEN, REDET NUR MIT HUGO UND KURT UND TRÄGT EINE WILDSCHWEINMASKE.

Mein Herz setzt einen Schlag aus. Ich lese den Text noch einmal. Gehetzt blicke ich zur Tür und wieder auf den Bildschirm.

Ich glaube, ich weiß, wer dieser Mann ist, Dianne.

Ich glaube, ich weiß es.

Rasch überfliege ich die Mails, eine nach der anderen. Ankündigungen einer ganzen Reihe von Aktionen, sowohl in Frankreich als auch in anderen europäischen Ländern. Aktionen, die sich gegen rituelle Schlachthäuser, Schweinezuchten, Landwirte, Legebatterien richten – die Liste ist lang und abwechslungsreich.

Mir scheint, als stecke nicht etwa ein gut organisierter Aktivistenverband dahinter, sondern eine Ansammlung loser Gruppen oder Zellen, die zusammenarbeiten, sich gegenseitig Unterschlupf gewähren und Informationen austauschen. Hugo und Kurt scheinen mit allen in Kontakt zu stehen – etwas Ähnliches hat Dianne bereits im Auto angedeutet. Ich finde aber nicht heraus, ob die beiden von den Gruppen beauftragt werden oder selbst die Aktionen initiieren. Aber darum kann ich mich später kümmern. Dies ist weder der richtige Zeitpunkt noch der richtige Ort, sich längere Texte durchzulesen.

In der letzten Mail steht unter Betreff »Liste«, und tatsächlich enthält sie eine lose, nicht alphabetisch geordnete Reihe von Namen. Die Angaben hinter den einzelnen Namen – Beruf, Wohnort, Berufserfahrung oder Spezialgebiet – sind unvollständig. Soweit ich sehe, hat Dianne einfach alle Informationen, an die sie sich erinnern konnte, in dieser Liste gesammelt. Ab und zu stoße ich auf ein Fragezeichen, oder die Namen sind in verschiedenen Schreibweisen notiert, zwischen Schrägstrichen, was darauf hinweist, dass Dianne sie nur gehört und daher phonetisch aufgeschrieben hat.

Auf dem Flur nähern sich Schritte.

Fieberhaft lese ich weiter. Meine Augen huschen von einem Namen zum anderen. Hugo Sanders und Kurt Wesemann stehen auf der Liste. Laurent ist als Leiter der hiesigen Gruppe aufgeführt – ich vermute, dass er derjenige war, der mich auf dem Landsitz verhört hat. Als Waffen- und Munitionslieferant wird ein gewisser Eric Millescamps genannt. Eric. Hat Hugo nicht den Waffenverkäufer in der Stadt mit Eric angesprochen? Es kann nicht schwer sein herauszufinden, ob er es wirklich ist.

Die Schritte kommen näher.

Schnell gehe ich die Liste weiter durch bis zum Ende. Und wieder zurück. Lese nochmals die Namen. Nein, ich irre mich nicht.

Der Name des Mannes mit der Wildschweinmaske taucht nicht auf.

Sie stieß einen Schrei aus. Und noch einen. Sie schrie, bis ihr die Luft wegblieb.

Sie standen noch immer in Bernards Büro. Sie bemerkten sie nicht einmal. Vielleicht hatte der Knall der Pistole in dem kleinen Raum sie vorübergehend taub gemacht, oder sie waren von ihrer Tat so berauscht, dass sie außerhalb ihrer mordlüsternen Blase nichts anderes mehr wahrnahmen.

Sie war ratlos. Was sollte sie, was konnte sie tun? Bernard lag irgendwo da drinnen auf dem Boden, außerhalb ihres Blickwinkels. Aus nächster Nähe erschossen. Nein, er konnte nicht mehr am Leben sein.

Dennoch starrte sie zum Fenster hinüber, der letzten Stelle, an der sie ihren Mann gesehen hatte, und hoffte von ganzem Herzen, dass er aufstehen würde – oder dass sie aus diesem äußerst realistischen Albtraum erwachte, dem grauenvollsten, den sie je gehabt hatte.

Zitternd stand sie in der Scheune, hinter einem Traktor versteckt. Sie sah, dass die beiden herauskamen, ohne sich dem Tresor auch nur genähert zu haben. Kein Raubüberfall.

Sie nahmen nichts mit.

Sie zogen die Masken von den Gesichtern. Die Frau weinte und rieb sich nervös über die Arme. Er küsste sie, nahm sie in den Arm und zog sie freundschaftlich ein Stück hoch. Sie sprachen eine harte, unverständliche Sprache.

Jetzt erst erkannte sie die Frau: Es war die Ausländerin, die vor Kurzem in das Haus von Babette gezogen war und mit allen Streit angefangen hatte.

Von der anderen Seite des Hauses her gesellte sich eine dritte Person zu ihnen. Ein Mann. Groß, kräftig, muskulös. Selbstsicher stand er auf dem Kies, eine doppelläufige Jagdbüchse im Arm wie ein lebendiges Wesen. Genau wie die anderen trug er Militärkleidung und Jeans, dazu lederne Bergschuhe.

Am auffälligsten war seine Maske: ein realistisch wirkender Wildschweinkopf aus Gummi.

Was sie redeten konnte sie nicht verstehen, weil der Wind die Worte verwehte. Endlich bogen sie um die Ecke ihres Hauses.

Als die drei außer Sichtweite waren, rannte sie über den Hof und eilte ins Büro.

Bernard lag in einer seltsam verrenkten Haltung auf dem Fliesenboden. Vornübergebeugt, halb sitzend, halb liegend. Sein Oberkörper ruhte in einer Blutlache. Mitten im Rücken hatte die Kugel eine tiefe Wunde geschlagen.

Sie ging in die Hocke. Die Haut an Bernards Händen und Unterarmen hatte eine abstoßende gräuliche Farbe – ebenso wie sein Gesicht. Die Augen waren nach oben hin verdreht, die Lider halb geschlossen. Sie blickten leer, sahen nichts mehr, würden nie wieder etwas sehen.

Die Seele war aus ihnen entwichen.

Sie sprang auf und lief panisch auf und ab, jammernd, vor sich hin murmelnd. Sie hätte Bernard gerne berührt, wagte es aber nicht. Alles war voller Blut, die Schreibtischfüße, die Wand – das Blut war bis hinauf auf Bernards eingerahmte Diplome gespritzt.

Es troff von ihrem Hochzeitsfoto.

Sie schüttelte den Kopf, immer wieder, schockiert und ungläubig. Sie sah Bernards Foto an, den Schreibtisch, blickte aus dem Fenster und flüsterte unablässig: »Was soll ich nur machen, was soll denn jetzt werden, was soll ich nur machen, was soll denn jetzt werden …«

Anrufen.

Sie musste jemanden anrufen.

Den Notruf wählen.

Ängstlich drängte sie sich an Bernard vorbei in den kleinen Zwischenflur und rannte ins Wohnzimmer. Beinahe wäre sie über Christians Sporttasche gefallen, hielt sich am Pfosten des Treppengeländers fest und rannte weiter.

Das Telefon stand auf dem Büfett unter dem Fenster zum vorderen Hof. Sie riss den Hörer herunter, beugte sich nach vorn und blickte suchend hinaus. Niemand zu sehen. Sie waren weg.

Sie wählte die Notrufnummer, hörte aber kein Rufzeichen. Stirnrunzelnd drückte sie auf die Anruftaste und versuchte es noch einmal. Sie lauschte.

Nichts.

Sie drückte auf die Taste mit dem grünen Telefon. Wieder und wieder.

Die Leitung war tot.

Das Handy lag in der Küche. Sie musste zurück in den Zwischenflur. Zurück zu Bernard und dem Blut.

Die polternden Geräusche, die aus dem Büro drangen, erfüllten sie zunächst mit Erleichterung. Sie sah, wie sich ein Schatten durch den Raum bewegte. Die hochgewachsene Gestalt, die hinter der Milchglasscheibe der Tür vorbeiging, konnte nur ihr Ehemann sein.

Bernard lebte noch. Er lag nicht tot in einer Blutlache, er lief springlebendig herum und hockte sich jetzt vor den Schrank, um den Tresor zu inspizieren.

In einem Impuls stieß sie die Tür auf und sah Bernard noch immer in derselben Haltung vor dem Schreibtisch kauern, halb sitzend, halb liegend. Graue Haut. Tote Augen.

Hinter ihm hockte ein Mann vor dem Tresor. Die Wildschweinmaske hatte er vom Kopf in den Nacken geschoben. Seine behandschuhte Rechte griff gerade nach den letzten Geldscheinen und steckte sie in die Taschen seiner Armeejacke.

Er hörte sie hereinkommen, drehte sich um und erstarrte. Er blickte ihr genau in die Augen, ohne die geringste Regung.

Sie schnappte nach Luft. Das Blut wich ihr aus dem Gesicht.

Sie kannte den Mann mit der Maske.

Sie kannte jede Stelle seines Körpers.

Der Mann mit der Maske war der Vater ihres ungeborenen Kindes.

Er sprang auf. Starrte sie ungläubig und erschrocken an. »Patricia…?«

Vollkommen verwirrt schüttelte sie den Kopf. Sie wollte das nicht glauben. Das konnte nicht wahr sein. Sie war verrückt geworden, wahnsinnig, sie hatte Halluzinationen, so musste es sein.

Das konnte nicht geschehen. »Das… das ist unser Geld«, stotterte sie, fast atemlos.

Danach schaute sie Bernards Leiche an, wie in Zeitlupe. Noch immer lag er still und leblos auf dem Boden, mitten in seinem gerinnenden Blut. Dann blickte sie wieder zu dem Eindringling, der sie seinerseits erschrocken ansah.

Endlich fiel ihr Blick auf Bernards Handy, das auf dem Schreibtisch zwischen ihnen lag. Zwei, drei Schritte nur, und sie konnte Hilfe holen. Sie musste anrufen. Den Notruf wählen.

Sie schluckte, unkontrolliert am ganzen Körper zitternd. Sie ging einen Schritt nach vorn. Und noch einen.

Bevor sie den Arm ausstrecken konnte, sprang er auf. Die Zähne zusammengebissen und mit einem fremdem, harten Gesichtsausdruck, den sie noch nie zuvor an ihm gesehen hatte. Jetzt lag keine Verwirrung mehr in seinen Augen, keine Unsicherheit und keine Liebe, nur noch eiskalte Berechnung.

Sie rannte los. In blinder Panik sprang sie über Bernard hinweg nach draußen, sprintete über den Hof und an den Scheunen vorbei, so schnell sie konnte. Niemand konnte sie aufhalten, sie flog förmlich über das Stoppelfeld und merkte nichts von den zahllosen Steinen und Lehmklumpen – ihr wuchsen Flügel. Erst am Waldrand blickte sie sich um.

Er hatte die Verfolgung aufgenommen.

Aber sie hatte einen großen Vorsprung. Sie konnte es schaffen.
Sie musste es schaffen.
Für Christian und Noélie.
Und für das Baby in ihrem Bauch.

43

Heute Morgen wurde Dianne vom Operationssaal aus direkt auf die Intensivstation gebracht. Die Ärzte haben die ganze Nacht um sie gekämpft. Insgesamt hat die Operation fast sechs Stunden gedauert.

Dianne schlief noch, als ich zu ihr durfte. Ich kann mich nicht erinnern, jemals zuvor so viele Schläuche in einem Menschen gesehen zu haben. Ratternde und leise summende und piepsende Maschinen waren im Halbkreis um das Kopfende ihres Bettes gruppiert. Beutel mit Flüssigkeiten hingen am Bett und an fahrbaren Infusionsständern. Ich erkannte sie kaum wieder, so klein und nichtig sah sie aus inmitten der vielen Apparate, die sie am Leben erhalten sollten. Ihre Haare waren verfilzt. Sie reagierte nicht, als ich ihr über den Arm strich. Aber sie lebte.

Patrick Rodriguez, einer der Chirurgen, die Dianne operiert hatten, riet mir mit besorgter Miene, mich nicht zu früh zu freuen. Dass sie die Operation überlebt habe, sage noch nichts über ihre weiteren Chancen aus. Eine Prognose wagten sie noch nicht. Sie hätten getan, was sie konnten, und jetzt bleibe uns nichts anderes übrig als abzuwarten.

Schweren Herzens habe ich Diannes Mutter angerufen und ihr eine stark verkürzte, nicht ganz wahrheitsgemäße Version der Ereignisse durchgegeben. Ich finde, dass Dianne ihrer Mutter selbst erzählen sollte, was genau geschehen ist – später, wenn es ihr wieder besser geht.

Gerda will versuchen, noch heute ein Flugzeug oder einen Zug zu erwischen oder irgendjemanden aufzutreiben, der sie mit dem Auto in diesen entlegenen Winkel Frankreichs bringt.

Nach dem Telefonat kehrte ich zurück auf die Station und sah durch die Glasscheibe zu Dianne hinein.

Ich wollte bei ihr bleiben. Ihre Hand halten und mit ihr reden. Ich wollte die ganze Zeit an ihrem Bett sitzen, in der leisen Hoffnung, dass die Anwesenheit eines Menschen, der sie liebte, ihre Heilungschancen verbesserte.

Doch die Polizei hatte andere Pläne.

»Können Sie mir die genaue Stelle zeigen, an der Sie sich befanden, als die Täter in das Haus eindrangen?« Der Ermittler ist ungefähr in meinem Alter, riecht nach herbem Aftershave und unterstreicht seine Worte stets mit Kopfnicken und Handbewegungen.

Ich gehe hinüber zum Holzofen. Mein Atem kondensiert zu dünnen Wölkchen. »Ich war hier.«

»Haben Sie aufrecht gestanden?«

»Nein, ich bin gegangen. Ich ging vom Ofen aus in Richtung Küche, weil an der Hintertür gerüttelt wurde. Dann gab es einen lauten Knall.«

Die Erinnerung an die maskierten Männer, die ins Wohnzimmer stürmten, durchzuckt mich wie ein Stromstoß. Wieder spüre ich die Angst, diese lähmende, unaussprechliche Angst. »Glas klirrte«, fahre ich fort. »Die Scherben flogen in alle Richtungen.«

»Die Scheibe in der Hintertür wurde eingeschlagen«, murmelt er.

Unsicher zucke ich mit den Schultern. »Kann sein. Ich habe es nicht gesehen, denn ich wurde zur Vordertür hinausgetragen.«

Der junge Ermittler stellt mir noch weitere Fragen. Manche mehrmals, jeweils in anderen Formulierungen. Die Rekonstruktion des Tathergangs dauert eine halbe Stunde. Dreißig quälende Minuten, in denen ich bis ins Detail die Bilder des Films in meinem Kopf noch einmal hervorrufen und in Worte fassen muss.

Ich gebe mir die größte Mühe, für die Polizei, für Dianne und für mich selbst, aber in vielen Punkten lässt mich mein Gedächtnis im Stich.

Ich bin mir nicht mehr sicher, welche Farbe der Lieferwagen hatte – blau oder grün? – und auch nicht, ob es ein Metalliclack war. An das Kennzeichen kann ich mich ebenso wenig erinnern. Zu dem Wenigen, was ich noch weiß, gehört, dass ein Radio lief und die hölzerne Ladefläche mit einer Schicht Sand bedeckt war.

Der Ermittler ist bemüht, sich seine Verärgerung und Frustration nicht allzu sehr anmerken zu lassen, aber ich spüre dennoch, wie unzufrieden er ist.

Da gesellt sich ein älterer Ermittler zu uns, der sich die ganze Zeit in unserer Nähe aufgehalten hat. »Bist du fertig?«, fragt er seinen Kollegen.

»Ja, fast.«

Dann wendet sich der Mann an mich. Seine Haare sind fast weiß, seine Haut gebräunt. Er erinnert mich an Rutger Hauer.

Er ist mir auf Anhieb sympathisch und strahlt eine professionelle Ruhe aus, die mir Vertrauen einflößt.

»Möchten Sie Ihre Sachen mitnehmen?«, fragt er mich.

Als ich ihn verständnislos ansehe, erklärt er: »Sie können nicht hierbleiben. Wir haben in der Stadt ein Hotelzimmer für Sie reserviert.«

Rutger Hauer, der sich mir als Kommissar Gérard Godin vorstellt, hilft mir, Erwins und mein Gepäck hinunterzubringen. Unsere Rucksäcke und Taschen werden in den Kofferraum eines Polizeifahrzeugs geladen.

Auf dem Hof sind Polizeitechniker dabei, Gipsabdrücke von Reifenspuren anzufertigen. Wozu, ist mir nicht ganz klar, weil die meisten Spuren wohl inzwischen von den Reifen der Polizeifahrzeuge zerstört sein dürften. Doch ich stelle keine Fragen. Sie werden schon wissen, was sie tun.

»Das Motorrad Ihres Freundes können wir zum Hotel bringen lassen.«

»Danke«, sage ich.

»*Bon,* Madame Lambrèk.« Forschend sieht er mich an. »Jetzt, wo mein Kollege fertig ist, habe ich noch ein paar Fragen an Sie.«

44

»Eva Lambregts *à l'appareil.* Könnte ich mit Inspektor Chevalier sprechen?«

»Er ist nicht im Dienst«, antwortet eine Frauenstimme. »Kann ich Sie mit einem Kollegen verbinden?«

»Nein, ich muss ihn persönlich sprechen. Es ist wichtig.«

»Einen Augenblick, bitte. Ich verbinde Sie mit seinem Handy. Aber er ist augenblicklich sehr beschäftigt. Wenn er sich nicht meldet, kann ich nichts weiter für Sie tun.«

Nach einigen metallischen Klicklauten ertönt die Stimme Chevaliers so deutlich im Lautsprecher, als säße er neben mir. »Mademoiselle Lambrèk?«

»*Oui.* Haben Sie schon gehört, was passiert ist?«

»Natürlich. Meine Kollegen von der *Police nationale* sind heute Morgen bei uns in der Dienststelle gewesen. Zwei unserer Kollegen sind zurzeit als Verstärkung draußen im Haus Ihrer Freundin. Wie geht es Ihnen?«

»Gut.«

»Sie wurden nicht verletzt, oder?«

»Nein, bis auf ein paar Schürfwunden und Blutergüsse.« Mit dem Gedanken an Dianne und Erwin füge ich hinzu: »*J'ai vraiment eu de la chance* – Ich habe wirklich großes Glück gehabt.«

»Aber sicherlich stehen Sie noch unter Schock«, vermutet er. »Es muss eine scheußliche Erfahrung gewesen sein.«

Und ob das scheußlich war, denke ich, doch seltsamerweise belastet es mich nicht. Die Erinnerungen scheinen mit jeder Minute weiter zu verblassen. Schon erscheint mir alles nur noch wie ein Traum oder wie aufwühlende Szenen aus einem Film, den ich einmal gesehen habe. Vielleicht kommt der Schock noch, aber momentan fühle ich mich stark und hellwach.

Ich schweige für einen Moment. Inspektor Chevalier ist der Letzte, mit dem ich über meinen Zustand sprechen möchte.

»Ein komplizierter Fall«, fährt er fort. »Ich habe gehört, dass weder Sie noch Ihr Freund wissen, wo sich das betreffende Haus befindet?«

»Richtig.«

»Nicht einmal so ungefähr?«

»Nein. Ich weiß nur, dass es fünfunddreißig Kilometer vom Krankenhaus in der Stadt entfernt liegt. Und für meinen Freund sehen die Straßen hier alle gleich aus. Er kann sich beim besten Willen nicht mehr an den Weg dorthin erinnern.«

»Und Ihre Freundin? Sie müsste sich doch in der Gegend auskennen.«

»Ihr geht es sehr schlecht. Sie kann noch nicht reden.«

»Das habe ich gehört.« Chevalier schweigt. »Für uns ist so ein Fall frustrierend. Bei so wenigen Hinweisen können wir die Täter kaum ermitteln.«

»Aber Sie kennen sie doch?«

»Zwei von ihnen. Ihren Landsmann Hugo Sanders und seinen deutschen Freund Kurt Wesemann, der möglicherweise erschossen wurde. Aber es waren doch noch weitere Personen beteiligt, oder?«

»Ja, zwei Männer«, antworte ich. »Das habe ich auch Ihren Kollegen gesagt. Einer hat Französisch gesprochen, der andere hat die ganze Zeit kein Wort gesagt.«

»Wissen Sie nicht, wie sie aussehen?«

Ich zögere. Dann sage ich: »Ihre Größe und Statur könnte ich in etwa beschreiben. Aber damit können Ihre Kollegen kaum etwas anfangen, sie bräuchten weitere Informationen.«

»Tja. Es wäre schon sehr nützlich, wenn der Tatort bekannt

wäre. Hoffen wir, dass Ihre Freundin bald wieder zu sich kommt.« Er räuspert sich. »Aber weshalb wollten Sie mich eigentlich sprechen?«

»Es geht um Notizen meiner Freundin. Eine Art Tagebuch.«

»Ein Tagebuch?«

»Ja, so ähnlich. Dazu gehört auch eine Liste. Ich habe das Gefühl, die Aufzeichnungen könnten wichtig sein.«

Ich höre Chevalier atmen. Langsam sagt er: »Sie haben ein Tagebuch Ihrer Freundin gefunden und eine Liste.«

»Ja. Sie enthält Namen und Codes, aber ich werde nicht recht schlau daraus.«

Sekundenlang bleibt es still in der Leitung. Ich befürchte schon, dass Chevalier die Verbindung unterbrochen hat, doch dann fragt er: »Konnten die Kollegen von der *Police nationale* nichts damit anfangen?«

»Ich habe noch nicht mit ihnen darüber geredet. Ich würde das Material gerne zuerst Ihnen vorlegen.«

»Warum?«

»Weil ich glaube, dass Sie als Mitglied der Ortspolizei besser als die Landespolizei darüber Bescheid wissen, was sich in der Umgebung Ihres Dorfes abspielt.«

»Ach ja?«

»Aber ehrlich gesagt auch aus eigenem Interesse. Ich möchte erfahren, was meine Freundin angetrieben und womit sie sich beschäftigt hat. Wenn ich die Liste der Landespolizei vorlege, wird sie beschlagnahmt, und dann höre ich wahrscheinlich nie wieder etwas davon. Ich würde sie deshalb vorher gerne mit Ihnen durchgehen. Natürlich nur, falls Sie dazu bereit wären und sich die Zeit nehmen könnten.«

Wieder herrscht einige Sekunden lang Stille. »Wer weiß sonst noch von diesem Tagebuch?«

»Bisher niemand. Ich hielt es für besser, erst…« Ich unterbreche mich. »Was ist das für ein Geräusch? Hört jemand mit?«

»Nein, das kann nicht sein.«

»Gut. Morgen früh muss ich noch einmal bei der *Police nationale* aussagen. Würde es Ihnen etwas ausmachen, sich heute noch mit mir zu treffen?«

»Wo sind Sie jetzt?«

»Im Krankenhaus.«

»Na schön.« Ich höre seinen Kugelschreiber unregelmäßig auf eine harte Oberfläche ticken. Oder sind es seine Fingernägel? »Kennen Sie das B&B-Hotel am Kreisel? Sie kommen daran vorbei, wenn Sie von der Stadt aus in unsere Richtung fahren.«

»Äh, ja, das kenne ich.«

»Können Sie in einer Stunde da sein?«

Ich runzle die Stirn. »In einem Hotel?«

»Ich habe gerade in der Nähe zu tun. Wir sollten uns die lange Fahrt in die Dienststelle ersparen.« Als ich nichts erwidere, fährt er fort: »Die Informationen, über die Sie verfügen, sind möglicherweise äußerst brisant. Ich rate Ihnen dringend, niemandem davon zu erzählen. Nicht einmal Ihrem Freund. Kommen Sie allein, dann werden wir sehen, wie wir am besten damit umgehen.«

»Gut«, sage ich. »Treffen wir uns auf dem Parkplatz oder …«

»Seien Sie einfach um Viertel nach vier dort. Ich finde Sie dann schon.«

45

Der Betonkomplex ist von üppig wuchernden Lorbeersträuchern umgeben. Darüber flattert ein Transparent, das die Zimmerpreise verkündet. Die Anlage besteht aus vier dreistöckigen Blöcken mit einem offenen Treppenhaus in der Mitte und erinnert mich an die Billigmotels in amerikanischen Filmen – ein Treffpunkt für flüchtige Verbrecher und Paare, die zwar verheiratet sind, aber nicht miteinander.

In solchen Hotels ist die Rezeption die meiste Zeit unbesetzt. Ankommende Gäste wählen an einem Automaten eines der freien Zimmer aus, bezahlen mit Kreditkarte und erhalten daraufhin ihren Schlüsselcode.

Ich stelle mein Auto in einer Ecke des Parkplatzes ab. Es ist zwanzig nach vier, ich bin spät dran, aber Chevalier ist nirgends zu sehen. Ich ziehe den Reißverschluss meiner Jacke hoch bis unters Kinn, falte die Plastiktüte, die ich mitgebracht habe, in der Mitte zusammen und warte.

Chevalier kommt zwischen den Gebäuden hindurch auf mich zu. Seine Schritte sind energisch, die Füße dabei leicht nach außen gedreht.

»Bist du allein?« Wieder setzt er sich über gängige Umgangsformen hinweg und duzt mich, wie schon bei unserem Gespräch in Diannes Haus.

»Ja«, antworte ich. »Mein Freund ist im Krankenhaus bei Mademoiselle van den Berg.«

Er scheint mir kaum zuzuhören und blickt sich nervös um. Dann bedeutet er mir mit einem Wink, ihm zu folgen.

Im Treppenhaus gesellt er sich neben mich und fasst mich mit einer Hand am Oberarm. Zu leicht, als dass ich mich beklagen könnte, zu fest, als dass ich mich nicht unbehaglich fühlte. Ich unterdrücke den ängstlichen Impuls, mich loszureißen.

Im dritten Stock betreten wir ein blau-grau ausgestattetes Zimmer mit Aussicht auf das Treppenhaus.

Ich bin schon öfter in billigen Hotels gewesen. Sehr oft sogar. Während meiner Studienzeit war eine günstige Unterkunft die Voraussetzung, um ein Wochenende oder ein paar Tage in einer großen französischen Stadt verbringen zu können. Mein Bruder Dennis bezeichnet solche Hotels als Schlafbunker, und genau daran erinnert auch dieses düstere, nach Zigarettenrauch stinkende Zimmer. Die dichten Gardinen filtern das Licht von draußen. Die Einrichtung besteht aus zwei Einzelbetten mit einem Nachtschränkchen dazwischen und einer an die gegenüberliegende Wand geschraubten Schreibtischplatte.

Das Familienzimmer im Krankenhaus war gemütlicher.

Chevalier zeigt auf den einzigen Stuhl im Zimmer. »Setz dich.« Mit kräftigen Rucken zieht er die Übergardinen zu und schaltet dann das Licht ein.

Ich ziehe den Stuhl unter der Schreibtischplatte hervor – er ist viel schwerer, als er aussieht – und nehme Platz. Auf dem Schreibtisch steht ein Plastikbecher, der zur Hälfte mit Wasser gefüllt ist. Zigarettenkippen treiben darin herum.

»Die Liste?« Sein Blick huscht nervös zu der Plastiktüte in meiner Hand.

Ich lege die Tüte auf meinen Schoß, öffne sie und hole einen Stapel Ausdrucke hervor.

»Hast du Kopien davon gemacht?«

»Nein. Ich hatte noch nicht die Möglichkeit.«

Rasch nimmt er mir den Stapel aus der Hand und blättert ihn durch. Sein Diensthemd ist ihm etwas zu eng, es spannt unter seinen Achseln und über der Brust.

»Das ist kein Französisch«, stellt er gereizt fest. »Ich kann das nicht lesen.«

»Das ist Niederländisch.«

Chevalier ist bei der Liste angekommen. Seine Augen huschen über das Papier. Dann dreht er den Stapel um, mit der bedruckten Seite zu mir. Sein Zeigefinger wandert ungeduldig über die rechte Hälfte des Blattes. »Was steht da? Hinter den Namen?«

»Ich glaube, meine Freundin hat die Aufgaben der betreffenden Person protokolliert und alles, was sie sonst über sie in Erfahrung bringen konnte.«

Er wedelt mit dem Stapel. »Weißt du, was das ist? Hast du eine Ahnung, was das bedeutet?«

»Genau weiß ich es nicht, aber ich vermute, dass Dianne zu einer Organisation gehört, deren Ziel es ist, bestimmte Gruppen von Bauern in ganz Europa zu terrorisieren.«

»Entnimmst du das den Texten?«

»Ja.« Meine Hände schwitzen, aber ich weiß, dass mein Gesicht kaum Gefühle verrät. Mein Pokerface, das mir so oft hinderlich ist, kommt mir in dieser Situation zugute.

Chevalier dreht den Stapel wieder um und blättert ruhelos weiter. Auch er ist nervös. Nervöser als ich. In dem Zimmer ist es nicht viel wärmer als draußen, aber ihm treten Schweißperlen auf die Stirn, und unter seinen Achseln zeichnen sich dunkle Flecken ab.

Ich weiß, wonach er sucht.

Und ich weiß auch, dass er es finden wird.

Er erstarrt, als er seinen eigenen Namen liest, den ich heute Morgen auf der letzten Seite hinzugefügt habe – einschließlich seines Berufs und eines Fragezeichens hinter »Aufgaben«.

»Ich frage mich nur, warum«, bemerke ich. »Aus ideologischen Gründen?«

Einen Moment lang steht er da wie versteinert. Dann brüllt er: »Das beweist überhaupt nichts!« Er umklammert den Stapel so fest, dass er knarzt. »Ein Name auf irgendeiner Liste! So ein Quatsch. Kaum zu glauben. Und was willst du jetzt damit? Sollen das vielleicht Beweise sein? Ein Dreck ist das!«

Ich fühle mich ziemlich eingeschüchtert, aber dennoch bleibe ich sitzen. »Wenn die *Police nationale* nicht weiß, wo sie ansetzen soll, haben die Aufzeichnungen tatsächlich keine große Bedeutung. Aber wenn sie einen Ausgangspunkt hätte, einen Namen zum Beispiel, könnte man viele kleine, scheinbar unbedeutende Elemente miteinander kombinieren, sodass sie plötzlich ein sehr aussagekräftiges Bild ergeben.«

Er schüttelt den Kopf. »Quatsch. Alles Quatsch.«

»Wenn du nichts zu verbergen hast, warum sollte ich dann nicht in die Dienststelle kommen?«

Er sagt nichts mehr, schüttelt nur fortwährend den Kopf und weicht meinem Blick aus. Mehrmals fährt er sich mit den Fingern durch die Haare.

Ich bin mir jetzt ganz sicher. Meine Vermutung war richtig. Wenn Chevalier sich nichts vorzuwerfen hätte, hätte er empört auf meine Anspielungen reagiert oder vielleicht darüber gelacht. Doch er verschanzt sich sofort hinter einem Verteidigungswall.

Augen zu und durch. »Du warst mit dabei in dem Keller. Du hast rechts von der Tür gestanden, während ich verhört wurde. Du hast eine Wildschweinmaske und alte Kleider getragen. Aber ich habe dich an deiner Gestalt erkannt. Und an deinem Gang.«

Chevalier erschrickt sichtlich. Seine hellbraunen Augen blitzen.

Mein Herz schlägt nicht mehr so heftig und unruhig in meiner Brust. Ich spüre, wie ich stärker werde. Und wütender. Schärfer und klarer. Ich hasse diesen Mann. »Ich werde gegen dich aussagen. Ich werde dich als einen der vier Männer identifizieren, die bei diesem Folterverhör anwesend waren. Wie viele Leute auf dieser Liste werden dich sonst noch verraten?

Oder glaubst du, dass dich alle decken und die Prügel für dich einkassieren werden?«

Er zieht eine Zigarette aus der Brusttasche, blickt sie an und steckt sie wieder weg. Seine Hand zittert.

»Ich habe mich die ganze Zeit gefragt, was dich dazu bewogen hat, dich einer solchen Bewegung anzuschließen«, fahre ich fort. »Was treibt jemanden dazu, Verbrechen zu begehen, obwohl sein Beruf von ihm verlangt, Menschen zu helfen und sie zu beschützen? Ist es die Ideologie? Bist du so sehr gegen …«

»Ideologie?« Er lacht freudlos und schüttelt den Kopf. Dann zieht er wieder die Zigarette aus der Brusttasche und zündet sie schließlich an. Langsam bläst er den Rauch aus und blickt durch den wirbelnden grauen Nebel zum Fenster. »Du glaubst vielleicht, dass Verbrechen aus vielerlei Gründen verübt werden. Aber da irrst du dich. Letztendlich kann man sie immer wieder auf die gleichen Motive zurückführen: Macht, Geld oder Liebe. So war es schon immer, und so wird es immer bleiben.«

»Und welches war dein Motiv?«

»Wer sagt, dass ich eines hatte?« Plötzlich sieht er mir direkt ins Gesicht. Ich weiß nicht, was den plötzlichen Wandel in seinem Verhalten verursacht hat, aber er beunruhigt mich.

»Na schön«, fährt er fort und zieht an seiner Zigarette. »Geld war einer der Gründe. Diese Leute haben alle irgendwo einen Sparstrumpf. Sachbeschädigung und Einbruch kann man anzeigen, aber wenn Schwarzgeld gestohlen wurde, sieht die Sache anders aus, nicht wahr?«

»Du hast diese Bauern beraubt? Leute aus deinem eigenen Dorf?« Unwillkürlich huscht mein Blick zur Tür.

Er lacht freudlos auf. »Tja. Betrachte es als Bonus. Bei meinem mageren Beamtengehalt kann ich das Geld besser gebrauchen als sie. Bernard Bonnet war reich. Der Mann besaß ausgedehnte Ländereien. Und einen florierenden Betrieb, wenn man so sagen darf.« Er schweigt, und seine Augen glitzern gefährlich. »Und unter seinem Dach wuchs und gedieh noch viel mehr, als er für möglich gehalten hätte.«

»Seine Frau war schwanger«, flüstere ich.

»Erst im vierten Monat.« Chevalier klopft die Zigarette über dem Plastikbecher ab und folgt den versinkenden Aschepartikeln mit den Augen. »Wir hatten viel Spaß miteinander, Patricia und ich.«

»Das Kind war von dir?«

Er sieht mich aus den Augenwinkeln heraus an. »Wundert dich das?«

Ich antworte mit einer feigen, unbestimmten Kopfbewegung und zucke halbherzig mit den Schultern. Wieder huscht mein Blick zur Tür. Höre ich draußen Leute? Vielleicht war es doch keine so gute Idee, zu dem Treffen zu kommen. Aber ich war davon überzeugt gewesen, kaum ein Risiko einzugehen. Ich glaubte, wenn ich meine Gedanken beisammenhielte, wäre ich ihm jederzeit überlegen.

Doch inzwischen bin ich mir nicht mehr so sicher.

»Bernard wusste nichts davon«, erzählt Chevalier weiter. »Er wusste nicht einmal, dass sie schwanger war. Es war auch so geplant, dass er nie davon erfahren sollte. Denn bevor die Schwangerschaft sichtbar wurde, sollte Hugo ihn bereits aus dem Weg geräumt haben.«

»Warum?«, frage ich, aber meine Stimme klingt lange nicht so fest, wie ich es mir wünschte. Ich räuspere mich vernehmlich und wiederhole: »Warum sollte Hugo das tun? Was hatte er gegen diesen Mann?«

Falls Chevalier meine Nervosität bemerkt hat, lässt er es sich nicht anmerken. »Hugo wusste von Laurent, dass dieser selbstherrliche Dreckskerl mit gentechnisch manipuliertem Mais herumexperimentierte. Ich habe ihn weiter aufgehetzt, indem ich ihm einredete, Bernard Bonnet habe eine Vorbildfunktion für die hiesigen Bauern und alle blickten zu ihm auf. Es sei also nur eine Frage der Zeit, bis das amerikanische Virus sich in der ganzen Gegend verbreiten würde.« Er lacht. »Nicht, dass mich das im Geringsten interessiert hätte. Aber die anderen umso mehr. Und das war der springende Punkt. Dadurch brauchte ich mir nicht selbst die Hände schmutzig zu machen. Denn im Gegensatz zu mir ist *notre* Hugo ein Idealist durch und durch – wenn auch ein durchgedrehter.«

»Du hast die Aktivisten vor deinen Karren gespannt.«

»Na und? Alle hätten davon profitiert. Patricia hätte mich mit offenen Armen empfangen. Ich hätte nahtlos Bernards Platz einnehmen und mich ins gemachte Nest setzen können. Ich hätte alles bekommen: seine Frau, sein Haus, sein Land und seinen ganzen Betrieb.«

Ich springe auf. »Wusste sie davon? Wusste Patricia Bonnet, dass ihr ihren Mann ermorden wolltet?«

Chevalier sieht mich starr an. »Nein. Natürlich nicht. Sie hatte nichts damit zu tun, sie wusste gar nichts.« Er lehnt an der Wand neben der Tür, die Beine über Kreuz. Wenn man den Ton abstellen könnte, würde man schwören, dass dieser Mann ein entspanntes Schwätzchen hielt, ganz locker.

Doch gerade diese lässige Haltung und sein Geständnis beunruhigen mich mehr als der Wutausbruch von eben. Denn warum sollte er mich ins Vertrauen ziehen, obwohl ich angekündigt habe, gegen ihn aussagen zu wollen?

Das kann nur eines bedeuten. Alles in mir drängt mich zur sofortigen Flucht. Schnell weg, solange es noch geht!

Doch ich zwinge mich sitzen zu bleiben, mit fast unmenschlicher Anstrengung.

Sein Blick schweift ab. »Ich wollte schon immer einen so großen Landwirtschaftsbetrieb besitzen. Doch mir fehlten die nötigen Beziehungen, wie Bernard sie besaß. Mein Vater war genau wie ich Dorfgendarm, was bedeutet, dass mir niemals ein Bauer auch nur einen Quadratmeter Boden verkaufen würde. Gutes Land bleibt in Familienbesitz, bis zum letzten Zentimeter. Außenstehende haben keine Chance.«

Ich habe meine Stimme wiedergefunden, aber sie klingt heiser. »Kanntet ihr euch gut? Bernard Bonnet und du?«

»Gut?« Er schnaubt. »Jahrelang ist er mit mir in die Klasse gegangen. Dieser vertrottelte Emporkömmling.«

»Warum musste er sterben? Was hatte er getan?«

»Nichts.« Ein Schatten legt sich auf sein Gesicht. »Patricia hätte gar nicht dort sein sollen, sie hätte es nie erfahren dürfen. Aber sie war da. Sie hat Hugo und deine Freundin gesehen. Und mich. Die ganze Situation lief aus dem Ruder. Ich musste etwas unternehmen.«

Mir fällt der Unterkiefer herunter. Voller Abscheu starre ich ihn an. Zwar war mir klar gewesen, dass ich mich mit einem Kriminellen treffe, der Terroristen unterstützt. Aber *das*?

Der Mann, der mir gegenübersteht, ist ein noch viel größeres Ungeheuer, als ich es mir in meinen schlimmsten Albträumen ausgemalt hätte.

Denn war er es nicht selbst gewesen, der mir auf der Polizeiwache erzählt hat, die ermordete Frau sei schwanger gewesen? Wie hatte er gleich gesagt? *Der grausamste Fall meiner gesamten Laufbahn.*

»Du hast Patricia ermordet? Obwohl sie schwanger von dir war?!« Die Erregung schlägt mir auf die Stimme, ich werde immer heiserer. »Mein Gott! Du hast dein eigenes Kind umgebracht!«

»Darauf bin ich nicht besonders stolz.« Er tritt an den Schreibtisch und lässt die Kippe in den Plastikbecher fallen. Zischend erlischt die Glut. »Aber manchmal muss man drastische Maßnahmen ergreifen, um größeren Schaden zu verhindern.«

Als er sich umdreht, hat sich der Blick in seinen Augen verwandelt. Eine Kälte schlummert darin, die ich bis tief in die Knochen spüre.

Das ist seine wahre Gestalt, geht es mir durch den Kopf. Jetzt blicke ich direkt in seine bernsteinfarbene, eiskalte Seele.

Sein plötzlicher Stimmungswandel scheint die ganze Umgebung zu beeinflussen. Wie bei einem Druckunterschied klingen die Geräusche von draußen verzerrt, die Wände scheinen jeden Laut zu reflektieren.

»Und dasselbe muss ich jetzt mir dir tun«, sagt er. »Drastische Maßnahmen ergreifen, um größeren Schaden zu verhindern. Denn wenn diese Liste der *Police nationale* in die Hände fällt, ist mein Leben zu Ende.« Er geht einen Schritt auf mich zu, und sein Gesichtsausdruck hat jetzt nichts Menschliches mehr.

Ich springe vom Stuhl auf und blicke voller Panik zur Tür. Draußen höre ich niemanden.

Warum geschieht nichts?

Langsam weiche ich zurück. Ich muss versuchen, über das Bett zur Tür zu kommen, es gibt keinen anderen Weg. Ich muss eine Bewegung antäuschen, auf die Matratze springen und dann mit einem großen Sprung…

»Du bist Polizeibeamter«, flüstere ich. »Das kannst du nicht machen.«

Ängstlich beobachte ich die Tür. Höre ich etwas auf der Galerie? Ist etwas schiefgelaufen?

Warum habe ich kein Pfefferspray mitgenommen?

Bevor ich mich mit einem Sprung retten kann, packt er mich an der Jacke und zerrt mich mit solcher Gewalt zu sich hin, dass er die Jacke und die Strickjacke darunter vorne aufreißt.

Dabei löst sich das an mein Brustbein geheftete Mikrofon, fällt herunter und baumelt an den Drähten hin und her.

Mit irrem Blick starrt Chevalier mich an, die Augen vor Überraschung weit aufgerissen. »Verdammte Sch…«

In dem Moment wird die Tür aufgebrochen, und das Zimmer explodiert in Fragmenten von Licht und Geschrei.

46

Kommissar Gérard Godin kümmert sich um mich, legt mir einen Arm um die Schultern, führt mich weg von dem Hotelzimmer und begleitet mich die Treppen hinunter zum Parkplatz.

Wind ist aufgekommen, und eine gleichmäßig graue Wolkendecke hängt über der Stadt, in der sich die Sonne als fahle, helle Scheibe abzeichnet.

Unten erwartet uns eine Beamtin, dieselbe, die mich mit dem Sender und dem Mikrofon ausgerüstet hat. Sie lächelt, ja strahlt mich fast an. »Sie waren fantastisch! Einfach großartig!«, lobt sie, und ihre Stimme überschlägt sich fast vor Begeisterung, während sie die Drähte unter meiner Kleidung hervorzieht. »Sie können stolz auf sich sein.«

Ich nicke ihr zu, halb betäubt, bringe aber kein Wort über die Lippen.

Um uns herum rennen Polizeibeamte aufgeregt die Treppen hinauf und hinunter. Ich höre blecherne Stimmen aus Walkie-Talkies. Der Wind zerrt an dem Trassierband, mit dem der Parkplatz abgesperrt ist. Einige Polizeifahrzeuge haben das Blaulicht eingeschaltet.

Ich kann kaum glauben, dass es vorbei ist. Es fühlt sich unwirklich an, als sei ich nicht Teil des Geschehens, sondern schwebe wie ein Geist umher, diffus und schwerelos.

Godin bringt mich zu einem Polizeitransporter, der nur ein paar Plätze von meinem Auto entfernt steht. Ein uniformierter Kollege öffnet uns rasch die Seitentür.

»Nach Ihnen«, sagt Godin.

Ich steige ein und setze mich auf eine der Bänke. Durch die Autoscheiben überblickt man rechts und links den Parkplatz. Das Hotelzimmer ist von hier aus nicht zu sehen, da es sich in der Mitte des Komplexes befindet. Vor der Parkplatzzufahrt haben sich Gaffer gruppiert. Ein Polizist sorgt dafür, dass niemand sich nähert. Doch alle blicken erwartungsvoll hinauf zum dritten Stock des Treppenhauses, in dem jeden Moment Chevalier erscheinen kann.

Ich merke erst, wie stark ich zittere, als ich einen Plastikbecher mit Kaffee von Godin annehmen will. Schließlich stellt er ihn auf dem Tischchen vor mir ab.

Die ersten Tränen laufen mir über die Wangen. Ich wische sie mit dem Handrücken weg und schniefe. Noch mehr Tränen quellen hervor. Sie hören nicht auf zu fließen. Ich wische sie unablässig weg, erst mit den Händen, dann mit dem Jackenärmel.

Godin schiebt mir ein Paket Papiertaschentücher zu. »Sie haben da gerade etwas Außergewöhnliches geleistet.«

Ich nicke nur. Seine Worte erreichen mich nicht wirklich. Tagelang habe ich mich tapfer gehalten, jetzt kann ich nicht mehr. Ich breche zusammen.

Godin lässt mir Zeit. Er trinkt seinen Kaffee aus und schafft inmitten der euphorischen Hektik einen Kokon der Stille und Ruhe.

Erst nachdem meine Tränenflut nachgelassen hat, fährt er fort. »Ich bin beeindruckt. So eiskalt Theater zu spielen wie Sie, das hätten sicherlich viele unserer erfahrenen Kolleginnen nicht geschafft.«

Ich erschrecke, als er mir die Hand auf den Arm legt. Doch als ich aufblicke, sehe ich die Begeisterung in seinem Gesicht.

Godin betrachtet mich wie einen berühmten Popstar, mit dem er einen Augenblick allein sein darf. »Wir haben Sie als Lockvogel eingesetzt, um einen Polizeibeamten zu überführen, der Extremisten unterstützt. Wovon wir ehrlich gesagt nicht ganz überzeugt waren. Doch jetzt haben wir sogar ein Mordgeständnis auf Band!« Er drückt kurz meinen Unterarm. »Wirklich großartig. Ganz einfach fantastisch!«

Sein Lob macht mich ganz verlegen. Wieder greife ich nach einem Taschentuch und putze mir die Nase. Dann zerknülle ich das feuchte Tuch in meiner Hand zu einem Ball und schaue durchs Fenster. Der Himmel hat sich verdunkelt, und der Wind ist stärker geworden. Das Werbebanner mit den Zimmerpreisen flattert in seinem Aluminiumrahmen hin und her. Ein Sturm zieht auf, oder schwere Regenfälle.

»Es ging um Geld«, sage ich matt.

»Während Sie dort drinnen waren, haben unsere Kollegen sein Haus durchsucht und in einer Luke unter der Garage über fünfundzwanzigtausend Euro gefunden. Es wird ihm schwerfallen, uns zu erklären, wie er daran gekommen ist.«

»Wurden Hugo und Kurt gefunden? Und dieser andere Mann, Laurent?«

»Laurent wurde festgenommen und wird momentan verhört. Hugo und Kurt waren nicht in dem Haus. Zurzeit wird die unmittelbare Umgebung mit Hunden abgesucht, aber ich erwarte nicht viel davon.«

Ich habe Chevalier nicht nur in Bezug auf seinen Namen auf der Liste getäuscht, sondern auch wegen des Hauses belogen. Zwar kannten Erwin und ich seine genaue Lage nicht, aber durch meine detaillierte Beschreibung der Vorderfassade sowie die exakte Entfernung zum Krankenhaus konnte die Polizei es rasch ausfindig machen.

»Die Fahndung nach ihnen läuft. *On verra* – wir werden sehen.« Godin wirft seinen Kaffeebecher in den Abfalleimer.

Auf dem Parkplatz entsteht Aufruhr, als Chevalier erscheint: gesenkten Hauptes, wie ein gebrochener Mann, flankiert von den Beamten der *Police nationale*. Er geht mit plumpen, schlenkernden Schritten.

Diese typische Art zu gehen hat ihn verraten, durch sie hatte ich mein Déjà-vu im Keller des Landhauses.

»Manchmal wünschte ich, die Todesstrafe wäre nicht abgeschafft worden«, murmelt Godin.

Chevalier wird in einen geschlossenen Kleinbus bugsiert. Unmittelbar darauf verlässt das Fahrzeug den Parkplatz. Das Trassierband wird aufgerollt, und zwei Polizeifahrzeuge fahren hintereinander weg.

Ich schaue hinauf in den Himmel. Die Dämmerung ist hereingebrochen.

»Brauchen Sie mich noch?«, frage ich.

»Nein, heute nicht mehr. Kann ich Ihnen vielleicht etwas zu trinken anbieten? Einen *apéro* auf den Schreck? Den haben Sie sich verdient.«

»Nein, vielen Dank.« Ich schnäuze mir die Nase in das letzte Taschentuch aus der Packung. »Ich möchte zurück ins Krankenhaus. Zu meinem Freund und meiner Freundin.«

47

Die Erde unter unseren Füßen fühlte sich feucht, locker und kalt an. Wir standen dicht am Wasser, geschützt von Schilf, Sträuchern und Bäumen. Zwischen den Schilfrohren trieb ein toter Karpfen, steif und glanzlos, mit Augen wie blaugraue Käppchen.

»Hier, Eva«, flüsterte Dianne. »Hier machen wir es.«

Ich blickte mich um. Sie hatte recht. Das war genau die richtige Stelle. Die Wiese war von hier aus nicht mehr zu sehen. Zwar hörten wir noch die Mütter und die kleinen Kinder, aber ihre Stimmen klangen weit weg und undeutlich. Segler und Surfer zeichneten sich als weiße Tupfen auf dem ausgedehnten See ab.

Dianne blickte ernst. Im dunklen Schatten der Bäume wirkten ihre Sommersprossen dunkelgrau. Das Kartoffelschälmesser lag locker in ihrer Hand. An der Klinge klebte Blut. Mein Blut.

»Soll ich jetzt weitermachen?«, fragte Dianne.

Ich nickte.

Meine Handfläche fühlte sich klebrig an. Fasziniert betrachtete ich die kleine Wunde – ein dünner Strich, nicht länger als ein Nagel, und doch war so viel Blut herausgeflossen.

Ich hatte versucht, einen Aufschrei zu unterdrücken, als Dianne das Messer ansetzte, aber es war mir nicht gelungen. Einige Mütter hatten beunruhigt aufgeblickt. So unauffällig wie möglich hatten wir das Messer in Diannes Handtuch eingerollt und uns von der Wiese entfernt.

Jetzt standen wir hier.

Konzentriert bohrte Dianne die Spitze des Messers in ihre linke Handfläche. Ihre Stirn war gerunzelt, und ihre dunklen Haare fielen ihr strähnig ins Gesicht. Sie drückte fester. Ich sah, wie sie die Spitze in ihre Haut bohrte, immer tiefer und tiefer, bis die Spannung nachließ.

Dianne zischte und atmete tief ein. Dann schnitt sie mit einer einzigen Bewegung von der Mitte ihrer Handfläche in Richtung Puls.

Ich schlug die Hände vor den Mund.

Blut quoll aus dem Schnitt. Ein hellrotes Rinnsal floss über ihr Handgelenk.

»So«, sagte sie atemlos. »Geschafft.« Sie blickte mich an. Aufgewühlt, erregt. Dann reichte sie mir das Messer. »Jetzt du.«

Ich tat, was sie getan hatte. Setzte das Messer auf meiner Handfläche an und drückte es in Richtung des Schnittes, den sie schon eben auf der Wiese angebracht hatte. Ich drückte fester.

Ein gemeiner Schmerz durchzuckte meine Hand bis in den Ellenbogen hinein.

Ich erschrak.

Zog das Messer zurück.

Schüttelte verängstigt den Kopf. »Ich traue mich nicht!«

Dianne blickte mich finster an. Sie stand vor mir und unterstützte die blutende Hand mit der anderen. Sie sagte nichts.

Sie hatte es getan.

Ich konnte keinen Rückzieher machen.

Das wäre Verrat gewesen.

»Okay, okay«, flüsterte ich, biss die Zähne zusammen und holte tief Luft. Stockend. Noch einmal. Und noch einmal.

Tu es!

Nicht nachdenken, Eva.

Tu! Es! Jetzt!

Mit fest geschlossenen Augen zog ich das Messer durch

meine Handfläche. Ich fühlte etwas Warmes über meine Finger fließen und ließ das Messer fallen. Ich weinte lautlos und zitterte – mehr vor Schreck als vor Schmerz.

Aber ich hatte es getan.

Dianne hob ihre blutende Hand, und ich drückte meine dagegen.

Minutenlang blieben wir so stehen.

»Unser Blut vermischt sich jetzt«, flüsterte Dianne. Eindringlich sah sie mich durch ihre Haarsträhnen hindurch an.

Ich war erst neun, aber von der Feierlichkeit des Rituals und dem unzerstörbaren Band, das wir schmiedeten, ganz erfüllt. Ich wusste, dass es gelinde gesagt nicht ganz normal war, was wir da taten, aber zugleich war mir klar, dass wir diesen Moment niemals vergessen würden.

Dianne zog unsere Handflächen auseinander.

Die Wundränder klafften auseinander, und wieder floss Blut heraus. Mir wurde schwindelig, und ich befürchtete, ohnmächtig zu werden.

Mit schmerzverzerrtem Gesicht drückte Dianne den Daumen an den Rand ihrer Wunde. Das Blut quoll heraus, lief ihr über die Hand und tropfte in den Sand. »Du auch«, sagte sie und nickte mir zu.

Ich betrachtete die Blutstropfen, die in die Erde zu unseren Füßen fielen.

»Das hier ist von jetzt an unser Platz«, flüsterte sie. »Sollten wir uns je aus den Augen verlieren, hinterlassen wir hier eine Nachricht für die andere. Dadurch können wir einander nie verlieren.«

Ich streckte den Arm aus und tat es ihr nach. Tränen liefen mir über das Gesicht. Es tat weh, es tat furchtbar weh. Zugleich war ich von Stolz erfüllt.

Dianne und ich waren Schwestern geworden.

48

Es ist schon dunkel, als ich vor dem Eingang des Krankenhauses aus dem Polizeiauto steige.

Ich eile hinein.

Die Uhr im Zentralfoyer zeigt Viertel nach sechs an. Ich habe Dianne nicht mehr gesehen, seitdem ich heute Morgen von der *Police nationale* abgeholt wurde.

Erwin ist den ganzen Tag bei ihr gewesen. Das musste er mir heute Morgen hoch und heilig versprechen: Er würde immer in ihrer Nähe bleiben und nicht einmal in die Kantine gehen, um sich etwas zu essen zu holen.

Ich bin zu ungeduldig, um inmitten der Besucher und der Leute in weißen Kitteln am Aufzug zu warten, renne die Treppe in den ersten Stock hinauf und komme außer Atem auf der Station an. Beunruhigt eile ich durch die Flure bis in den hinteren Teil der Intensivstation.

Ich fühle mich wie im Aquarium eines Zoos: Die Krankenzimmer ähneln großen Fischbecken und sind durch gläserne Luftschleusen vom Flur getrennt. Ich achte nicht auf andere Kranke, sondern laufe sofort durch bis zu Diannes Zimmer, einem der letzten.

Die Bank vor Diannes Zimmer ist verlassen.

Erwin sollte hier sitzen. Er hat es mir versprochen.

Ein Blick durch die Doppelscheibe genügt, um festzustellen, dass auch Dianne nicht mehr da ist. Das Bett ist weg. An den gelben Wänden stehen noch einige Apparate, aber es brennen keine Lämpchen, die Monitore sind ausgeschaltet, und die Kabel liegen aufgerollt auf den Maschinen.

Niemand zu sehen.

Ich kehre durch den langen Flur zurück und blicke dabei von rechts nach links, in der Hoffnung, Dianne in einem der Betten liegen zu sehen. Doch ich finde sie nicht. Alle fünf Patienten auf der Intensivstation sind Männer.

Als ich das Schwesternzimmer der Station beinahe erreicht habe, kommt auf dem Flur eine Schwester auf mich zu. Sobald sie mich entdeckt, wird ihr Gesicht ernst.

»Wo ist Madame Dianne van den Berg?« Ich merke kaum, wie abgehetzt ich klinge. »Heute Vormittag lag sie noch dort hinten.« Ich zeige in die Richtung, aus der ich gekommen bin.

»Sind Sie die Schwester von Madame van den Berg?«

Ich nicke ungeduldig.

Sie senkt die Lider und blickt mich dann wieder an. Mit braunen, sanften Augen. »Bitte folgen Sie mir, Madame.«

Ich laufe hinter ihr her. Der Weg kommt mir bekannt vor. Wir sind unterwegs zum Familienzimmer. Ganz kurz flackert ein Funke Hoffnung in mir auf, der jedoch sofort wieder von meinem Realitätssinn ausgelöscht wird. Dianne kann nicht jetzt schon entlassen worden sein. Es ist unmöglich, dass sie mich an Erwins Seite erwartet.

Sie ist letzte Nacht sechs Stunden lang operiert worden.

Sie ist todkrank.

Lebensgefährlich verletzt.

Die Krankenschwester weist mit einem Nicken zur Tür. »Ihr Freund wartet auf Sie. Ich gehe den Arzt holen.«

Ich sehe es Erwins Gesicht an, dass er schlimme Nachrichten hat.

Er legt eine Zeitschrift aus der Hand und steht vom Bett auf. Er kommt auf mich zu, zieht mich in seine Arme und drückt mich an sich. Dann legt er sein Kinn auf meinen Kopf und reibt mir über den Rücken. »Tut mir leid, Liebes. Es tut mir so leid.«

»Wo ist sie? Wie …«

»Sie konnten sie nicht retten.«

ZEHN TAGE SPÄTER

49

Meine Eltern sitzen mir gegenüber am Küchentisch. In der Mitte zwischen uns steht ein dampfender Eintopf, ein »Hutspot« aus gestampften Möhren, Kartoffeln und Zwiebeln, und dazu eine Schüssel mit frischen, fettglänzenden Würsten. Die Fenster sind beschlagen, und die Stimmung erinnert mich an früher, als alles noch übersichtlich war und jeder seinen festen Platz im Leben hatte.

»Ich musste von Dennis erfahren, dass du entlassen wurdest«, sagt mein Vater.

»Tut mir leid, ich hätte es euch erzählen sollen. Aber momentan ist mir das nicht so wichtig.«

»Das verstehe ich«, sagt meine Mutter.

Eine Zeit lang widmen wir uns wortlos dem Essen. Messer und Gabeln schaben über die glasierten Teller. Ich nehme ein Glasschüsselchen voll Apfelmus mit gemahlenem Zimt vom Untersetzer, gebe die Hälfte des Inhalts auf meinen Teller und vermische das Mus mit meinem Eintopf.

»Wie dem auch sei«, fährt mein Vater fort. »Mir wäre es lieber gewesen, du hättest uns gleich Bescheid gesagt.«

Meine Mutter pflichtet ihm bei: »Ja, denn dann hätten wir dieses Käseblatt sofort abbestellt.«

»Und einen Leserbrief geschrieben, in dem wir uns darüber beschwert hätten, dass die Qualität der Artikel in letzter Zeit stark nachgelassen hat.«

Während ich meine Eltern im gelblichen Licht der Hängelampe betrachte, beide zutiefst empört, überkommt mich ein Gefühl großer Zuneigung. Bis vor Kurzem hielt ich es für ganz normal, dass diese beiden Menschen stets für mich da sind. Wie sollte es anders sein? Ich habe nicht einmal darüber nachgedacht.

Nach Diannes Einäscherung sah ich die Situation plötzlich anders – realistischer. Es ist keineswegs selbstverständlich, dass einen im Leben Menschen begleiten, die einen bedingungslos lieben, denen man rückhaltlos vertrauen kann und die einen unter allen Umständen unterstützen werden. Bedingungslose Liebe ist etwas ganz Besonderes, kostbar und herzzerreißend schön, was ich jedoch nie erkannt oder jedenfalls nicht genügend gewürdigt habe. Obwohl ich doch so viele schlechte Beispiele vor Augen hatte. Soweit ich mich erinnern kann, habe ich beispielsweise nie erlebt, dass Diannes Eltern sich je um ihre Tochter sorgten oder aufrichtiges Interesse an ihr zeigten. Bei uns dagegen wurde Dianne geliebt und akzeptiert. Hier fand sie ein warmes Nest.

»Ich überlege, gegen die Kündigung Einspruch einzulegen«, verkünde ich.

»Aber wie denn? Du hattest doch nur einen Zeitvertrag.«

»Stimmt. Aber ich habe nie die Chance erhalten, mich zu beweisen. Sjef, mein Vorgesetzter, hat alle meine Beiträge umgeschrieben. Was sie nicht gerade besser machte.« Streitbar trinke ich einen Schluck von meiner Milch.

Meine Mutter hat einmal in einer Fernsehsendung gesehen, dass das Kalzium in der Milch sich mit Fett verbindet. Tränke man zu einer fetten Mahlzeit Milch, bliebe weniger Fett im Körper zurück als beim Genuss von Wasser oder Wein, hieß es. Seitdem steht beim Abendessen immer Milch auf dem Tisch.

Mein Vater wirft wütend ein: »Das hast du uns nie erzählt! Dass dieser Kerl an deinen Artikeln herumgepfuscht hat.«

»Was fällt dem eigentlich ein?«, stößt meine Mutter in dasselbe Horn. »Das macht man doch nicht?«

Schulterzuckend erwidere ich: »Doch, an sich ist das durchaus üblich. Die Schlussredakteure sind für die Überschriften der Artikel verantwortlich, und meistens kürzen sie die Beiträge auch. Nur hat Sjef es wirklich übertrieben.« In Gedanken füge ich hinzu: *Außerdem ist er kein Schlussredakteur.*

»Nimm noch etwas von der Wurst«, fordert meine Mutter mich auf. »Es ist genug da.«

Automatisch spieße ich ein Stück auf und schneide es auf meinem Teller in Scheiben. Kaum habe ich den ersten Bissen gegessen, als mein Handy klingelt. Mit Daumen und Zeigefinder fische ich es aus der Hosentasche und werfe einen Blick auf das Display. Null, null, drei, drei – die Vorwahl von Frankreich.

»Tut mir leid, den Anruf muss ich leider annehmen.« Ich entschuldige mich, schiebe meinen Stuhl zurück, gehe hinaus auf den Flur und schließe die Tür hinter mir.

»Mademoiselle Lambrèk? Geht es Ihnen gut?«

Seltsam, die Stimme von Gérard Godin im Flur meines Elternhauses zu hören.

»Danke, und Ihnen?«

»Gut, danke. Ich rufe wegen des Falls an. Schließlich hatte ich versprochen, Sie auf dem Laufenden zu halten.«

Ich umfasse das Handy mit beiden Händen. »Gibt es Neuigkeiten?«

»Allerdings. Es geht um Hugo Sanders. Er sitzt in einer Zelle im Präsidium. Wir haben ihn verhaftet.«

»Wunderbar! Fantastisch!«

»Es wird jedoch schwierig werden, ihn vor Gericht zu bringen und zu verurteilen, denn die einzigen Beweise, die wir gegen ihn haben, sind die E-Mails Ihrer verstorbenen Freundin und ihre mündliche Aussage Ihnen gegenüber. Ich befürchte, das reicht nicht.«

»Aber es muss doch noch mehr geben? Dieser Mann ist lebensgefährlich. Er hat mehrere Menschen ermordet, nicht nur in Frankreich. Und …«

»Wir haben aber leider keine direkten Beweise gegen ihn. Wir bräuchten etwas Konkretes, um ihn länger in Untersuchungshaft zu behalten. Spuren, DNA oder eine Mordwaffe, mit der wir ihn in Verbindung bringen können. Im Augenblick können wir die Vorwürfe gegen ihn nicht erhärten. Er sagt nichts, gibt nichts preis.« Godin unterbricht sich und stößt ein verärgertes Knurren aus. »Außerdem arbeiten zwei Spitzenanwälte für ihn, die alles dafür tun, ihn so schnell wie möglich wieder hier rauszuholen.«

»Das darf nicht geschehen!«

»Wir tun unser Möglichstes, um es zu verhindern.«

»Und Kurt Wesemann? Weiß er nicht mehr über ihn?«

»Wesemanns Leiche wurde von der Hundestaffel gefunden. Er lag knapp einen halben Kilometer vom Landhaus entfernt in einer Felsspalte. Die Obduktion hat ergeben, dass er erschossen wurde. Wir ermitteln noch, ob die Schüsse aus Notwehr von Ihrer Freundin abgegeben worden sein können, wie Sie ausgesagt haben. Von der Mordwaffe fehlt allerdings jede Spur.« Ich höre ein Gluckern. Godin trinkt etwas. »Florian Chevalier hat allerdings mittlerweile ausgesagt. Er hatte nichts mit der Aktivistengruppe an sich zu tun, beobachtete aber ihre Zielpersonen in der Umgebung des Dorfes. Wenn er wusste, dass niemand zu Hause war, informierte er die Aktivisten, sodass diese ungestört operieren konnten. Nachdem sie weg waren, untersuchte er die Tatorte auf Spuren und Beweismaterial. Dafür würde er bezahlt. Nebenbei raubte er den armen Opfern ihr sauer Erspartes und sicherte sich damit einen lukrativen Nebenverdienst.«

»Dianne hat mir erzählt, dass Chevalier oft Kontakt zu Hugo hatte. Kann er nicht gegen ihn aussagen?«

Godin lacht verbittert. »Das hat er sogar schon getan, ansatzweise jedenfalls. Im Hotelzimmer hat er doch darauf angespielt, dass Sanders den Mord an Bernard Bonnet auf dem Gewissen hat. Aber das allein reicht nicht. Vorläufig können wir nur Chevalier selbst festnageln, wegen des Mordes an Patricia Bonnet.« Godin seufzt. »Na schön, dann mache ich mich mal wieder an die Arbeit. Sollte Ihnen noch irgendetwas einfallen …«

»Dann rufe ich sofort an. Aber Sie wissen ja schon alles.«

Wir beenden das Gespräch, nachdem mir Godin versprochen hat, sich wieder zu melden, sobald es etwas Neues gibt.

Ich bleibe eine Weile schweigend im Dunkeln stehen, bevor ich in die Küche zurückkehre.

»Klang wie ein Anruf aus Frankreich«, bemerkt mein Vater.

»Stimmt, war es auch.« Ich setze mich wieder an den Küchentisch und kratze die letzten Reste Eintopf vom Teller.

Meine Mutter räumt schon den Tisch ab. »Etwas Neues von Hugo Sanders?«

»Sie haben ihn festgenommen.«

»Gut so! Hoffentlich wandert er für den Rest seines Lebens hinter Gitter.«

Ich nicke nur und erwähne nichts von den mageren Beweisen und den Spitzenanwälten. Hugos Vater wird alles daransetzen, um seinen verlorenen Sohn aus den Klauen des Gesetzes zu befreien. Und es sieht ganz danach aus, als würde ihm dies gelingen.

Meneer Sanders ist exorbitant reich. Letzte Woche habe ich ihn und seine Unternehmen ausgiebig gegoogelt und dabei erfahren, dass die Familie Immobilien in fünf Ländern besitzt. Es würde mich nicht wundern, wenn auch das beeindruckende Landhaus in Frankreich der Familie Sanders gehörte.

»Eine Tasse Kaffee, Eva?«

»Ja, gerne.«

Meine Mutter summt vor sich hin, während sie die Bohnen für die Kaffeemaschine abmisst und mein Vater die Töpfe in die Spülmaschine stellt. Die Atmosphäre ist so friedlich, dass ich beinahe misstrauisch werde.

Entweder haben meine Eltern tatsächlich aufgehört, sich

ständig zu kabbeln, weil die Therapie Früchte trägt, oder sie reißen sich zusammen, weil ich da bin. Vielleicht resultiert ihr Waffenstillstand auch aus dem Schock, den Diannes Tod verursacht hat, und dem Bewusstsein, dass sie genauso gut auch mich hätten verlieren können. Wer weiß, ob sie dadurch nicht ihre Prioritäten geändert und begriffen haben, dass ihre Zeit viel zu kostbar ist, um sie mit Streiten und Schmollen zu vergeuden.

Wenn ich mir ansehe, wie glücklich sie jetzt sind und wie sorglos sie wirken, weiß ich, dass es besser ist, ihnen nicht alles zu erzählen. Ich lasse sie in dem Glauben, Hugo sei sicher hinter Schloss und Riegel und werde nie wieder auf freien Fuß gesetzt. Und ich lasse sie in dem Glauben, dass Dianne nichts Böses getan hat, sondern nur zur falschen Zeit am falschen Ort war. Siebenundzwanzig Jahre lang haben diese beiden Menschen versucht, mich vor schlechten Nachrichten und düsteren Zukunftsaussichten in Schutz zu nehmen – jetzt tue ich dasselbe für sie. Das ist nicht besonders schwierig, genauso wenig, wie sie öfter zu besuchen. Jetzt, wo Dennis in Nijmegen lebt und Charles in Amsterdam, bin ich schließlich ihr einziger Sprössling, der noch in ihrer Nähe wohnt.

Der Gedanke, dass Dianne, die ebenso sehr zu uns gehörte, nie mehr zu Besuch kommen wird, steht unausgesprochen zwischen uns.

Gut eine Stunde später radle ich nach Hause. Es ist schon dunkel, aber das stört mich nicht. Wenn das Schicksal zuschlägt, so weiß ich jetzt, dann keineswegs immer nur in dunklen Gassen – meine Entführer sind am helllichten Tag in ein abgeschlossenes Haus eingedrungen.

Ich schiebe mein Fahrrad in die kleine Diele, schließe die Tür hinter mir und schiebe es weiter durch die Küche auf den Hof nach draußen. Das Profil der Reifen hinterlässt eine nasse

Spur auf dem Holzfußboden im Wohnzimmer. Im Hof, der inzwischen einigermaßen anständig aussieht, lehne ich das Rad an die Wand.

Letzte Woche habe ich gründlich aufgeräumt: Ich habe das durchgeweichte Stück Teppichboden weggeworfen, die Bierkästen in den Supermarkt gebracht, das Unkraut mit einem Messer aus den Fugen gekratzt und gründlich gekehrt. Ich finde, dass es hier jetzt schon weniger nach Studentenbude aussieht.

Zurück im Wohnzimmer schenke ich mir ein Glas Bacardi-Cola ein, steige die Treppe hinauf und schlüpfe in einen Jogginganzug. Im Schneidersitz sinke ich aufs Bett, klappe meinen Laptop auf und mache da weiter, wo ich heute Nachmittag aufgehört habe. Die Akte, die ich angelegt habe, ist inzwischen schon ziemlich dick.

Stunden vergehen. Immer wieder verschwimmen Schrift und Fotos vor meinen Augen. Trauer lässt sich nicht unterdrücken, das habe ich inzwischen gelernt. Sie ist immer da, unablässig. Manchmal in Gestalt eines leicht ziehenden, chronischen Schmerzes, den man leicht vergessen kann, dann wieder wie eine frische, offene Wunde in den tiefsten Schichten der Seele, die kein Pflaster verschließen und kein Schmerzmittel betäuben kann.

Mit dem Ärmel wische ich mir die Tränen weg.

Ich bleibe die ganze Nacht auf, während der Regen auf das Dachfenster trommelt. Wie eine Statue sitze ich auf dem Bett, in einen Kokon von bläulichem Licht gehüllt, das Glas in Reichweite. Meine Finger hämmern auf die Tastatur, meine Augen huschen hin und her.

Ich werde so von meiner Suche beansprucht, dass ich erst am nächsten Morgen feststelle, dass ich keinen Schluck von meiner Bacardi-Cola getrunken habe.

ZWEI TAGE SPÄTER

50

»Bist du noch wach?«, frage ich Erwin.

Wir liegen im Bett. Der Laptop auf dem Nachtschränkchen wirft einen schwachen Lichtschein auf uns. Sonst ist es stockdunkel. Erwin streichelt meinen Arm. »Was ist denn?«

»In der Nacht, in der wir zum Krankenhaus gefahren sind – hast du da etwas von dem mitgehört, was Dianne mir erzählt hat?«

»Ein bisschen, ja.«

»Weißt du noch, was sie über den Mord gesagt hat?«

»An dem Bauern?«, fragt er zurück.

»Ja.«

Erwin verlagert das Gewicht. »Sie hat gesagt, Hugo hätte sie gezwungen zu schießen. Er hätte ihr die Waffe in die Hand gelegt und abgedrückt. So ähnlich, oder?«

»Ja, so ähnlich«, bestätige ich matt. Und dann vertraue ich ihm an, was ich bisher niemandem sonst erzählt habe. Weder meinen Eltern noch Diannes Mutter und schon gar nicht der französischen Polizei: »Ich glaube das nicht.«

Er wälzt sich auf die Seite und stützt sich auf einem Ellbogen ab. »Du glaubst es nicht?«

»Nein. Ich glaube, sie hat selbst geschossen, von sich aus abgedrückt. Aus freiem Willen.« Ich drehe mich zu Erwin um. Das Bett quietscht ein wenig. »Und ich glaube, ich verstehe auch, warum. Sie wollte dazugehören und Hugo zeigen, was sie sich traute, was sie konnte. Ich glaube, sie wollte ihn beeindrucken. Nur ist mir noch schleierhaft, warum sie mich belogen hat.«

Erwin denkt einen Augenblick und sucht nach den richtigen Worten. Nach einiger Zeit sagt er plötzlich: »Sie hat sich geschämt.«

»Sie hat sich geschämt? Erwin, ich war ihre beste Freundin, und sie lag im Sterben!«

»Trotzdem.«

Betreten starre ich ins Leere. »Glaubst du das wirklich?«

»Sonst würde ich es nicht sagen. Und ich glaube, du weißt schon längst, wofür sie sich geschämt hat.«

»Woher soll ich das wissen?«

Erwin schaut an mir vorbei auf den Laptop, der summend auf dem Nachtschränkchen steht. Zärtlich streichelt er meine Hand und liebkost meine Finger. »Ich weiß, wie viel dir Dianne bedeutet hat und dass du sehr traurig bist. Ich will dir gerne helfen, so gut ich kann, aber manchmal denke ich … was weiß ich schon? Wir kennen uns erst seit dreieinhalb Monaten. Vielleicht irre ich mich. Ich möchte auf keinen Fall, dass du böse auf mich bist, das ist mir die Sache nicht wert.«

»Ich kann schon einiges vertragen.«

»Du kennst doch meine kleine Schwester, Hanneke. Zwar nicht so richtig, aber das kommt schon noch.«

Ich habe seine Schwester, die Nachzüglerin der vier Kinder in Erwins Familie, nur einmal gesehen. Sie besucht die Abschlussklasse des Gymnasiums.

»Hanneke findet alles, was ich mache, toll, und alles, was ich sage, gilt ihr als unumstößliche Wahrheit. Fast schon als Norm.« Erwin klingt gereizt. »Jahrelang hat sie mich quasi vergöttert. Ich habe es nicht einmal bemerkt, bis meine Mutter mich darauf aufmerksam gemacht hat. Sie nahm mich beiseite und bat mich, sorgfältiger mit dem Einfluss umzugehen, den ich auf Hanneke ausübte. Ich fand das geradezu lächerlich. Ich hatte keine Ahnung, welche Auswirkungen mein Reden und Handeln hatte. Keinen blassen Schimmer. Nach diesem Gespräch habe ich darauf geachtet, und erst dann ging mir ein Licht auf. Von da an verspürte ich diesen Druck. Die Last der Verantwortung.«

»Druck? Inwiefern?«

»Hanneke hat mich als Vorbild betrachtet, das tut sie bis heute. Sie verhält sich so, wie ich es ihr vorlebe. Das ist mir gewaltig auf die Nerven gegangen, das kann ich dir sagen. Ich habe diese Rolle gar nicht gewollt und weiß nicht, womit ich sie verdient habe.« Er umfasst meine Finger. »Aber dann passierte etwas Merkwürdiges. Ich begann, meine Vorbildfunktion wichtig zu nehmen. Aus irgendeinem Grund wollte ich meine kleine Schwester nicht enttäuschen. Ich wollte der ideale, besonnene, intelligente Bruder sein, den Hanneke offenbar in mir sah – zumindest wollte ich ihr gegenüber den Eindruck erwecken, so zu sein. Das ist anstrengend, und ich nehme an, dass es auch für Dianne nicht immer leicht war, dein Vorbild zu sein.«

»Du erschießt aber niemanden, Erwin.«

»Nein. Wahrhaftig nicht.«

»Und ich heiße nicht Hanneke.«

»Es geht um die Art der Beziehung. Eure Interaktion. Du hast dich doch gefragt, warum sie dich angelogen hat.«

»Und du meintest, aus Scham.«

Er lässt meine Hand los und streichelt über meinen Arm und meine Schulter. »Du hast sie idealisiert.«

»Kann sein«, antworte ich leise. »Aber sie war wirklich etwas Besonderes.« In der Vergangenheit von ihr zu reden fällt mir schwer.

»Das glaube ich gern. Trotzdem war sie vermutlich bei Weitem nicht so mutig, unabhängig und unerschütterlich, wie du gedacht hast.«

»Wegen Hugo? Weil sie sich so stark von ihm beeinflussen ließ?«

»Nicht nur. Sie war doch früher oft bei euch zu Hause, oder?«

»Ständig. Sie gehörte zur Familie. Bis sie nach Frankreich zog, hat sie meine Eltern immer noch mindestens ein Mal pro Woche besucht.«

Er richtet sich ein wenig auf und sieht mir in die Augen. Aus seinem Blick spricht Liebe, aber auch eine gewisse Nervosität, leichte Unsicherheit. Er küsst meine Finger. »Weil sie das brauchte. Genau wie du brauchte sie Halt, Bestätigung und Liebe, Menschen in ihrem Leben, die ihr als Vorbilder dienen und an denen sie sich messen konnte. Verstehst du? Bestimmt siehst du das im Nachhinein auch so.«

Natürlich sehe ich das so. Erwin erzählt mir nichts Neues, sondern bestätigt nur, was ich schon seit einer Weile vermutet habe. Nein, was ich wusste. Natürlich habe ich es gewusst.

Ich habe nur meine Augen davor verschlossen.

»Sie hat schlimme Fehler begangen«, fährt Erwin fort, »und sie zutiefst bereut. Sie hat dir in Bezug auf ihre Beziehung mit diesem Hugo und ihre Beweggründe für den Umzug nach Frankreich ins Gesicht gelogen. Sie war durchgeknallt, hatte vollständig den Boden unter den Füßen verloren. Doch dieses Bild der fehlerlosen, kraftvollen, umwerfenden Frau, dieses unrealistische Zerrbild, das du von ihr hattest, wollte sie nicht zerstören. Um sich zu schützen, vor allem aber auch dich. Sogar noch kurz vor ihrem Tod.«

Jetzt ist alles gesagt, denke ich.

Von allen Seiten betrachtet.

Zergliedert.

Ich habe Dianne auf einen Sockel gestellt, und sie ist abgestürzt. Rumms: Mit einem Schlag ist das Götzenbild, das ich mir von ihr gemacht hatte, auseinandergebrochen, in tausend scharfkantige, unregelmäßige Stücke.

Im Licht der Ereignisse kann ich ihre heftige Leidenschaft und ihren Fanatismus nicht mehr bewundern, sondern nur noch bedauern. Ich bedaure sie, ich bedaure das französische Ehepaar, das nicht mehr ist. Die beiden Kinder, die keine Eltern mehr haben. Diannes Eltern, die keine Tochter mehr haben. Meine Eltern, für die es ein genauso großer Verlust ist.

Mich. Weil auch ich sie verloren habe.

Aber habe ich sie nicht schon vor langer Zeit verloren?

»Danke für deine Ehrlichkeit, Erwin«, sage ich leise. »Ich bin wirklich froh darüber.« Ich löse mich aus seiner Umarmung und hole ein Papiertaschentuch aus der Nachttischschublade. Schnäuze mir die Nase und tupfe mir die Augen trocken.

»… aber so genau will ich es gar nicht wissen«, füge ich flüsternd hinzu. Neue Tränen fließen.

Er zieht mich in seine Arme. »Das verstehe ich«, brummt er. »Scht.«

Ich lege meine Wange an seine Brust und fühle seinen Herzschlag durch den Stoff seines T-Shirts. »Ich liebe dich«, flüstere ich.

»Ich dich auch, Schatz. Sehr sogar.«

51

»Ich wollte es Ihnen lieber persönlich mitteilen, bevor Sie es auf andere Weise erfahren.« Die Stimme Gérard Godins klingt müde, als hätte er einen langen, anstrengenden Arbeitstag hinter sich. Dabei ist es erst neun Uhr morgens.

Ich bin noch im Bademantel, und meine zweite Tasse Kaffee steht vor mir auf dem Wohnzimmertisch. Erwin ist vor zwei Stunden gefahren, um rechtzeitig zu einer Sitzung in Zwolle zu kommen.

»*Qu'est-ce qui se passe?* – Was ist los?«, frage ich. Schnell regle ich mit der Fernbedienung die Lautstärke des Fernsehers herunter.

»Wir mussten leider Hugo Sanders aus der U-Haft entlassen.«

Ruckartig setze ich mich auf. »Wann?«

»Er verlässt gerade das Gebäude, begleitet von seinem Vater und einem seiner Anwälte.« Godin nennt einen Namen, den ich nur teilweise verstehe. »Ein Promi-Anwalt, den man hier aus dem Fernsehen kennt. In der Provinz lässt er sich normalerweise kaum blicken.«

»Spielt das eine Rolle?«, frage ich gereizt. »Dass man den Anwalt aus dem Fernsehen kennt?«

»Nein, aber er ist wirklich sehr gut. Ohne sein Eingreifen hätten wir Sanders länger festhalten können. Dann hätten wir ihn vielleicht noch mehr unter Druck setzen und doch noch etwas aus ihm herausquetschen können. Aber die Chance ist jetzt vertan. Wir können ihm nichts anhaben. Wir haben keinerlei Beweise, weder Spuren noch DNA, rein gar nichts.«

»Ja, aber … das ist ungerecht!«

Er lacht freudlos. »Stimmt. In unserem Beruf lernt man schnell, dass Recht haben und Recht bekommen zweierlei sind. Man kann nicht immer gewinnen. Wie auch immer …« Er seufzt tief. »Ich hatte versprochen, Sie auf dem Laufenden zu halten, was hiermit geschehen ist. Ich wünsche Ihnen trotzdem noch einen angenehmen Tag.«

Ich wünsche ihm auch alles Gute und beende das Gespräch. Dann trinke ich ein paar Schlucke von meinem Kaffee, aber das schwarze Gebräu schmeckt mir nicht mehr.

Hugo kann heute noch in den Niederlanden eintreffen. Bei seinen Beziehungen braucht er sicher nicht die ganze Strecke mit dem Auto zu fahren oder auf einen Linienflug zu warten. Leute, die sich solche Anwälte leisten können, reisen mit Privatflugzeugen. Die Wahrscheinlichkeit, dass ich Hugo schon heute oder morgen in der Stadt oder im Supermarkt treffe, ist keineswegs gering.

Ich gehe die Treppe hinauf, wecke meinen Laptop aus seinem Schlummer und öffne die Datei, an der ich seit meiner Rückkehr aus Frankreich arbeite.

Diannes E-Mails und ihre Liste mit Namen und Adressen sind darin gespeichert. Anhand meiner Recherchen habe ich sie weiter ergänzt: durch wichtige Informationen über extremistische Umweltschützer, Material über Hugo Sanders und seine Familie, Fotos von Kurt Wesemann sowie verschiedene Zeitungsberichte – darunter einer über den unaufgeklärten Mord an dem Hundezüchter in Flandern.

Ich weiß noch nicht genau, was ich mit der stetig wachsenden Flut von Daten, Namen, Zusammenhängen und anderen Informationen anfangen werde. Aber das Puzzle nimmt immer mehr Gestalt an, weil ich jeden Tag daran arbeite.

Ich gehe auf die Website des Unternehmens der Familie Sanders, ein Immobilienimperium namens Wouthil Investments – zweifellos eine Kombination aus den Vornamen von

Hugos Eltern, Wouter und Hilde. Ich habe nur zwei Fotos von dem Ehepaar gefunden. Jedes Jahr rangieren sie unter den fünfhundert Reichsten im Lande, lassen sich aber selten bei gesellschaftlichen Anlässen blicken, und trotz ihrer Millionen sind die Sanders nie in eines der Reichen-Reservate im Westen des Landes gezogen, sondern wohnen noch immer auf ihrem kleinen Landsitz in Haren.

Auf der Seite der Handwerkskammer muss ich mich durch die Einträge diverser GmbHs und Tochterfirmen kämpfen, bis ich die Quelle gefunden habe, aber irgendwann erscheint endlich die Adresse der Familie Sanders auf dem Bildschirm. Sie wohnen nur etwa elf Kilometer Luftlinie entfernt. Ich speichere eine Kopie des Auszugs, suche mit Hilfe von Google Earth das Haus, kopiere das Bild, packe es in eine Word-Datei und speichere es in meiner Akte.

Nervös blättere ich den Ordner mit den gesammelten Fotos durch. Meine Finger umklammern die Maus, als ich zu dem Bild von Hugo komme. Es ist ein Urlaubsfoto. Er ist glatt rasiert und trägt seine Haare wesentlich länger als jetzt. Minutenlang starre ich schweigend auf den Bildschirm, bis sich der Bildschirmschoner automatisch einschaltet und das selbstbewusste Glitzern in Hugos Augen hinter einem bunten Linienspiel verschwindet.

Doch selbst dann noch habe ich das Gefühl, dass er mich ansieht.

52

»Bist du schon wieder im Internet?« Erwins schlaftrunkene Stimme durchbricht die Stille der letzten drei Stunden.

»Ich konnte nicht schlafen«, murmele ich. Meine Muskeln sind steif vom stundenlangen Sitzen in derselben Haltung.

»Immer noch deine Akte?« Er setzt sich im Bett auf, gähnt vernehmlich und schaltet das Nachttischlämpchen ein. »O nein. Fünf Uhr morgens.«

»Ich habe die Adresse von Danny Malfait gefunden, dem ermordeten belgischen Hundezüchter.«

»Die Adresse seines Wohnhauses oder seines Zuchtbetriebs?«

»Es gibt nur die eine Adresse. Meinen Informationen nach steht das Gebäude inzwischen leer.«

»Und was willst du mit dieser Information anfangen?«

»Ich will mich dort mal umsehen.«

»Das hat doch keinen Sinn, wenn keiner mehr dort wohnt?«

»Er hat eine Frau und eine Tochter in meinem Alter hinterlassen. Es könnte gut sein, dass die beiden noch in dem Dorf leben. Vielleicht kann ich auch mit den Nachbarn oder ehemaligen Freunden reden.«

»Eva?«, fragt Erwin und sagt dann lange nichts. Als er fortfährt, klingt er aufrichtig besorgt. »Warum tust du das? Warum gehst du mit den ganzen Informationen nicht einfach zur Polizei?«

»Weil es keinen Sinn hat. Noch nicht, jedenfalls.«

»Natürlich hat es das.«

»Wenn es nur so wäre! Aber ich glaube nicht mehr daran.« Ich schiebe das Nachtschränkchen mit meinem Laptop beiseite. Die harte Bettkante drückt schmerzhaft in meine Oberschenkel. Ich strecke meine Beine, eines nach dem anderen, und recke mich.

Erwin setzt sich hinter mich, seine langen Beine rechts und links von mir, seine Arme um mich geschlungen.

Ich lasse mich zurücksinken und schmiege mich an ihn. »Es tut mir einfach gut, mich mit diesen Dingen zu beschäftigen. Ich bin die ganze Zeit so schrecklich passiv gewesen. Es kommt mir vor, als hätte ich jahrelang geschlafen.«

»Aber so schlimm wird es doch nicht sein?«

»Doch. Wenn ich mich an die letzten Jahre erinnere, wird mir klar, dass ich die ganze Zeit auf irgendetwas gewartet habe. Als hätte ich sowieso keinen Einfluss auf mein eigenes Leben. Als geschähe alles einfach so mit mir.«

»So habe ich dich aber nie erlebt.«

»Du kennst mich auch noch nicht so lange. Zum Beispiel Sjef, mein Vorgesetzter bei der Zeitung. Immer habe ich gehofft, dass der Kerl eines Tages einsehen würde, wie viel mehr ich kann, und dass er mir dann mehr Verantwortung übertragen würde. Keine Sekunde lang habe ich daran gedacht, er könne meinen Aufstieg absichtlich verhindern wollen. Dabei war er vollkommen egoistisch und nur daran interessiert, seine Schäfchen ins Trockene zu bringen. Ich war ihm völlig egal.«

»Hat dich das überrascht?«

Ich wende mich ihm zu. »Ja. Dumm, oder? Wie naiv kann man sein?«

»Du bist zu streng mit dir. Das hast du doch gar nicht nötig. Wenn ich daran denke, was du in Frankreich erlebt und was du alles geleistet hast… Ich glaube nicht, dass ich dazu in der Lage gewesen wäre. Das war wirklich beeindruckend. Du solltest mehr auf dein eigenes Urteil vertrauen.« Er wiegt mich in seinen Armen und reibt mit der Wange über meine Schläfe. »Auf dein Bauchgefühl.«

»Genau das tue ich inzwischen. Viel mehr als früher.« Ich

lächle und genieße seinen warmen Körper an meinem Rücken, seinen gleichmäßigen Atem an meinem Ohr. »Das fühlt sich gut an.«

»Stimmt«, flüstert er, fährt mit einer Hand über meine Taille nach oben und umfasst meine Brust.

Mein Körper reagiert trotz der Müdigkeit und der trüben Gedanken.

»Ich bin wirklich verrückt nach dir, Eva.«

Ich muss kichern. »Weißt du, dass ich vor Frankreich überzeugt davon war, dass wir nicht zueinander passen? Dass wir eine schöne Zeit miteinander hatten und sonst nichts?«

»Im Ernst? Dann nehme ich alles zurück und erkläre dich hiermit für vollkommen unzurechnungsfähig.«

Ich lache und versetze ihm einen Rippenstoß. »Ich habe gesagt: vor Frankreich. Inzwischen denke ich ganz anders.«

»Das weiß ich.«

»Ich habe das Gefühl, endlich aufgewacht zu sein. Zum ersten Mal klar zu sehen. Ich habe ein Ziel vor Augen, verstehst du? Ich weiß, was ich will. Und ich werde aktiv, anstatt tatenlos abzuwarten.«

»Dann bist du schon weiter als die meisten anderen Leute«, bemerkt Erwin amüsiert.

»Das liegt an der Geschichte in Frankreich. Für mich war das wie ein bizarrer Weckruf. Noch nie zuvor war ich so sehr auf mich selbst zurückgeworfen, nicht so extrem.«

»Chevalier in die Falle zu locken war doch deine Idee, oder?«

Ich denke an das Gespräch mit Kommissar Godin zurück, das wir an dem Nachmittag nach der Tatrekonstruktion in Diannes Hause führten. Während wir zusammen in die Stadt fuhren, versuchte ich, ihm klarzumachen, dass sein Kollege aus dem Dorf dubios, ja gefährlich war. Nachdem er das wie zu erwarten nicht ohne Weiteres glauben wollte, unterbreitete ich ihm meinen Plan.

Godin sträubte sich zunächst, erklärte sich aber schließlich doch einverstanden, und ich glaube fest, dass das an mir lag, an meiner Überzeugungskraft und dem Mut, den ich in diesem Augenblick aufbrachte. Er ging ein Risiko ein, aber ich natürlich ebenso. Ich konnte vorher nicht wissen, ob ich die Sache bis zum Ende durchhalten würde.

Ich konnte es nur hoffen.

Ich bin zu viel mehr imstande, als ich selbst für möglich gehalten hätte. Dieses Wissen hat mein Selbstvertrauen sehr gestärkt, mehr als alle aufmunternden Worte.

»Ich musste es einfach tun«, sage ich.

»Ich bin unglaublich stolz auf dich.« Erwin streicht mir zärtlich eine Strähne aus der Stirn. »Und obwohl ich dich noch nicht lange kenne, sehe ich, dass Frankreich dich verändert hat. Der Blick in deinen Augen hat sich verwandelt. Du wirkst stärker.«

»Ja, so fühle ich mich auch, stärker.« Ich unterdrücke ein Gähnen. »Aber jetzt bin ich einfach nur müde und will schlafen. Morgen wird ein langer Tag.«

Ich löse mich aus Erwins Umarmung, strecke mich auf dem Bett aus und schmiege meinen Kopf ins Kissen. Kaum habe ich die Augen geschlossen, schon überkommt mich die Schläfrigkeit.

»Morgen? Was ist denn morgen?«

»Vielleicht fahre ich nach Belgien«, murmele ich.

Erwin kuschelt sich an mich und legt einen Arm und ein Bein über mich. »Ich wünschte, ich könnte mit dir kommen«, flüstert er. »Ich mache mir Sorgen.«

Ich drehe meinen Kopf zu ihm um. »Ach was. Ich fahre zu einer trauernden Familie nach Belgien, nicht an die Front nach Afghanistan. Du brauchst dir keine Sorgen zu machen.«

»Na klar. Denn du hast ja dein Pfefferspray. Das hat dir auch beim letzten Mal so viel genutzt.«

Ich lächle freudlos. »Ich muss das tun, wirklich, Erwin.«

»Du glaubst nur, dass du es tun musst.« Das Mondlicht fällt durch das Dachfenster auf Erwins Gesicht. Er ist hellwach. Und besorgt.

Ich küsse ihn auf den Mund. »Gute Nacht.«

Was ich vorhabe, bevor ich mich morgen auf den Weg nach Belgien mache, erzähle ich ihm jetzt lieber doch nicht.

53

Das Interieur des Hauses der Familie Sanders wirkt wie aus einem Hochglanz-Wohnmagazin. Holzverkleidungen in glänzendem Weiß, moderne Kunst und Sprossenfenster, die Aussicht auf einen Garten mit Swimmingpool bieten. Das Wohnzimmer ist riesig. Es gibt mehrere Sitzecken und Sofas, auf dem Boden liegen exotische Tierfelle. Von der Diele aus kann man einen Blick in die Küche werfen, die der eines Restaurants gleicht – höchst funktionell, viel rostfreier Stahl.

»Wenn Sie einen Moment hier warten würden?« Die Dame, die mich hereingelassen hat, spricht mit starkem Akzent. Ich halte sie für eine Südamerikanerin.

Zur Familie Sanders vorzudringen war weniger schwierig, als ich gedacht hatte.

Das schmiedeeiserne Tor stand offen, ich konnte ungehindert die Einfahrt entlang bis vor die Haustür fahren. Nachdem ich gefragt hatte, ob ich jemanden von der Familie sprechen könne, wurde ich sofort hereingelassen. Die Sanders leben nicht sehr abgeschottet.

Dennoch bin ich auf der Hut. Hugo könnte zu Hause sein. Die Wahrscheinlichkeit ist sogar sehr groß. Heute vor zwei Tagen wurde er freigelassen.

Ich lasse meinen Blick durch das Wohnzimmer schweifen. In diesem Haus herrscht eine merkwürdige Atmosphäre, und allmählich erkenne ich, woran das genau liegt: Wie beeindruckend das Styling auch sein mag, so bestimmt doch Leere die herrschende Atmosphäre. Die Zwischenräume ziehen eher die Blicke auf sich als die Möbelstücke selbst, als stünde ich in den Kulissen eines Theaters. Nirgendwo hat sich Krimskrams angesammelt, nichts liegt herum. Weder eine aufgeschlagene Zeitschrift noch eine ordentlich gefaltete Zeitung, ja, nicht einmal ein Paar Schuhe steht unter einem Tisch.

Rechts von mir starrt ein ausgestopfter Zebrakopf mit toten Kunstaugen in den Flur. Schräg darunter hängt ein Hirschschädel.

Hugo hat seine Tierliebe offenbar nicht von Wouter und Hilde Sanders geerbt, obwohl ich ohnehin an seinen Motiven zweifle. Ich bin mir so gut wie sicher, dass Hugo Tiere nicht besonders mag und sich genauso wenig um Fragen des Umweltschutzes schert.

»So, so. Sieh mal einer an.«

Die Männerstimme lässt mich zusammenzucken. Ich drehe mich um.

Hugo kommt aus einem Seitenflur in die Diele geschlendert. Er trägt ein Poloshirt mit langen Ärmeln, sein Stoppelbart ist verschwunden, die Füße stecken in Sneakers. Gepflegt, fast distinguiert, mit jungenhafter Selbstsicherheit – das typische Reiche-Leute-Söhnchen. Hier steht ein vollkommen anderer Mann als der, dem ich in dem französischen Waffengeschäft begegnet bin – Dr. Jekyll und Mr. Hyde.

»Gute Reise gehabt?« Meine Stimme klingt höher als normalerweise, aber ich glaube nicht, dass er mich gut genug kennt, um den Unterschied zu bemerken.

»Du hast Nerven, dich hier blicken zu lassen.«

»Findest du? Mit dir hatte ich auch nicht gerechnet.«

»Ach, und warum nicht?«

Ich schlucke ein Zittern in meiner Stimme hinunter und erwidere: »Weil Mörder nicht frei herumlaufen sollten.«

»Ah, auf die Tour.« Er verzieht das Gesicht zu einem Grinsen, reibt sich mit der Hand über die Nase und blickt mich geringschätzig an. »Trägst du vielleicht wieder irgendwo ein Mikrofon unter dem Pullover, Eva Lambregts? Versuchst du jetzt auch hier, die Polizei vor deinen Karren zu spannen?« Er wirft einen Blick durch die Glasscheibe in der Tür zur Auffahrt, als wolle er überprüfen, ob dort Polizeifahrzeuge stehen.

Meine anfängliche Furcht ringt jetzt mit der Wut, die in mir tobt. Mal drängt mich die Angst zu panischer Flucht, mal gewinnt die Wut die Oberhand.

Angst.

»Nein, ich trage kein Mikrofon«, entgegne ich, fast atemlos vor Anspannung. »Ich hätte allerdings ein paar Fragen.«

Er sagt nichts, verschränkt nur die Arme.

»Ich weiß, dass das Landhaus in Frankreich Wouthil Investments gehört. Und das Haus, in dem Dianne gewohnt hat, ist auf eine der Tochtergesellschaften von Wouthil eingetragen.«

Achselzuckend erwidert er: »Kann sein, ich beschäftige mich nicht damit.«

»Du weißt genau, dass das stimmt.«

»Tja, wenn du das sagst, dann wird es wohl so sein«, antwortet er höhnisch.

»Du warst dabei in dem Keller. Du warst einer der vier Männer.«

Er zieht eine Augenbraue hoch. »Ach ja?«

Wut.

»Schlimmer noch: Du hast mich während des Verhörs festgehalten. Du warst der Einzige, der nichts gesagt hat, weil ich dich sonst an deiner Stimme erkannt hätte.«

Er schüttelt den Kopf und lacht in sich hinein.

»Warum hast du das getan, Hugo?«

»Was soll ich getan haben?«

»Warum hast du Dianne umgebracht? Sie war deine Freundin. Sie hat dich geliebt.«

Er sieht mich finster an. Schweigend.

Im Wohnzimmer regt sich etwas auf einem weißen Sofa am Fenster. Bei näherem Hinsehen erkenne ich einen Hund, einen Windhund, der sich wie eine Katze auf einem Kissen zusammengerollt hat. Seine dunklen Augen glänzen. Er wirft mir einen kurzen Blick zu und dreht dann gelangweilt den Kopf weg. Neben ihm liegt ein zweites Exemplar, das dem anderen fast aufs Haar gleicht: weiß mit dunklen Pigmentflecken, die durch das dünne Fell schimmern. Beide Hunde haben nicht gebellt, als ich hereinkam. Sie gleichen eher Requisiten als echten Hunden.

Hugo kommt näher.

Unwillkürlich weiche ich zurück.

»Du haust jetzt besser ab, Eva.«

Der Abstand zwischen uns verringert sich.

Angst.

Ich kann nicht weiter zurückweichen; noch ein Schritt, und ich stehe buchstäblich mit dem Rücken zur Wand.

Du brauchst keine Angst zu haben, murmelt mir eine leise Stimme zu. Hugo Sanders ist ein Mörder, aber ihm muss klar sein, dass er nicht straflos davonkäme, wenn er dir etwas antun würde.

»Ich gehe nirgendwohin, bevor ich keine Antworten auf meine Fragen habe«, erwidere ich.

»Du tickst wohl nicht richtig.«

»Kann sein.«

»Du spielst mit deinem Leben«, droht er leise, drückt das Kinn auf die Brust und blickt mich unter seinen eckigen Augenbrauen hervor an. Da ist er wieder, dieser Blick, den er mir schon im Waffengeschäft zugeworfen hat.

Der Blick eines Mörders.

Eines psychopathischen Mörders.

Ich hole tief Luft. »Du bist hier nicht in Frankreich.«

»Auch hier gibt es Anwälte.«

»Was ist denn hier los?« Hilde Sanders schwebt graziös die Treppe herunter. Ihr blondes, grau gesträhntes Haar trägt sie zu einem tiefen Knoten geschlungen. Sie sieht älter aus als auf den Fotos. Wie gebleichtes Pergament, sogar ihre Augen sind wässrig und farblos. Meryl Streep in der Rolle der bösen Stiefmutter.

»Eva Lambregts«, stelle ich mich vor und strecke ihr die Hand hin.

Sie sieht mich an, als sei ich mit Matschstiefeln in ihr glänzendes Foyer marschiert, und wendet sich dann an ihren Sohn. »Wer ist diese Frau? Was ist das für ein Aufruhr?«

»Sie hat nur ein paar Fragen.«

»Ja, an Ihren Sohn«, stoße ich wütend hervor.

Die Dame zieht eine tätowierte Augenbraue hoch, die personifizierte Arroganz. Die kleinen stechenden Augen hat Hugo von seiner Mutter.

»Er hat meine Freundin ermordet.«

Hilde Sanders presst die Lippen aufeinander. »Hugo, zeigst du der Dame bitte den Weg zur Tür?«

Hugo marschiert prompt über den Granitfußboden auf die Haustür zu und hält sie für mich auf.

»Du hast es gehört. Raus hier.«

Zitternd vor Zorn blicke ich Hilde Sanders in die Augen, die Arme eng am Körper, die Fäuste geballt. »Haben Sie gehört, was ich gesagt habe? Ihr Sohn ist ein Mörder! Ein Frauenmörder!«

Sie runzelt die Stirn, als hätte ich dummes Geschwätz von mir gegeben, dreht sich um und geht ins Wohnzimmer.

Die Windhunde spitzen die Ohren, als sich ihr Frauchen nähert, springen vom Sofa und folgen ihr mit gekrümmten Rücken, als sie weiter in die Küche geht.

Hugo steht noch immer an der Tür und starrt mich an. Sein Blick ist jetzt genauso leer und emotionslos wie der seiner Mutter. Wind umspielt seine Kleider, fegt in die Diele, raschelt in der Kunstblumendekoration.

Was wollte ich hier eigentlich?, frage ich mich.

Was hoffte ich, hier zu finden?

Habe ich wirklich geglaubt, es würde etwas ändern, wenn

ich Hugo in die Augen sehen könnte? Hatte ich wirklich gehofft, dass es ihm leidtäte – dass er mir sagen würde, er habe Dianne aufrichtig geliebt und das alles nicht gewollt?

Ich habe das Gefühl überzulaufen, von einer Welle der Emotionen und Schmerzen überschwemmt zu werden, die mir die Kehle zuschnürt und mir die Tränen in die Augen treibt. Ich balle die Hand zur Faust und drücke sie gegen meinen Mund.

Dann renne ich los, an Hugo vorbei, hinaus zu meinem Auto.

Mein zwölf Jahre alter Citroën passt nicht in dieses Ambiente von weißem Kies und perfekten, zu viereckigen Säulen gestutzten Buchsbaumhecken. Ich hole den Schlüssel aus der Tasche, lasse ihn aus den zitternden Fingern fallen und hebe ihn fluchend auf.

Ich schaffe es nicht auf Anhieb, den Schlüssel ins Türschloss zu stecken. Mein Blick ist getrübt, meine Hände beben unkontrolliert.

Als ich die Tür endlich geöffnet habe, sehe ich Hugo noch immer in der offenen Haustür stehen. Gespielt desinteressiert lehnt er am Türpfosten.

Dieses Bild von ihm in diesem Haus mit seinem parkähnlichen Garten sagt mir: Das ist ein Mann, der alles hat und der fest darauf baut, dass ihm die Welt zu Füßen liegt und niemand ihm etwas anhaben kann.

Er fühlt sich unantastbar.

Wut.

Ich steige in mein Auto, ziehe die Tür zu und drehe den Zündschlüssel. Der Motor springt nicht sofort an. Ich versuche es noch einmal, und dann ein drittes Mal. Ich beiße mir auf die Wange vor Frustration und schmecke sofort das Blut, das sich in meinem Mund verteilt.

Als der Motor endlich zum Leben erwacht, lege ich den ersten Gang ein und kehre zur Straße zurück. Hinter mir schwingt das Tor wie von selbst zu.

Im Rückspiegel sehe ich Hugo noch immer in der Tür stehen. Einer der Windhunde erscheint neben ihm, drückt den Kopf gegen sein Bein und geht wieder hinein.

Ich mache mir keine Illusionen. Innerhalb der Mauern dieses Hauses existiert eine Parallelwelt, die kaum Einflüssen von außen unterworfen ist. Mein Besuch hat nur ein leichtes Kräuseln an der glatten Oberfläche dessen verursacht, was diese Leute als ihr Leben bezeichnen. Schon bald wird alles wieder seinen gewohnten Lauf nehmen.

Schon heute Abend, wenn die Bedienstete das Abendessen serviert, wird niemand mehr ein Wort über mich, Dianne, irgendwelche Verhaftungen oder Hugos Mordlust verlieren.

54

Das trostlose, frei stehende Backsteinhaus Danny Malfaits steht leer und ist zu verkaufen. Das Gelände hinter dem Haus ist vollständig mit schmalen Hundezwingern aus Draht zugebaut, bestimmt an die hundert. Überdachte Unterkünfte gibt es keine. In jedem Zwinger steht eine Box mit einer Klappe auf der Oberseite und einem Eingang vorne. Die Unterschlupfe bestehen aus rohem Holz und sind vom Talg aus den Fellen der Tiere verschmutzt, die jahrelang daran geschmiegt gelegen und daran gescheuert haben. Der fettige Schmutz haftet sogar an den Gittern, die an vielen Stellen regelrecht geschwärzt sind. Weiter hinten auf dem Grundstück befinden sich mit Kaninchendraht und Elektrozaun abgetrennte Gehege, wo im schlammigen Boden Hunderte Pfotenabdrücke von der Hölle zeugen, die hier geherrscht haben muss.

Es stinkt Ekel erregend. Schon seit über einem Jahr leben hier keine Hunde mehr, aber der Gestank ihrer Exkremente, gemischt mit dem von nassem Fell, steigt einem noch immer in die Nase. Ab und zu rieche ich einen Hauch Zitrone – Desinfektionsmittel.

In Gedanken versunken laufe ich zwischen den Zäunen hindurch. Zeitungen vom letzten Jahr wehen leise im Wind. Eine Katze huscht über ein Wellblechdach davon, als ich vorbeikomme. Überall liegen Haare. Braune, weiße, melierte. Lange und kurze.

Danny Malfait hat nicht nur Hunde gezüchtet, sondern auch ganze Lkw-Ladungen von Welpen aus den ehemaligen Ostblockländern importiert. Jeder, der bezahlte, wurde von ihm mit frischen jungen Hunden beliefert. Seine Kunden kamen von weit her, aus Frankreich, Deutschland und den Niederlanden. Tiere, die nicht niedlich genug, zu krank oder alt waren, um das Herz der Hundekäufer zu gewinnen, wurden gnadenlos getötet. Zuchthündinnen, die keine Welpen mehr gebären konnten, erlitten dasselbe Schicksal. Einige landeten in den Versuchslaboren der Kosmetikindustrie.

Ich habe letzte Nacht alles gesehen und gelesen. Ich habe mich durch heimlich aufgenommene, Übelkeit erregende Fotos, viele Seiten von Daten und zahllose Forenberichte gekämpft, um mir ein besseres Bild von diesem Züchter und der teils verborgenen Welt machen zu können, zu der er gehörte. Eine Welt, die auf einmal deutlich greifbar wird, jetzt, wo ich mitten in den stinkenden Überresten stehe. Obwohl keine Tiere mehr hier sind, ist ihre Verzweiflung noch immer spürbar.

Ob Hugo Dianne hierher gebracht hat? Hat er ihr diesen oder einen anderen, vergleichbaren Albtraum präsentiert? Wie leicht muss es gewesen sein, sie inmitten der wehrlosen Tiere davon zu überzeugen, dass er recht hatte! Schon allein der Anblick hätte sie zornig gemacht. Rasend vor Wut.

Ich kann sie gut verstehen. Ich muss die Tiere nicht einmal selbst gesehen haben, um zu begreifen, wie verführerisch es sein muss, seine Wut an dem Verursacher des ganzen Elends auszulassen.

Doch was Hugo getan hat, bleibt unbegreiflich. Angst und Terror zu säen kann nicht die Lösung sein, nein: Sie darf es nicht sein.

Und zu morden schon gar nicht.

Danny Malfait lebt nicht mehr. Konfrontiert mit dieser Szenerie frage ich mich unwillkürlich, was das für die armen Tiere geändert hat. Meinen Recherchen nach vermute ich: so gut wie gar nichts. In diesem Geschäft steckt viel Geld, und solange die Nachfrage nach billigen Welpen bestehen bleibt, wird es auch diese Art von Zuchtfabriken geben. Malfaits

Kollegen haben schon längst seinen Platz eingenommen. Sein Tod war sinnlos.

Doch Probleme zu lösen war gar nicht Hugos Hauptanliegen.

Der Anblick der exotischen Jagdtrophäen im Hause Sanders hat mich nur in meinen Vermutungen bestärkt. Hugo muss durch Zufall in die Kreise der extremistischen Naturliebhaber hineingeraten sein. Wäre er in einem anderen Milieu aufgewachsen, hätte sich sein blinder Fanatismus ebenso gut gegen Menschen mit einem anderen Glauben, einem anderen Geschlecht oder einer anderen politischen Überzeugung richten können. Gefährliche Irre wie Hugo Sanders stürzen sich auf alles, was sich gerade bietet, um ihre tödliche Gewaltbereitschaft zu rechtfertigen.

»Die gute Sache« ist Hugo vermutlich völlig schnuppe. Hugo interessiert sich nur für Hugo.

Und solange seine einflussreiche Familie hinter ihm steht, kann er sich fast ungestraft austoben.

»Hier ist es passiert.« Die Stimme von Krystel Malfait reißt mich aus meinen Gedanken. Sie stellt sich neben mich und zupft zwanghaft an den Ärmeln ihrer groben Strickjacke.

»Hier hat er gelegen, hier haben wir ihn gefunden.« Sie zeigt auf eine Stelle zwischen einer Reihe von Zwingern und einer Koniferenhecke. Danny Malfaits Tochter hat kaum noch Fingernägel; sie hat sie bis auf rot entzündete Stummel abgekaut. Krystel hat sommersprossige Haut, trägt kein Make-up, und ihr aschblondes Haar fällt ihr strähnig auf die Schultern.

»Er wurde erschossen?«, frage ich, obwohl ich es natürlich weiß.

»Es war ein Kopfschuss«, flüstert sie leise. Dann beißt sie die Zähne zusammen und sieht mich an, mit Augen, die viel geweint haben, so viel und so lange, dass sich die Trauer dauerhaft in ihre Züge eingegraben hat.

Ich stelle eine Frage nach der anderen und schreibe ihre Antworten sorgfältig auf, begleitet von gelegentlichen Notizen zu ihren Gesten oder dem Tonfall ihrer Stimme.

Heute betreibe ich investigativen Journalismus und versuche, genau wie mein Gegenüber, meine Gefühle so weit wie möglich zu unterdrücken. Krystel will, dass die Wahrheit ans Licht kommt, dass der Mörder ihres Vaters gefasst wird und sie diesem eines Tages in die Augen sehen kann. Sie will wissen, wie er heißt, wie alt er ist, woher er kommt. Sie will vom Täter selbst hören, was ihn zu seiner Tat getrieben hat.

Krystel Malfait will Antworten auf zahllose Fragen, auch wenn sie tief im Inneren längst vermutet, dass es keine befriedigenden Antworten gibt.

Als ich in mein Auto steige, habe ich letztendlich nicht den Mut aufgebracht, ihr zu erzählen, dass ich den Mörder ihres Vaters kenne. Dass er frei herumläuft und auf einem Landgut in den Niederlanden wohnt, vierhundert Kilometer nördlich von ihrem Dorf.

Ich hatte ihr sagen wollen: *Der Mörder deines Vaters hat auch meine allerliebste Freundin umgebracht. Und eines Tages wird er dafür büßen. Das garantiere ich dir.*

Aber ich habe nichts gesagt.

Direkt vor der Tür ist kein Parkplatz mehr frei. Erst zwei Straßen weiter finde ich einen. Es wird schon dunkel, und der Wind fühlt sich eisig und winterlich an.

Ich ziehe den Reißverschluss meiner Jacke zu bis unters Kinn, vergrabe die Hände in den Taschen und gehe den Bürgersteig entlang nach Hause.

Viele Leute in meinem Viertel lassen abends die Gardinen offen. Im Vorbeigehen sehe ich sie in ihren Wohnzimmern sitzen, essen oder Geschirr spülen. In einigen Häusern brennt kein Licht.

Wenn ich an diesen dunklen Fassaden und an den dunklen Brandgassen vorbeikomme, die auf die Straßen münden, beschleunige ich meine Schritte.

Als ich schon fast zu Hause bin, hole ich schon einmal den Schlüssel aus der Innentasche und halte ihn bereit. Die Wut, die mich den ganzen Tag über vorangetrieben hat, ist abgeflaut. Jetzt herrscht wieder die Angst vor.

Furchtsam blicke ich mich um, zu den Gassen, den Haustüren, den Autos. Zahllose Schatten und Geräusche zerren an meinen angespannten Nerven.

Angenommen, ich darf mich nicht so sicher fühlen, wie ich mir vorgegaukelt habe?

Angenommen, Hugo versucht wirklich, mich zum Schweigen zu bringen?

Angenommen, es war unverzeihlich naiv von mir, ihn sehen zu wollen?

Er könnte es als Unglück tarnen – ein Autounfall, ein Treppensturz.

Er ist schon mit so vielem durchgekommen.

Gehetzt öffne ich die Haustür und schließe sie sorgfältig hinter mir. Im Dunkeln bleibe ich stehen, unruhig atmend. Mein Herz klopft gegen meine Rippen.

Dann wird mir plötzlich glasklar bewusst, dass das nicht so weitergehen kann. Zu lange schon habe ich tatenlos zugesehen.

Ich muss etwas tun, damit das aufhört, ich muss mich jetzt wirklich ins Zeug legen.

So schnell wie möglich.

55

»Meneer Bosveld ist sehr beschäftigt, er kann Sie jetzt nicht empfangen.«

»Auch nicht am späten Nachmittag?«, frage ich.

Von ihrer niedrigeren Position hinter dem Empfang aus wirft mir die Rezeptionistin einen Blick zu, als hätte ich nicht alle Tassen im Schrank. »Sein Terminkalender ist auf Wochen hinaus voll.«

Ich weiß, dass die Empfangsdame Lonny Vriesekoop heißt, damit hört es auch schon auf. Weiter als »hallo« und »schönes Wochenende« ist unsere Konversation nie gediehen in dem halben Jahr, in dem ich hier gearbeitet habe. Aber ich brauche sie nicht gut zu kennen, um zu wissen, dass sie eiskalt lügt.

»Aber ich muss ihn sprechen!«, dränge ich.

»Dann müssen Sie einen Termin machen.«

»Gut.« Mit größter Mühe bewahre ich die Geduld. »Dann tun Sie das bitte. Machen Sie einen Termin.«

Lonnys Gesichtsausdruck bleibt unverändert. »Den Terminkalender verwaltet seine Sekretärin.«

Mit einem Nicken deute ich auf das Bedienungsfeld der Telefonanlage. »Können Sie sie dann bitte anrufen? Wo ich schon einmal hier bin.«

»Versuchen Sie es lieber morgen früh selbst. Mevrouw Swegerman ist heute nicht im Hause.«

»Na schön«, erwidere ich gereizt. »Dann eben nicht.«

Grußlos marschiere ich hinaus und komme an einigen Männern vorbei, die unter dem Vordach stehen und rauchen. Sie sind ins Gespräch vertieft und bemerken mich kaum.

Ich vergrabe die Hände tief in den Jackentaschen und laufe mit gesenktem Kopf weiter über den Parkplatz.

Die Bäume am Rand sind fast kahl. Ihre letzten Blätter wirbeln und winken im Wind, unwillig, die Zweige loszulassen und hinunter auf das nasse Pflaster zu taumeln.

Schon den ganzen Tag ist es kalt und regnerisch. Im Grunde hat es seit meiner Rückkehr aus Belgien vor vier Tagen gar nicht mehr aufgehört zu stürmen und zu regnen.

In der Mitte des Parkplatzes halte ich inne und drehe mich um. Ich blicke an dem großen Gebäude hoch. Es ist grau und rechteckig, und die Fensterscheiben bestehen aus verspiegeltem Rauchglas, sodass man tagsüber keine Notiz von der Betriebsamkeit nimmt, die drinnen herrscht. Die bemerkt man erst, wenn es dunkel wird und die Neonbeleuchtung in den vielen Büros anspringt.

Ich suche Bosvelds Büro. Das Reich des Chefredakteurs liegt zur Straßenseite hin im dritten Stock, in derselben Etage, auf der ich gearbeitet habe. Ich halte die Hand über die Augen und sehe, wie Mevrouw Swegerman in den Flur einbiegt, die Arme voller Akten.

Ich kehre zurück zum Eingang. Die Raucher machen Anstalten, wieder hineinzugehen. Lonny wird von ihren Aufgaben in der Telefonzentrale beansprucht. Ich sehe, wie sie redet und schnelle, routinierte Handbewegungen ausführt.

Einer Eingebung folgend eile ich hinter den Rauchern her ins Foyer. Sie benutzen ihre Codekarten, um die Schiebetüren zur zweiten Eingangshalle zu öffnen. Mit einem Lächeln als Entschuldigung schlüpfe ich zwischen ihnen hindurch. »Ausweis zu Hause vergessen.«

»Blödes System, was?«, brummt einer von ihnen und erwidert mein Lächeln. Dann gehen sie in die andere Richtung.

Ich fahre mit dem Lift in den dritten Stock. Das Herz schlägt mir bis zum Hals. Dabei muss es im Vergleich zu den Konfrontationen, denen ich im Laufe des letzten Monats sowohl freiwillig als auch unfreiwillig ausgesetzt war, ein Kinderspiel sein, die Aufmerksamkeit von Chefredakteur Bosveld zu gewinnen.

Trotzdem bin ich jetzt mindestens genauso nervös.

In diesem Gebäude habe ich ein halbes Jahr lang gearbeitet. Unter Sjefs erstickender Führung habe ich meine ersten unsicheren Schritte auf dem Gebiet des Journalismus gewagt. Am Händchen gehalten, in einem Laufgestell für Kinder, in dem meine Beine kaum den Boden berührten, von allen Seiten eingeengt.

Wieder fühle ich mich klein und dumm. Die Umgebung und die Leute hier lösen unwillkürlich dieses Gefühl in mir aus. Das erinnert mich an die These, dass Menschen sich automatisch ihrer Umgebung anpassen und nie darüber hinauswachsen können.

Dennoch muss ich genau das heute tun: über meine Umgebung hinauswachsen – und über meine eigenen Erwartungen an mich.

Ich schaue in den Spiegel, der eine Wand des Aufzugs bedeckt, und sehe mich in dem verfremdenden Neonlicht stehen. Ich sage mir, dass ich keine leicht beeinflussbare, naive Anfängerin mehr bin. Diesen Zustand habe ich Schicht um Schicht von mir abgeschält wie eine alte Haut und an verschiedenen Orten in Frankreich zurückgelassen: im Wohnzimmer Diannes in Le Paradis, im Laderaum eines Lieferwagens, im Keller eines französischen Landhauses, im Hotelzimmer einer billigen Hotelkette und schließlich in einem französischen Krankenhaus.

Was kann Bosveld mir schon anhaben? Mich feuern vielleicht?

Ein Lächeln legt sich über das blasse Gesicht, das ich kaum noch als das meine erkenne.

Die Swegerman steht von ihrem Schreibtisch auf und sieht mich erstaunt an.

»Guten Tag«, grüße ich. »Ich möchte gern mit Meneer Bosveld sprechen.« Ich halte die Plastiktüte hoch, die ich bei mir trage, und zeige darauf. »Ich möchte ihm gerne etwas zu lesen geben, was ich mitgebracht habe. Es ist sehr wichtig. Und es eilt.«

»Und wer sind Sie, wenn ich fragen darf?«

»Mein Name ist Eva Lambregts.«

Sie beugt sich zu ihrem Computerbildschirm, greift nach der Maus und sagt nach ein paar Klicks: »Wie ich sehe, haben Sie keinen Termin.« Sie blickt auf. »Sie können die Tüte gerne hierlassen, wenn Sie wollen. Dann werde ich sie ihm gleich geben.«

»Ich möchte die Angelegenheit lieber persönlich mit ihm besprechen.«

Die Swegerman sieht mich einige Sekunden lang reglos an. Dann zieht sie eine Augenbraue hoch, als würde ihr jetzt erst klar, dass meine Anwesenheit in ihrem Büro nicht den Gepflogenheiten entspricht. »Wie sind Sie eigentlich hier hereingekommen?«

Ohne eine Antwort eile ich an ihr vorbei in einen kleinen Flur und öffne die Tür am Ende – auf gut Glück, denn ich bin noch nie zuvor hier gewesen.

Richtig geraten.

Bosveld legt den Hörer auf und blickt mich verstört, aber durchaus interessiert an. Ganz kurz zögere ich und bleibe in der Tür stehen. Dann versetzt mir eine unsichtbare Hand einen Schubs in den Rücken, und ich gehe auf ihn zu. Die Blockabsätze meiner Stiefel hämmern auf den Kunstfaserteppichboden.

Ich halte die Tüte fest umklammert. Vielleicht hätte ich mir etwas Besseres als ausgerechnet eine Plastiktüte vom Supermarkt aussuchen sollen, schießt es mir durch den Kopf. Einen Lederkoffer, oder, besser noch: einen aus Metall, den ich wie eine Drogendealerin auf seinem Schreibtisch hätte aufklappen können. Doch der Inhalt dieser Plastiktüte ist für mich ebenso viel wert wie eine Drogenlieferung. Nein, wertvoller noch, weil unbezahlbar.

Die Swegerman erscheint neben mir und fordert mich auf zu gehen. Mit einer knappen Handbewegung bringt Bosveld sie zum Schweigen.

»Was soll dieser Überfall?«, fragt er mit unangenehm schriller Stimme, die nicht zu seinem Aussehen passt. Bosveld hat auffällig dicke Lippen und Lider, die wie Faltjalousien vor seinen Augen hängen.

»Würden Sie sich das hier bitte einmal ansehen?« Ich ziehe den Papierstoß aus der Tüte und lege ihn vor ihn hin.

Der Chefredakteur legt die flache Hand darauf. »Juffrouw …?«

»Eva Lambregts. Ich habe bis vor Kurzem hier gearbeitet.«

Mit beiden Händen nimmt er den Papierstapel und zieht ihn über die glatte Oberfläche seines Schreibtischs zu sich hin, sodass er links vor ihm liegt. Dann trommelt er mit den Fingern darauf herum. »Was steht da drin, Eva Lambregts, das einen Überfall wie diesen rechtfertigen würde?«

Ich straffe den Rücken. Das habe ich im Journalistikstudium gelernt: Aufmacher zu formulieren. Auftraggeber und Chefredakteure werden den lieben langen Tag von festen und freien Mitarbeitern mit wilden Ideen und Vorschlägen für Beiträge überhäuft. Will man zum Zuge kommen, muss man mit wenigen Sätzen die Neugier der Leute wecken, sie für seine Pläne begeistern. Zeit zur Ausarbeitung bleibt noch genug, wenn der Auftrag erteilt ist.

»Letzten Monat wurde ich in Frankreich von einer terroristischen Zelle entführt.«

Bombenstarker Eröffnungssatz.

»Am selben Tag wurde meine Freundin ermordet – erschossen. Der Mörder ist Niederländer. Er wurde von der französischen Polizei verhaftet, aber aus Mangel an Beweisen letzte Woche wieder auf freien Fuß gesetzt.«

Jetzt eine Pause einlegen, die Spannung erhöhen.

Ich zeige auf den Papierstoß. »Aber ich habe einschlägige Beweise gefunden. Der Täter hat außerdem weitere Morde verübt.«

Bosveld mustert mich skeptisch. Noch kann er mich nicht richtig einschätzen und wartet weiter ab.

»Der Täter ist inzwischen zurück in den Niederlanden«, fahre ich fort. »Er wohnt hier ganz in der Nähe. Seine Eltern sind die Besitzer von Wouthil Investments.«

»Sanders? Reden Sie von den Sanders?« Bosveld greift nach einer Lesebrille, setzt sie auf die Nase und nimmt meine Unterlagen zur Hand. Stirnrunzelnd überfliegt er die erste Seite. Eine Weile lang sagt er nichts. Dann murmelt er: »Starke Überschrift… Spannendes Intro. Sie gehen ordentlich ran.« Er blickt von dem Text auf. »Können Sie Ihre Behauptungen auch beweisen?«

Ich nicke voller Überzeugung. »Die ersten fünf Seiten enthalten den eigentlichen Artikel. Auf den übrigen Seiten finden Sie meine Quellenangaben und die Beweise. Sie können zur Kontrolle Kontakt mit der französischen Polizei und natürlich mit der Mutter meiner ermordeten Freundin aufnehmen. Namen und Adressen der Kontaktpersonen habe ich beigefügt.«

Mit der Brille auf der Nasenspitze blättert er die Akte durch. »Aber das sind wichtige Neuigkeiten… Soll das vielleicht ein Scherz sein?«

Mein Gesichtsausdruck genügt offenbar als Antwort, denn er vertieft sich schweigend wieder in meinen Artikel.

Plötzlich runzelt er die Stirn und hält den Papierstapel in die Luft. »Ihre Freundin wurde letzte Woche bestattet, nachdem sie im Ausland ermordet wurde. Das an sich war schon eine Pressemeldung wert. Warum haben wir nichts davon gewusst?«

Seine barsche Reaktion hätte mich unter anderen Umständen zornig gemacht. »Ihre Mutter wollte zu diesem Zeitpunkt noch nicht, dass es bekannt wurde«, antworte ich leise. »Sie befürchtete einen regelrechten Medienrummel, und das hätte sie nicht ertragen. Die Polizei hat darauf Rücksicht genommen.«

»Und jetzt? Kann sie es jetzt ertragen?«

»Ich habe gestern mit ihr gesprochen. Sie ist außer sich vor Wut. Seitdem Hugo Sanders freigelassen wurde, verlangt sie nach Gerechtigkeit.«

Mit größerem Interesse liest er weiter. Annähernd zwei quälend lange Minuten später fragt er: »Haben Sie das selbst geschrieben, oder hat Ihnen jemand dabei geholfen?«

»Ich habe alles selbst geschrieben.«

»Wirklich?«

Das Herz klopft mir bis zum Hals. Ist es nicht gut genug? Glaubt er mir überhaupt?

»Was haben Sie bei uns gemacht?«

»Ich bin als Redakteurin für die Wochenendbeilage eingestellt worden, aber letzten Monat wurde mein Vertrag nicht verlängert, weil es nicht genügend Arbeit gab und Arbeitskräfte abgebaut werden mussten.«

»Ach so… Sie waren das. Warum setzen Sie sich nicht einen Moment?« Sein Blick fällt auf die Sekretärin, die im Hintergrund demonstrativ Mappen ordnet. »Sie können jetzt gehen. Oder möchten Sie vielleicht eine Tasse Kaffee oder Tee, Mevrouw Lambregts?«

»Nein, danke.«

Die Swegerman verschwindet im angrenzenden Büro, und der Chefredakteur vertieft sich wieder in meine Unterlagen. »Das ist nicht nur eine Meldung wert, besser noch: eine Meldung auf der Titelseite, sondern das ist auch ein außergewöhnlich gut geschriebener und gründlich recherchierter Beitrag.«

»Wollen Sie ihn publizieren?«

Er nickt und klopft mit dem Kugelschreiber auf den Papierstoß. »Wenn es wahr ist, was hier alles drinsteht?«

»Ich habe alles gründlich belegt.«

»Mag sein, aber bevor wir das veröffentlichen, muss ich es noch einmal überprüfen lassen. Ich werde jemanden mit den Recherchen beauftragen, der sich auch mit der Familie Sanders und anderen Betroffenen in Verbindung setzen wird.«

Den Rest höre ich schon gar nicht mehr.

Ich werde von Euphorie erfasst.

Bosveld nimmt mich ernst, er nimmt meinen Artikel ernst und hält ihn sogar für eine Sensation. Und er findet ihn *außerordentlich gut geschrieben.*

Fantastisch. Ich kann es. Ich kann schreiben.

Ich bin eine gute Journalistin.

Ich wage nur nicht daran zu denken, wie Hugos Reaktion ausfallen wird, wenn ein Journalist mit allen möglichen Beweisen vor seiner Tür steht. Er wird stinkwütend sein. Auf die Zeitung, vor allem aber auf mich. Und ich bin mir sicher, dass sein Vater ein Heer von Spitzenanwälten mobilisiert, um eine Veröffentlichung zu verhindern.

Aber Fakten sind Fakten. Daran ist nicht zu rütteln. Und diese Fakten sind alle in dem Artikel zusammengefasst, in dem Bosveld jetzt begeistert blättert.

Knapp sechzehnhundert Wörter enthält mein Artikel, und alles stimmt bis ins Detail. Belastende Passagen habe ich aus Diannes Tagebuch zitiert, und das ist zulässig. Ich habe alles angewendet, was ich gelernt habe, und noch viel mehr.

Ich habe meine ganze Seele hineingelegt.

56

Vor dem Schlagbaum halte ich an, mit laufendem Motor. Starre über die Wasserfläche vor mir: ein bleigrauer See, umgeben von Wiesen, Sträuchern und Bäumen.

Um diese Jahreszeit kann man sich kaum vorstellen, dass hier die halbe Stadt im Sommer Abkühlung sucht. Jetzt liegt er still, kalt und grau da. Wo sich sonst die Badenden tummeln, schwimmen jetzt große Gruppen von Pfeifenten und Blässhühnern, die sich von anderen Besuchern nicht stören lassen. Zahlreiche Hunde streunen an den Ufern entlang, die Nase am Boden, den Schwanz pausenlos in Bewegung. Von meinem warmen Auto aus sehe ich Herrchen und Frauchen ihre Runden drehen, die Hände tief in den Taschen, die Köpfe gegen den kalten Wind gesenkt.

Hier war ich jeden Sommer zu finden. Hier keimten Beziehungen auf und zerbrachen wieder. Hier bekam ich meinen ersten Kuss, und Dianne ging hier zum ersten Mal weiter – ich stand Schmiere. Alles Wichtige ereignete sich an diesem See.

Auf dem Parkplatz flimmerten Autodächer in der glühenden Hitze, und überall standen und lagen Fahrräder. Der Imbiss und die Eisbuden machten Überstunden. Wir stellten uns in der Schlange an, im Bikini und mit nackten Füßen auf den heißen Bodenplatten, um uns eine kalte Dose Cola oder ein Eis am Stiel zu kaufen. In der Ferne, weit weg vom Badebereich, den kleinen Stränden und kurz gemähten Liegewiesen, glitten weiße Segel über das dunklere Blau. Ich bedenke, dass ich schon sehr lange nicht mehr hier war, bestimmt zehn oder elf Jahre, aber seit damals hat sich nichts verändert.

Die Realität sickert allmählich durch die Nebelbank der Erinnerungen. Erst einzelne Wörter, dann Fetzen aus den Drei-Uhr-Nachrichten. Ich stelle das Radio nicht lauter und höre auch nur mit halbem Ohr zu. Zum vierten Mal wird es heute schon in den Nachrichten gesendet, und der Text ist seit heute Morgen unverändert geblieben.

... ist die Polizei auf der Suche nach dem Sohn von Wouter Sanders, dem Chef von Wouthil Investments. Hugo Sanders steht unter dem Verdacht, Leiter einer europäischen Terrorgruppe zu sein, die...

Vor zwei Tagen hat mich Bosveld in sein Büro eingeladen. Mein Artikel sollte am nächsten Tag veröffentlicht werden. Er zeigte mir das Layout: Schlagzeile, Zusammenfassung und das große Farbfoto eines grimmig dreinblickenden Hugo Sanders sollten auf der Titelseite erscheinen, der übrige Artikel auf Seite drei. Er würde die ganze Seite füllen.

Selbstverständlich würde mein Vertrag rückwirkend verlängert, versprach Bosveld. Er sähe es nicht gern, wenn ich zur Konkurrenz wechselte. Nächsten Monat fange ich wieder an. Allerdings in einer anderen Abteilung. Sjef wird nicht mehr mein Boss, sondern nur noch ein Kollege sein. Ich bin nur noch dem Schlussredakteur und Bosveld selbst unterstellt.

Erwin und ich haben die Neuigkeit mit einem Essen gefeiert.

... Auftragsmorde durchführte. Die Gruppe wird für mehrere ungeklärte Morde verantwortlich gemacht, darunter den an einem belgischen Hundehändler Anfang letzten Jahres. Die Sache geriet ins Rollen, als ein Artikel in der...

Ich bin froh, wieder arbeiten zu können. In letzter Zeit sprudele ich über vor Ideen, welche dubiosen Machenschaften einer näheren Untersuchung wert wären. Doch die rechte Begeisterung will noch nicht aufkommen. Dafür ist es zu früh. Erst muss Hugo gefasst werden. Garantiert ist er irgendwo im Ausland untergetaucht, möglichst weit weg.

Seine Eltern haben bereits einen medienerfahrenen Anwalt als Rechtsbeistand für ihren lieben Sohn angeheuert. Er hat sich bereits in mehreren Radiosendungen geäußert und lauthals vor einer Vorverurteilung seines Mandanten gewarnt.

Das bedeutet nichts anderes, als dass noch nichts gewonnen ist. Nur eines habe ich schon erreicht: dass Hugos Name und Gesicht überall bekannt sind. Er kann nie wieder in der Anonymität operieren, und auch alle Schritte, die seine Eltern unternehmen, werden von Freund und Feind mit Argusaugen beobachtet. Ihre Privatsphäre ist für alle Zeiten dahin.

Heute Abend werde ich meine Geschichte in einer Talkshow erzählen. Ich werde mich ins Zeug legen, um ein so deutliches Porträt wie möglich von dem psychopathischen Kriminellen Hugo Sanders zu zeichnen. Ich werde in allen Einzelheiten berichten, wie er mich bedroht hat, wie ich entführt und verhört wurde und was mir Dianne auf der Todesfahrt ins Krankenhaus anvertraute. Ich werde Fotos zeigen und einige Passagen aus ihrem E-Mail-Tagebuch vorlesen.

Manches aber werde ich nicht erzählen.

Sondern für mich behalten.

Während ich mich zum Aussteigen bereit mache, ertönt das melancholische Intro von »How Can We Hang On To A Dream« aus dem Radio. Normalerweise lasse ich mich nicht von Musik beeinflussen, dafür bin ich zu nüchtern, zu rational. Aber jetzt läuft es mir kalt den Rücken hinunter, und jeder Violinklang fährt mir durch Mark und Bein.

What can I do, still loving you
It's all a dream
How can we hang on to a dream
How can it, will it be, the way it seems.

Unwillkürlich suche ich mit dem Daumen die Narbe in meiner Handfläche und reibe darüber.

Eine Frau mittleren Alters mit Strickhut geht an meinem Auto vorbei. Ihr laufen zwei Jagdhunde voraus, die gemeinsam einen Stock im Maul tragen, jeder an einem Ende.

Tim Hardin wurde schon vor einer Weile von Radiohead abgelöst, als ich endlich zu mir komme. Ich nehme den Rucksack vom Rücksitz und lege ihn auf meinen Schoß. Wieder wundere ich mich über das Gewicht des Gegenstands in seinem Inneren. Mit beiden Fäusten umklammere ich den Segeltuchbeutel.

Ich ziehe den Schlüssel aus dem Zündschloss, zupfe meinen Schal zurecht und steige aus.

Mein Ziel liegt nicht weit entfernt. Über den ersten Strand gelange ich zu dem Betonkai, der den See in zwei Hälften teilt. Rechts von mir liegt der flache Badebereich, links der Teil für die Wassersportler, tiefer, dunkler und wesentlich größer. Die Ufer dort sind unregelmäßig und teilweise von Bäumen und Sträuchern überwuchert. Manche Abschnitte werden ganz von dem dichten Schilf verborgen.

Auf der anderen Seite herrscht eine ganz andere Atmosphäre. An diesem Ufer ist es ruhig, fast einsam. Die Spaziergänger bleiben vorwiegend auf der Seite des Parkplatzes.

Ich gehe ein Stück den asphaltierten Gehweg entlang und biege dann nach links in einen schmalen, unbefestigten Pfad ein, der am Wassersportsee entlangführt. Der Pfad windet sich durch die kahlen Sträucher und Bäume. Zu meiner Linken rauscht das Schilf im Wind.

Ich marschiere ohne Unterbrechung, die Schultern hochgezogen und die Nase im warmen Schal verborgen, bis ich die Baumgruppe erkenne. Ich biege von dem Pfad ab, steige über einige abgebrochene Äste hinweg und lasse den Blick über den See und das stehende, etwa brusthohe Wasser zwischen dem Schilf schweifen.

Das ist von jetzt an unsere Stelle. Sollten wir uns je aus den Augen verlieren, hinterlassen wir hier eine Nachricht für die andere. So können wir uns nie verlieren.

Ich will nicht weinen. Ich habe bei Diannes Einäscherung schon genug geweint und in den Nächten davor und danach kein Auge zugetan.

Noch immer umklammere ich krampfhaft die Segeltuchtasche, die ich mit beiden Armen an mich gedrückt halte. Ich blinzle die Tränen aus meinen Augen und gehe hinunter ans Ufer.

Das Wasser ist bräunlich-schmutzig, der Grund nicht erkennbar.

Jetzt, wo ich hier stehe, zweifle ich an meinem Plan. Das Wasser ist vermutlich nicht viel tiefer als sechzig Zentimeter. Wenn ich sie hier versenke, ist die Wahrscheinlichkeit groß, dass sie gefunden wird. Im Frühjahr zum Beispiel, wenn die Stadt mit der Uferpflege beginnt.

Sie darf nicht gefunden werden.

Ich wende mich vom Wasser ab und folge wieder dem Pfad. Viele Uferabschnitte sind genauso wenig für mein Vorhaben geeignet, weil sie mit Schilf zugewuchert sind. An anderen Stellen wachsen Sträucher, die halb im Wasser verschwinden. Die wenigen offenen Bereiche, die ich passiere, kommen wegen des zu flachen Wassers ebenfalls nicht infrage.

Ich setze meinen Weg fort, bis ich nach einer ganzen Weile in die Nähe des Freizeithafens gelange. An den Stegen liegen kleine Segelboote, eine Schaluppe und hier und da ein Ruderboot. Seitlich daneben, in der Nähe des Gebüschs, liegen ein paar Ruderboote kieloben im Gras.

Vorsichtig blicke ich mich um. Niemand zu sehen. Die einzigen wahrnehmbaren Geräusche sind das Klappern der Seile gegen die Masten der Segelboote und das leise Plätschern des Wassers am Ufer.

Ich drehe das erste Ruderboot um, mit der offenen Seite nach oben. Es ist ein kleines grünes Boot aus verblichenem Kunststoff, vor Algen ganz glitschig und ungewöhnlich leicht. Ich betrachte es von allen Seiten, kann aber keine Löcher oder Risse entdecken. Die Ruder stecken in den Dollen. Ich schleppe das Boot ans Wasser und schiebe es hinein. Es schwimmt.

Ohne zu zögern gehe ich ins Wasser. So nah am Rand ist es flach, aber jetzt schon eisig kalt. Ich wate weiter hinein, bis das Wasser mir bis zu den Knien reicht, lege dann den Rucksack ins Boot und klettere hinterher.

Das Gefährt schaukelt gefährlich unter meinem Gewicht. Ich setze mich auf die Bank genau in die Mitte. Seewasser tropft aus meiner Jeans auf das harte Plastik. Meine Turnschuhe sind vollkommen verdreckt.

Ich greife nach den Paddeln und rudere dicht am Ufer entlang zurück. Bis ich mein Ziel erreicht habe, tun meine Rückenmuskeln gemein weh, und ich bin ganz außer Atem. Ich lasse die Paddel los und strecke den Rücken. Das kleine Boot dümpelt steuerlos herum, etwa zwanzig Meter vom Schilf entfernt. Ich weiß, dass das die richtige Stelle ist, auch wenn ich von hier aus nur Schilfdickicht und Baumwipfel erkennen kann, die sich leicht im Wind wiegen.

Ich zittere. Meine Füße und Unterschenkel sind mittlerweile gefühllos. Eisklumpen, die an meinen Knien hängen.

Ich starre zum Ufer und versuche, mir Dianne vorzustellen, wie sie vor so vielen Jahren dort hinter diesem Schilf vor mir gestanden hat. Sommersprossen im Gesicht, dunkle Haare, die ihr in Strähnen über Stirn und Wangen fielen.

Keine Sekunde lang kam es mir in den Sinn, dass sie mich ebenso sehr brauchte, wie ich sie. Doch genau so war es. Deshalb fand sie es wichtig, unsere Verbindung zu bestätigen.

Ob es sehr schwer für sie war, mir immer voraus zu sein, um die aufgezwungene Rolle der großen Schwester zu erfüllen? Immer die Stärkere sein zu müssen? Die Klügere? Auf alles eine Antwort zu wissen?

Ich öffne den Rucksack und betrachte die Pistole, die bedrohlich im Segeltuch glänzt. Um diese Waffe ging es. Die Waffe mit ihren Fingerabdrücken, der unumstößliche Beweis, dass niemand anders als Dianne den armen Bernard Bonnet erschossen hat.

Ich glaube nicht, dass Hugo sie dazu gezwungen hat. Dianne hat es aus freiem Willen getan. Weil sie ihn und seine Freunde beeindrucken wollte. Weil sie zu ihnen gehören wollte.

Dianne ist immer einen Schritt weitergegangen als die Menschen in ihrer Umgebung. Das lag in ihrem Charakter begründet. Auch jetzt hat sie eine Grenze überschritten, in einem dummen, gefährlichen Rausch der Verliebtheit und des blinden Idealismus. Dianne hat sich von ihrer eigenen grenzenlosen Leidenschaft mitreißen lassen, und niemand in ihrer Umgebung hat sie vor sich selbst beschützt. Ich bin sicher, dass sie weitergegangen ist, als sie selbst gewollt hat, und dass sie es hinterher unendlich bereute.

Hier ist es tief genug, das merke ich an den Bewegungen und der Farbe des Wassers. Das Boot schaukelt hin und her, wiegt sich in den Wellen, die der starke Wind aufpeitscht. Ich fasse die Pistole am Lauf und halte sie über Bord. Das kalte Wasser schwappt über meine Hand und durchweicht die Ärmelmanschette meiner Jacke.

Die schwere Waffe versinkt pfeilschnell in der Tiefe.

Sie ist weg. Als hätte sie nie existiert.

»Das bleibt unter uns«, flüstere ich. »Für immer.«

Ich bin mir natürlich bewusst, dass ich etwas Verbotenes tue. Vielleicht sogar etwas Unmoralisches. Aber ich tue es nicht für die erwachsene Dianne, die ich in dem französischen Krankenhaus zurücklassen musste. Das hier ist für die Dianne mit den Sommersprossen. Meine mutige, allwissende große Schwester, das Mädchen, das sie war, bevor sie sich von mir löste und ihren eigenen, destruktiven Weg ging. Diese frühere Dianne kenne ich sehr gut.

Sie war im Grunde ein guter Mensch.

Schilfhalme schaben am Boot entlang. Unbemerkt bin ich näher ans Ufer getrieben.

Ich blicke mich um zu dem kleinen Hafen, ein verschwommener Fleck in der Ferne. Meine Arme und Rückenmuskeln brennen von der ungewohnten Anstrengung, und meine Füße und Beine prickeln vor Kälte. Ich ziehe den Schal fester um den Hals zusammen und schlage ihn einmal um. Meine Finger bewegen sich wie in Zeitlupe, als gefrören sie von innen.

Ich sehe keinen Sinn darin, das ganze Stück zurückzurudern, gegen den starken Wind. Das kleine Boot ist ganz leicht. Vielleicht kann ich es hinter mir her über den Pfad zurück zum Hafen ziehen oder es irgendwo auf halbem Wege liegen lassen.

Ich greife nach den kalten Paddeln und rudere weiter durch das Schilf ans Ufer. Dort springe ich heraus. Sofort versinke ich im Schlick, sodass ich kaum noch herauskomme. Das Wasser ist hier tiefer, als ich dachte; es reicht mir bis zu den Oberschenkeln. Ich halte mich seitlich am Boot fest und ziehe es mit mir ans Ufer.

Triefend nass bleibe ich stehen. Ich wringe so viel Wasser wie möglich aus meinen Hosenbeinen und stampfe mit den Füßen auf den Boden. Ich kann gerade so über das Schilf hinwegsehen. Jenseits des Badesees sehe ich Leute mit Hunden Gassi gehen. Hier, an der Stelle, an der Dianne und ich vor siebzehn Jahren unsere Freundschaft besiegelten, stehe ich jetzt allein.

Ich habe Dianne vierundzwanzig Jahre lang gekannt. Meine Biographie könnte nicht erzählt werden, ohne auch auf ihre einzugehen. Alles war miteinander verwoben: unsere Kindheit, unsere Ausbildungszeit und unsere Erinnerungen. Alles. Unsere Beziehung war stark. Unzerstörbar.

Und doch waren wir zwei unterschiedliche Menschen. Dass wir größtenteils in derselben Familie aufwuchsen, konnte unsere verschiedenartigen Charaktere nicht wettmachen. Wir strebten unterschiedliche Ziele an, setzten unterschiedliche Prioritäten im Leben.

Es war also nur eine Frage der Zeit, wann wir auseinanderdriften würden.

Inzwischen weiß ich, dass dieser Prozess schon vor vielen Jahren eingesetzt hat – vielleicht war er bereits in vollem Gange, als sich Dianne damals in der Kneipe weigerte, unser Spiel mit den Doppelgängern weiterzuspielen.

Im Nachhinein gab es einige solcher kleinen Begebenheiten. Scheinbar unbedeutende Haarrisse, die nach und nach so zahlreich wurden, dass sie den Sockel zum Bersten bringen konnten. Ich habe nur nicht aufmerksam genug darauf geachtet.

Ich habe Dianne losgelassen, wenn sie sich zu weit entfernte, den Blick abgewandt, wenn sie Dinge tat, die ich nicht sehen mochte, und mir die Ohren zugehalten, wenn sie etwas sagte, was ich nicht hören wollte.

Die Kluft zwischen uns wurde immer größer. So breit wie eine Schlucht. Worte und Gefühle der Verbundenheit wurden immer seltener und verloren sich in dieser Leere. Versanken in der unendlichen Tiefe, ohne dass eine von uns noch darauf achtgab.

Mein Festhalten an Dianne war gleichbedeutend mit dem Festhalten an einem Traumbild, an unsere gemeinsame Kindheit und an allem, was ich kannte und was für immer unverändert bleiben sollte.

Auch wenn sich die Realität längst gewandelt hatte.

57

Weder hat der Wind plötzlich aufgefrischt oder gedreht, noch hat es angefangen zu regnen – die Veränderungen in meiner Wahrnehmung haben nichts mit dem Wetter zu tun. Es scheint, als hätten sich die Farben der Umgebung verändert und als zittere alles auf bizarre Weise. Als trügen die Geräusche auf einmal weiter und klängen heller. Die Verwandlung fand in dem Moment statt, als ich genau vor mir im Gebüsch eine Bewegung wahrnahm.

Ein weißer Hund taucht auf, nur Rippen und Rückgrat. Wie ein Spukbild huscht er durch die Zweige davon. Dann tritt sein Ebenbild hervor, bleibt stehen und sieht mich an. Dunkle Augen in einem schmalen Kopf. Ein Blick, wie von einem außerirdischen Wesen, gelassen und unheimlich zugleich. Er spitzt die Ohren, dreht den Kopf weg und springt in die Büsche.

Kalte, prickelnde Schauder durchzucken mich.

Wie in Zeitlupe schaue ich nach links: wogendes Schilf, Bäume, Sträucher. Dann nach rechts: wogendes Schilf, Bäume, Sträucher. Hinter mir liegen Schilf und Wasser, ausgedehnt und verlassen.

Vor mir steht Hugo.

Breitbeinig.

Einen verbissenen Zug um den Mund. Er sieht mich an, und ich bleibe wie angewurzelt stehen. Seine Augen unter den eckigen Augenbrauen blitzen mich an.

Ein, zwei Schritte, dann hat er mich erreicht. Zu schnell, um flüchten zu können, ja, um überhaupt zu reagieren.

Im nächsten Moment knie ich auf dem sumpfigen Boden, und ein dumpfer Schmerz durchfährt meine Beine. Mein Kopf wird nach hinten gezogen, sodass meine Kehle entblößt ist.

»Drecksweib«, flüstert er mir ins Ohr. Meine Haare hält er mit einer Faust fest umklammert.

Ich kratze nach ihm, versuche, seine Ohren oder Augen zu erwischen, irgendetwas, aber er zwingt mich noch weiter rückwärts. Dann packt er mich an einem Handgelenk und zieht mich mit sich ins Wasser.

Ich atme hörbar ein und aus. Rau, pfeifend.

Eiskaltes Wasser durchdringt meine Jeans, kriecht in die Ärmel und unter das Rückenteil meiner Jacke. Ich versuche zu schreien, um Hilfe zu rufen, stoße aber nur heiseres Krächzen aus.

Er stemmt ein Knie auf meine Hüfte, grob und schwer, und drückt mich unter Wasser. Ich strample und gerate dabei mit den Beinen in das Schilf und die dicke Schlammschicht am Grund. Mit dem freien Arm rudere ich in der Luft herum. Ich öffne den Mund, um um Hilfe zu rufen, schlucke dabei aber Wasser.

Hugo zieht meinen Kopf nach hinten, weiter unter Wasser, und rammt mir das Knie in den Magen, um mich festzuhalten. Sein volles Gewicht lastet jetzt auf mir.

Ich kneife die Augen fest zusammen, Luftblasen steigen von meinem Mund auf. Ich wehre mich, schüttele den Kopf wild hin und her. Kostbarer Sauerstoff entweicht meinen Lungen. Ich bekomme etwas zu fassen, was sich wie Kleidung anfühlt, und ziehe daran. Es nützt nichts.

Ich liege schon fast auf dem Boden und fühle kalten Schlamm und Schlick auf meiner Brust. Meine Brust brennt, meine Glieder kribbeln.

Eine abscheuliche Vision durchzuckt mich. Ich sehe mich hier im Schilf liegen, Tage später. Meine Leiche ist von Wasser aufgedunsen, meine Haut blau und glänzend. Meine Haare treiben wie ein Fächer im Wasser, Blätter, abgebrochene Schilfstängel und Baumrindenstückchen haben sich darin verfangen. Meine Augen gleichen trüben, blaugrauen Käppchen, genau wie die der vielen toten Karpfen, die ich hier habe treiben sehen. Am Ufer stehen Polizeiautos. Ich sehe Flatterband, Blaulicht, Suchhunde und Leute in weißen Anzügen.

War es das?

Hört hier alles auf?

Genau hier, an der Stelle, an der Dianne und ich geschworen haben, einander nie aus den Augen zu verlieren? Wo wir uns immer wiederfinden wollten?

So können wir uns nie verlieren.

Ich lasse mich in ein dunkles Loch meines Bewusstseins sinken, tiefer und immer tiefer. Ich brauche nur den Mund zu öffnen und das kalte Wasser hineinströmen zu lassen, dann ist es vorbei.

Dann endet mein Leben.

Als Kind habe ich manchmal versucht, mir vorzustellen, wie ich sterben würde. Ich dachte mir verschiedene Szenarien aus, aber alle hatten eines gemeinsam: Ich war alt. Alt und verbraucht. Ich hatte mein Leben gelebt und wartete neugierig auf das, was danach kommen würde. Zufrieden, ja erwartungsvoll würde ich weggleiten, nach einem langen, schönen, guten Leben.

Nie hätte ich mir ausgemalt, dass ich kämpfend und nach Luft schnappend einen grausamen Tod erleiden müsste. Dass ich im eiskalten Wasser desselben Sees ertränkt würde, in dem ich schwimmen gelernt habe, an dem ich zum ersten Mal geküsst wurde und an dem Dianne und ich von besten Freundinnen zu Schwestern wurden.

Es ist zu früh. Ich darf das nicht zulassen. Nicht jetzt, wo ich mich bis über beide Ohren in Erwin verliebt habe und er sich in mich. Wenn ich jetzt sterbe, würde er nicht einmal erfahren, was ich hier eigentlich wollte, denn ich habe es ihm nicht erzählt. Ich darf nicht sterben, jetzt, wo ich zum ersten Mal im Leben weiß, was ich will.

Ich stelle mir meine Eltern vor, die erschüttert nebeneinander im Wohnzimmer sitzen, meine Brüder schweigend an ihrer Seite. Das Bild einer zerbrochenen Familie. Ihr Leben lang würden sie sich fortan fragen, was ihre Tochter, ihre Schwester an diesem abgelegenen Ort zu suchen hatte.

Hugo stützt sich auf mich. Er hat jetzt die Hände um meinen Hals gelegt und drückt mich mit seinem ganzen Gewicht auf den Grund. Meine Brust brennt höllisch, meine Muskeln schmerzen, und jede Faser meines Körpers schreit nach Sauerstoff. Leben. Jede einzelne Zelle ringt darum.

Ich.

Will.

Leben.

In einer letzten Kraftanstrengung taste ich im schlammigen Boden nach der Gesäßtasche meiner Jeans. Mit einer Hand fahre ich durch die dünne Schlickschicht unter meinem Körper. Ich drehe meine flache Hand um, die quälend langsam auf mein Kommando reagiert.

Sie ist noch da. Sie steckt noch an derselben Stelle, an die ich sie geschoben habe, bevor ich ins Auto stieg.

Meine Finger finden kaum Halt an der glatten Oberfläche. Ich schiebe die Metalldose in meine Hand, befühle die Oberseite, sie liegt richtig.

Nicht loslassen. Nicht verlieren.

Festhalten.

Nur eine Chance.

Ich hebe meine Hand, halte sie über die Wasseroberfläche, drücke auf den Knopf und schwenke die Dose so weit wie möglich hin und her, um die Trefferchance zu erhöhen.

Es funktioniert. Hugo lockert seinen Griff. Abrupt lässt er mich los.

Ich strample mich unter seinem heftig zuckenden Körper hervor, schiebe ihn von mir weg und schieße aus dem Wasser. Mit aufgerissenem Mund hole ich tief Luft, noch einmal und noch einmal. Keuchend bahne ich mir den Weg ans Ufer, Schritt für Schritt durch den zähen Schlamm. Einen Meter noch, einen halben Meter.

Am Ufer trippeln die Windhunde nervös hin und her. Sie bellen nicht, zittern aber und spitzen die Ohren. Sie würdigen mich keines Blickes, als ich mich aufs Trockene werfe und weiterkrieche.

Am Baum knie ich mich hin, richte mich dann am Stamm auf und drehe mich um.

Hugo spritzt sich Wasser ins Gesicht, das er mit beiden Händen aus dem See schöpft. Er schnappt nach Luft, japst hoch und durchdringend und gerät sichtlich in Panik. Er lässt sich auf die Knie fallen und beugt sich nach vorn, um den ganzen Kopf ins Wasser zu stecken.

Mein Blick fällt auf das Ruderboot, das immer noch an derselben Stelle liegt. Eines der Paddel ist in den Sand gefallen.

Dann schaue ich wieder Hugo an, der im Wasser zappelt. Er ist vorübergehend erblindet, daran erinnere ich mich aus der Gebrauchsanweisung. Er bekommt kaum Luft und steht vermutlich Todesängste aus.

Doch durch die große Menge Wasser, die ihm zur Verfügung steht, kann es ihm schon in wenigen Minuten wieder besser gehen. Schon in einer Minute.

Und dann? Wird er dann seinen Plan zu Ende führen?

Eine unglaubliche Wut steigt in mir auf.

Ich hasse diesen Mann, hasse ihn mit meinem ganzen Wesen. Ich hasse, was er ist, und alles, was er verkörpert.

Dieser Mann hat Dianne ermordet und mindestens zwei andere Menschen kaltblütig erschossen. Hugo Sanders ist kein Mensch, sondern ein feiger Mörder.

Ich hebe das Paddel auf und gehe zurück ins Wasser. Mein Herz hämmert in meiner Kehle. Ohne zu überlegen hole ich weit mit dem Paddel aus und lege alle Kraft, die ich mobilisieren kann, in meinen Schlag. Das Paddel trifft ihn am Hinterkopf. Wieder hole ich aus. Schlage noch fester zu.

Hugo taumelt vornüber ins Wasser. Reglos bleibt er liegen, halb treibend, mit dem Gesicht nach unten, die Arme ausgebreitet.

Ich eile zurück ans Ufer, mit dem Paddel in der Hand durch den Schlamm watend.

Einer der Windhunde kläfft sein lebloses Herrchen an, schrill und hoch, wie eine bizarre Sirene. Der andere Hund steht schweigend daneben, mit angelegten Ohren. Nervös trippelt er hin und her.

Beide wedeln, als ich aus dem Wasser steige. Nur ihre Schwanzspitzen wackeln zwischen den Hinterbeinen hin und her. Ich stolpere zurück zum Baum, werfe das Paddel weg, lasse mich gegen die feuchte Rinde sinken und klammere mich daran fest.

Die Zeit scheint sich zu verdichten. Das Blut fließt langsamer durch meinen Körper, wie Sirup. Wie im Rausch drehe ich mich zu Hugo um, der im Wasser dümpelt, ohne sich zu wehren. Er muss bewusstlos sein. Sein Körper fällt kaum auf dort im Schilf. Seine durchweichte dunkle Jacke gleicht von der Seite einem abgebrochenen Ast. Aus Hugos Lungen entweicht Luft, das sehe ich an den Bläschen, die an die Oberfläche steigen. Er ertrinkt. Es wird nur noch wenige Minuten dauern.

Vielleicht nur noch Sekunden.

Ich streiche meine nassen Haare nach hinten und starre aufs Wasser.

Hugo Sanders steht kurz vor dem Ertrinken.

Wenn du nichts unternimmst, wird er sterben.

Dann hast du ihn ermordet.

Unschlüssig reibe ich mir durch die Haare, schaue Hugo an, dann wieder hinüber ans andere Ufer, wo die Leute nichts ahnend mit ihren Hunden spazieren gehen. Ich blicke hinter mich, wo nur Bäume und Sträucher sind. Niemand braucht je etwas zu erfahren, wenn ich jetzt aufstehe, meine Spuren verwische und gehe. Hugo würde sterben, und niemand würde je erfahren, dass ich es getan habe.

Aber *ich* wüsste es, flüstert eine innere Stimme. Mein Leben lang würde diese Schuld auf mir lasten.

Ich kann es nicht.

Ich will es nicht.

Ich bin nicht Dianne, ich bin nicht Hugo.

Und ich will auch nicht so werden.

Ich drücke mich von dem Baum ab, laufe zurück ans Ufer und steige wieder ins Wasser. Ich drehe Hugo um, mit dem Gesicht aus dem Wasser, packe ihn an den Schultern seiner Jacke, wate rückwärts und schleppe den schweren Mann mit mir. Ich zerre seinen Oberkörper ans Ufer, die Beine baumeln noch im kalten Wasser.

Die Hunde springen sofort auf ihn zu und lecken sein Gesicht, schwanzwedelnd und fiepend.

Hugos Kopf kippt zur Seite, und Wasser quillt aus seinem Mund. Die Farbe ist ihm aus dem Gesicht gewichen, und er sieht so aschgrau aus wie der See. Er atmet oberflächlich und röchelnd: Er lebt, aber er braucht schnell Hilfe.

Ich richte mich auf und blicke über das Schilf zum anderen Ufer hinüber. Dort, in der bewohnten Welt, sind Leute. Bestimmt finde ich jemanden, der ein Handy dabeihat.

Ich drehe mich um und laufe los.

Ein jeder nennt sich Freund, doch sei kein Tor
Und bau nicht drauf. Das Wort ist sehr gemein,
Jedoch sein Inhalt kommt nur selten vor.

Jean de La Fontaine, *Fabeln (1668)*

Dank

Hiermit möchte ich mich bei folgenden Personen herzlich für ihre Hilfe und ihren fachkundigen Rat bedanken:

Thierry, Simon, Renate, Nini, Monique, Leo, Jeanine, J. und Fieke

Mein besonderer Dank gilt Berry und Annelies für ihre nimmermüde Unterstützung sowie dem ganzen Verlagsteam von Anthos, insbesondere Wanda.

*

Im Roman *Verfallen* werden die fiktiven Personen Bernard und Patricia Bonnet im Oktober 2007 ermordet.

Im Februar 2008, vier Monate später, kündigte in der Realität die französische Regierung einen Versuchsstopp beim Anbau von gentechnisch verändertem Mais an.